합창 –
미사키 요스케의
귀환

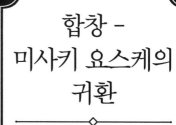

합창 -
미사키 요스케의
귀환

나카야마 시치리 장편소설
이연승 옮김

옮긴이 이연승

아사히신문 장학생으로 유학, 학업을 마친 뒤에도 일본에 남아
게임 기획자, 기자 등으로 활동했다. 귀국 후에는 여러 분야의
재미있는 작품을 소개하고 우리말로 옮기는 일에 집중하고 있다.
옮긴 책으로 아오사키 유고의 『체육관의 살인』 시리즈를 비롯해
니시무라 교타로의 『살인의 쌍곡선』, 우타노 쇼고의 『D의 살인사건,
실로 무서운 것은』, 아키요시 리카코의 『성모』, 미쓰다 신조의
『붉은 눈』, 시즈쿠이 슈스케의 『범인에게 고한다』 『염원』, 오츠이치의
『하나와 앨리스 살인사건』, 이노우에 마기의 『그 가능성은 이미
떠올렸다』, 나카야마 시치리의 『히포크라테스 선서』 『테미스의 검』
『은수의 레퀴엠』 『악덕의 윤무곡』, 오승호(고 가쓰히로)의 『도덕의 시
간』 『스완』 등이 있다.

합창 –
미사키 요스케의 귀환

1판 1쇄 인쇄 2022년 6월 3일   1판 1쇄 발행 2022년 6월 14일

지은이 나카야마 시치리   옮긴이 이연승
책임편집 민현주   디자인 디자인비따   제작 송숭욱   발행인 송호준

발행처 블루홀식스
주소 경기도 파주시 회동길 483-1
전화 031-955-9777   팩스 031-955-9779
출판등록 2016년 4월 5일 제 2016-000100호

ISBN 979-11-89571-74-0 03830

인스타그램 @blueholesix   유튜브 blueholesix
네이버 스마트 스토어
PC: http://smartstore.naver.com/blueholesix
MOBILE: m.smartstore.naver.com/blueholesix

일러두기

본문의 각주는 전부 독자의 이해를 돕기 위한 옮긴이 주입니다.

I *Allegro ma non troppo,*
un poco maestoso
지나치지 않은 속도로 장엄하게

I

"제기랄."

교차로를 지나기 직전 눈앞에 있는 신호등이 빨간색으로 바뀌자 고테가와 가즈야는 무심코 험한 말을 내뱉었다.

"신호에 걸렸군."

조수석에 앉아 팔짱을 끼고 있는 와타세가 조용히 중얼거렸다. 비몽사몽한 눈이지만 역시나 사방에 주의를 기울이고 있었다.

"시내에는 신호등이 너무 많습니다."

"교통량에 비례해서 설치한 거 아니겠나. 도쿄에는 더 많이 깔렸지."

"차도 영 안 나가고요."

"경찰차라고 해서 엔진이 특별 사양인 건 아니야. 그걸 떠나 경찰차가 교통 법규를 어겨서 쓰나."

"하지만 범인들은 밥 먹듯이 법규를 위반하지 않습니까."

"상대랑 같은 눈높이에서 싸우지 말라고 했을 텐데. 파란 불이다."

와타세의 말을 신호로 고테가와는 가속 페달을 밟았다. 마크 X의 엔진이 으르렁거리고 타이어가 비명을 지르며 땅과 마찰했다.

얼른 용의자를 붙잡지 않으면 피해가 더 커질 수 있다. 고테가와는 속으로 이를 갈았다. 옆에서 지켜보는 와타세가 없었다면 이미 한참 전에 폭주했을 테지만 와타세도 마냥 한가롭지는 않다. 반쯤 뜬 눈만 봐도 긴장하고 있음을 알 수 있다. 지금 이 순간에도 다른 수사1과 형사들과 우라와 경찰서 강력계가 단 한 명의 용의자를 체포하기 위해 시내를 누비고 있다. 이번에는 보통 사냥감이 아니다. 만약 용의자를 놓치기라도 하면 현경 최대의 오점으로 남을 것이고 윗선 한두 명은 옷을 벗어야 할지도 모른다.

아니, 윗선이 옷을 벗는 건 상관없다. 범인을 묵사발로 만들어서라도 반드시 붙잡고 만다. 고테가와의 가슴속에서 오랫동안 숨죽이고 있던 맹수가 고개를 치켜든 건, 지금 쫓고 있는 사냥감이 결코 용서도 동정도 할 수 없는 용의자이기 때문이었다.

용의자 센가이 후히토는 오늘 아침 시내 유치원에 난입해 유치원생 세 명과 교사 두 명을 잔혹하게 살해 후 현재 도주 중이다.

9월 20일 사이타마시 우라와구 다카사고에 있는 다카사고 유치원에서 오전 9시가 조금 지났을 무렵 우라와 경찰서로 신고가 접수됐다.

—유치원에 괴한이 들어와서 아이들과 선생님에게 흉기를 휘두르고 있어요!

최초 신고를 접수한 직원은 신고 내용에도 경악했지만 뒤이어 유치원 이름을 확인하고 말문이 막히고 말았다. 다카사고 유치원은 현경 본부에서 바로 엎어지면 코 닿을 거리에 있다. 설마 그런 곳에서 살인 사건이 일어날 줄은 꿈에도 상상 못 했다.

급히 우라와 경찰서 강력계가 투입됐지만 용의자는 이미 도주했고 현장에는 화를 면한 아이들과 관계자만 남아 공포에 떨고 있었다. 범행이 벌어진 곳을 확인했을 때는 살해 현장에 어느 정도 익숙한 형사들도 전율하고 말았다.

범행 현장인 교실은 피바다가 돼 있었다. 성인 두 명과 유치원생 세 명이 흉기에 마구 찔려 고장 난 인형처럼 쓰러져 있다. 그다지 넓지 않은 교실에 나동그라진 크고 작은 시신 다섯 구. 그 사이를 수놓듯 책상과 벽에 무수한 핏방울이 튀어 있다. 동행한 여형사 한 명은 현장을 보자마자 무릎에 힘이 풀려 쓰러졌다고 한다. 급히 달려온 구급대원들이 응급처

치를 했지만 피해자 다섯 명 모두 사망이 확인됐다.

우라와 경찰서 강력계에 이어 현경 본부 수사1과도 현장에 도착했다. 고테가와가 사건에 관여한 것도 이때부터다.

떨고 있는 관계자들을 진정시킨 후 용의자의 인상착의를 묻자 나이는 30대 중반, 길쭉한 얼굴에 검은 스웨터와 청바지 차림이었고 아무래도 유치원 근처에 세워 둔 차를 타고 도주한 것 같다고 했다.

증언을 들은 형사들이 곧장 몽타주를 만들고 용의자와 해당 도주 차량을 추적하려 할 때 생각지도 못한 방면에서 중요한 정보가 접수됐다. 현경 본부 형사부 조직범죄 수사5과가 용의자로 추정되는 남자의 정체를 밝혀낸 것이다.

남자의 이름은 센가이 후히토. 36세. 도쿄도 출신. 현재 사이타마 시내에 있는 편의점에서 근무. 조직범죄 수사5과가 센가이의 정보를 쥐고 있던 것은 그에게 마약 소지 혐의가 있어 수사5과 수사관이 그를 미행하던 도중에 비극이 일어났기 때문이었다.

상황이 이렇게 되자 현경의 사토나카 본부장은 수사1과와 조직범죄 수사5과에 합동 수사를 지시했다. 정보도 공유해야 하지만 현경 본부 바로 코앞에서 사건이 발생했다는 점도 그렇고 희생자가 많아 사건을 조기 해결하지 못하면 여론의 비난이 쏟아질 것이 불 보듯 뻔했기 때문이다.

정보 공유가 늦어지는 바람에 사건 발생 세 시간이 지나도 센가이의 행방은 묘연했다. 센가이가 운전하는 차량은 렌터카 업체에서 빌린 것으로 보이는 붉은색 알토라고 하는데 아직 수사망에 걸려들지 않았다. 그가 사는 다세대 주택에 현재 수사관이 잠복 중이지만 센가이가 돌아왔다는 보고는 아직까지 없다.

대체 어디를 도망 다니고 있는 걸까.

고테가와의 초조한 모습을 곁눈질하던 와타세가 한쪽 눈만 뜨고 고테가와를 노려봤다.

"시외로 이어지는 주요 도로와 모든 대중교통에 수사 인력이 배치됐다. 센가이는 지금 독 안에 든 쥐야."

"하지만 사람을 다섯 명이나 죽인 놈이 언제 무슨 짓을 저지를지 모릅니다. 흉기도 아직 그대로 들고 있고요."

"만만한 놈은 아니겠지만 사고 회로는 너와 그리 다르지 않을걸. 네가 지금 독 안에 든 쥐라면 어디로 향하겠나?"

와타세의 말을 듣고 고테가와는 생각해 봤다. 시외로 나가려 해도 주요 도로에 이미 검문소가 설치됐다. 모든 철도역에도 수사관이 배치됐지만 개찰구만 감시하는 수준이고 열차 안에까지 들어가지는 않을 것이다.

"차를 바꿔 타든, 아니면 어딘가에 잠시 몸을 숨기고 열기가 식을 때까지 기다리든 둘 중 하나겠네요."

"어쨌든 우리는 빨간색 알토를 쫓아야 해. 도망치든 몸을 숨기든 차를 버린 곳이 출발점이 될 테니까. 또 우리만 차를 쫓는 것도 아니지. 주요 도로에 설치된 N 시스템(차량 번호 자동 판독 장치)도 열심히 감시 중일 테고."

지금은 사냥개 한 마리가 되는 데 집중하라는 뜻이다. 고테가와는 법정 속도를 유지하면서 갓길에 정차된 차량들을 면밀히 확인했다.

"반장님. 하나 여쭤볼 게 있습니다."

"뭐지?"

"애초에 센가이가 유치원에 침입한 이유가 뭘까요? 설마 아이들에게 원한이 있었던 건 아니겠죠. 수사5과가 알려 준 대로 놈이 마약 상습범이면 이번에도 투약 후 의식이 몽롱해진 상태에서 범행을 저질렀을까요?"

와타세는 정면을 바라본 채로 눈만 고테가와에게 향했다.

"벌써부터 39조 걱정을 하나?"

속마음을 들키고 말았다. 만약 센가이를 체포해도 범행 당시 심신 상실 상태였다는 게 증명되면 법원은 형법 제39조를 적용해 피고인을 처벌하지 않는다.

"만약 유치원을 계획적으로 덮쳤다면 심신 상실 근거도 희박해지겠지. 이미 놈의 집 안을 샅샅이 뒤지고 있을 테고 계획 범행을 암시할 물증이 나오면 공판을 유지할 수는 있을 거다."

다섯 명이나 되는 이들의 목숨을 앗아 간 짐승이 심신 상실이라는 이유로 아무런 처벌을 받지 않고 법망에서 벗어난다. 그런 부조리한 상황을 어떻게 감내할 수 있을까.

고테가와는 조금 전에 보고 온 범행 현장을 떠올리며 감정을 고조시켰다. 살해된 교사는 둘 다 여성이고 아이 세 명은 최연소 반이었다고 한다. 미래에 무한한 가능성을 지닌 아무 죄 없는 생명들이 순식간에 말살당하고 말았다.

자신이 유독 정의롭다고 생각하지는 않는다. 이 나라의 사법 시스템이 완벽하다고 보지도 않았다. 그러나 고테가와의 가슴속에 있는 법률은 센가이를 용서할 수 없었다.

반드시 네놈의 죄를 갚게 해 주마.

핸들을 쥔 손에 힘이 들어갔다. 희한하게도 이렇게 신경이 곤두서 있을 때는 운전에 실수가 없다. 날카롭게 벼려진 신경이 팔다리를 완벽히 제어했다.

그때 무선으로 음성이 들어왔다.

—본부에서 모든 차량에 알린다. N 시스템이 해당 차량을 포착했다. 적색 알토는 현재 현도 40호선에서 서쪽으로 달리는 중. 10분 전 남구의 벳쇼 4번지를 통과했다. 반복한다. N 시스템이 해당 차량을 포착했다. 적색 알토는 현도 40호선에서 서쪽으로 달리는 중. 10분 전 남구의 벳쇼 4번지를 통과했다.

"반대편이군."

"돌리겠습니다."

고테가와는 다음 교차로에서 유턴해 현도 40호선 쪽으로 향했다.

"조금 전 거기, 유턴 금지 아닌가?"

"확인은 나중에 하겠습니다."

간신히 현도 40호선에 진입한 고테가와는 곧장 벳쇼 4번지로 향했다.

"이 일대에 센가이를 아는 사람이 있을까요?"

"유치원 습격 사건은 TV 속보로 나왔지. 인터넷 뉴스는 더 빨랐고. 수사본부는 일부러 센가이의 실명을 발표했고 보도기관도 그 방침을 따르고 있어. 지금 단계에서 센가이를 비호할 녀석은 없을 거다. 공범이면 모를까."

"공범이 있다고 보십니까?"

"돈이 엮인 사건이 아니니 가능성은 작겠지. 아무 보상도 없는데 이런 사건에 엮이겠나."

"그 녀석의 인간관계를 확인해 보고 싶군요."

"깊이 교류하는 인간은 없었을걸."

"어떻게 아시죠?"

"그런 친구가 있었다면 당사자를 말렸을 테니."

두 사람이 탄 마크 X는 현재 현도 40호선을 달리고 있다. 현경의 모든 차량이 센가이를 뒤쫓는 상황인데도 앞서가는 차량은 한 대도 보이지 않았다.

"반장님. 설마 저희가 센가이를 제일 따라붙은 게 아닐까요?"

"그래서 뭐 어쨌다는 거지?"

와타세는 낮게 되물었다. 고테가와처럼 이 목소리에 익숙한 사람이 아니면 듣기만 해도 위축될 것이다.

"제일 먼저 붙잡아서 칭찬이라도 듣고 싶나?"

목소리가 더 낮아진다.

"설마요."

"그 설마 때문에 두 번이나 황천길에 갈 뻔한 사람이 누구지?"

"그건 제가 방심해서……."

"그럼 이번에는 끝까지 정신줄 똑바로 잡고 있어라."

니시우라와역을 지나 상점가에 접어들었을 때 와타세가 중얼거렸다.

"전방 50미터."

거의 동시에 고테가와의 눈에도 들어왔다. 갓길에 세워진 붉은색 알토. 가까이 가서 차량 번호를 확인하니 예상대로 지금 수배 중인 차량이었다.

속도를 늦춰 천천히 알토 앞을 가로막듯이 차를 세운다. 와타세와 고테가와는 차 밖으로 나와 거리를 두고 알토 내부를 확인했다.

차 안에 사람은 보이지 않는다. 와타세는 보닛에 손을 얹었다.

"엔진에 온기가 아직 남아 있군. 멀리 가지 않았을 거다. 본부에 연락해."

고테가와가 해당 차량을 찾았다고 보고하는 동안 와타세는 주변을 한 바퀴 둘러봤다. 퇴로가 동서남북으로 뻗어 있지만 지금 이곳에는 두 명밖에 없다. 역할을 나눠 두 방향을 살피거나 지원을 기다리거나 둘 중 하나다.

도로를 사이에 두고 양옆에 점포와 낮은 건물이 늘어섰고 그 사이사이에 골목길이 있다. 고테가와가 말없이 지켜보고 있으니 와타세는 왼쪽 약국 모퉁이 옆 골목길에 관심이 있는 듯했다. 고테가와는 잠시 망설였지만 와타세는 한 치도 주저하지 않고 골목길로 들어섰다. 고테가와는 그의 뒤를 쫓을 수밖에 없었다.

"센가이가 흘리고 간 물건이라도 발견하셨습니까?"

"이 앞에 폐점한 편의점이 있다. 몸을 잠시 숨기기에 최적인 장소지."

"반장님. 전에도 여기 와 보신 겁니까?"

"편의점 폐점 정보 정도는 정기적으로 확인해 둬라. 그런 곳들은 대부분 좋지 않은 일에 활용되니까."

그런 정보를 매일 업데이트하며 기억하는 사람은 와타세 정도일 것이다. 변함없이 앞서가는 모습이 새삼 놀랍지도 않았다.

폭이 4미터 정도 되는 골목길로 걸어가자 와타세가 말한 대로 '임대' 종이가 붙은 빈 점포가 눈에 들어왔다. 안에 있는 진열장들이 시야를 가로막았다.

와타세는 정면에 있는 입구에는 눈길도 주지 않고 점포 뒤로 돌아갔다.

"반장님, 앞쪽은."

"이런 대낮에 폐점한 편의점 정문으로 버젓이 들어갈 멍청이가 있겠나?"

점포 뒤에는 직원용 뒷문이 있었다. 와타세가 장갑 낀 손으로 손잡이를 돌리자 문이 스르르 열렸다.

"가자."

"지원은 기다리지 않는 겁니까?"

"놈의 소재부터 확인하고 나중에 해도 돼."

고테가와는 홀더에 손을 갖다 대 권총이 잘 있는지 확인했다. 사격에는 자신 없지만 위협용으로는 쓸 만하다.

문을 열고 들어가자 좁은 통로가 나왔다. 상품은 정문으로 들이면 되니 뒷문 쪽 공간이 넓을 필요는 없다. 통로 오른쪽에 화장실, 왼쪽에는 탈의실이 있었다.

와타세가 앞장서서 으슥한 통로를 지나자 잠시 후 확 트인 공간이 나타났다. 전에 직원용 구역으로 쓰인 백야드인 듯하다.

그때 와타세가 갑자기 발걸음을 멈추고 반걸음 뒤로 물러났다.

3평쯤 되는 공간 구석에 웬 남자가 앉아 있었다. 잠든 것처럼 벽에 기대고 있다.

검은 스웨터와 청바지가 피범벅이다. 무엇보다 얼굴이 조직범죄 5과가 제공한 센가이 후히토의 사진과 똑같았다.

침입자를 알아챘는지 센가이가 눈을 가늘게 뜨고 와타세와 고테가와 쪽을 봤다.

초점이 흐린 눈. 자세히 보니 센가이의 다리 옆에 주사기가 떨어져 있다.

이 안에서 약을 하고 있었던 것으로 보인다.

머리보다 몸이 먼저 움직였다.

"센가이 후히토."

고테가와가 불러도 센가이는 멍한 눈빛으로 말없이 와타세와 고테가와를 쳐다보기만 했다.

"널 살인 혐의로 체포한다."

다음 순간, 세 가지 일이 동시에 일어났다.

수갑을 손에 든 고테가와가 세 걸음 앞으로 나아갔다.

와타세가 손을 뻗어 고테가와의 어깨를 붙들었다.

센가이가 등 뒤에 숨기고 있던 팔을 앞으로 내밀었다. 그는 손에 큼직한 칼을 쥐고 있었다.

칼이 고테가와의 코끝을 아슬아슬하게 스치고 지나갔다. 와타세가 몸을 뒤로 잡아당겨서 고개를 치켜든 덕에 직격은 피했지만 턱에서 희미한 통증이 느껴졌다.

고테가와는 자세를 가다듬고 턱에 손을 갖다 댔다. 손가락에 피가 약간 묻었다.

피를 본 순간 머릿속에서 아드레날린이 솟구쳤다.

센가이는 잽싸게 몸을 일으켜 다시 칼을 겨눴다. 마약을 한 직후에 몸놀림이 민첩해지는 사람이 있다. 센가이도 그런 타입 같았다.

약쟁이 따위에게 당할쏘냐.

고테가와는 몸을 반 바퀴 회전해 발꿈치로 센가이의 손을 걷어찼다.

칼이 센가이의 손에서 떨어져 허공을 날아갔다.

와타세의 움직임도 재빨랐다. 평소 신중한 모습은 온데간데없이 센가이의 팔을 붙들더니 재빨리 뒤로 꺾는다. 그리고 등 뒤에서 무릎을 걷어차 순식간에 센가이를 제압했다.

철컥 소리와 함께 센가이의 손목에 수갑이 채워졌다.

"본부에 연락해라. 용의자를 확보했다."

칼과 주사기를 발로 차서 떨어뜨렸다. 고테가와가 스마트폰으로 본부에 연락하자 얼마 안 돼 멀리서 경찰차 사이렌 소리가 들렸다.

이로써 일단락된 줄 알았지만 센가이의 모습을 보고 생각이 얕았던 것을 깨달았다.

"추가 연락. 간이 키트도 상관없으니 소변 검사를 준비하라고 해."

"반장님."

"뭐?"

"이 자식, 유치원에 들어가기 전부터 약을 했을까요?"

센가이는 두 사람의 대화를 이해하는지 못 하는지 포박 상태에서도 희미한 미소를 짓고 있다.

"입증하기는 어려울 거다. 하지만 상습범이고 체포된 시점에 약을 했지. 간이 감정에서도 양성 반응이 나올 거야."

"설마 그걸 노리고……."

"그럴지도."

와타세는 잔뜩 찌푸린 얼굴로 센가이를 내려다봤다.

"무능한 변호사 놈들 때문에 요즘은 일반인도 형법 39조를 외우고 다닌다고 하니까. 악용하는 녀석이 나와도 이상할 게 없지. 너도 39조 때문에 골머리를 썩었잖나."

흥분과 긴장이 잦아든 머릿속에 불쾌하기 짝이 없는 기억이 스쳤다.

정상적인 심리 상태로 유치원에 난입해 다섯 명의 목숨을 빼앗는다. 이후 도주 중에 마약의 힘을 빌려 몸을 심신 상실 상태로 만든다.

한때 음주 운전 적발을 면하려면 경찰차를 따돌린 후 차 안에서 술을 마시라는 조언이 우스갯소리처럼 항간에 떠돈 적이 있다. 그러면 검사 때 알코올이 검출돼도 차를 세우기 전에 술을 마셨는지 구분할 수 없으므로 딱지도 못 끊는다는 논리였다. 만약 센가이가 정상적인 심리 상태에서 범행을 저질렀다면 그런 방식을 응용한 게 분명하다.

부조리한 현실에 또다시 분노가 일었다. 고테가와는 무심코 센가이의 멱살을 움켜쥘 뻔했지만 아슬아슬한 찰나에 와타세가 제지했다.

"그만해라."

"하지만."

"수갑을 채운 것으로 우리가 할 일은 끝났다. 이 자식을 고발하고 벌하는 건 다른 이들의 몫이지."

일할 때 열정은 필요하지만 그렇다고 감정에 휘둘려서는 안 된다. 와타세가 평소에 늘 강조하는 말이었다.

잠시 후 사이타마 현경과 우라와 경찰서 형사들이 백야드에 들이닥쳤다.

즉시 간이 감정이 이뤄졌고 센가이에게서 마약 양성 반응이 나왔다. 수사관들 사이에서 안도도 분개도 아닌 탄식이 새어 나왔다.

고테가와에게 휘두른 칼과 센가이의 옷에서는 희생자들의 혈흔이 검출됐다. 범행을 목격한 사람이 많고 흉기도 확보됐으니 이제 당사자의 진술만 얻으면 된다.

피의자 조사는 와타세 반이 맡았다. 센가이는 체포 두 시간이 지나자 약효가 사라졌는지 제정신을 되찾았다.

취조실 안에서 그가 내뱉은 말은 고테가와를 더욱 분노케 했다. 이름과 주소 같은 건 막힘없이 대답했지만 유치원 습격에 대해서는 시종일관 모호한 대답으로 일관했기 때문이다.

"소변 검사 결과는 양성이야."

"그렇겠죠. 아침에 한 대 맞았으니까요."

"약은 어디서 났지? 판매자 연락처는?"

"에이, 그런 걸 맨입으로 가르쳐 드리겠습니까? 형사님도 아시지 않나요? 판매책 정보를 흘렸다가 출소 후에 무슨 일을 당할지 모른다는 걸."

"사람을 다섯이나 죽이고 출소할 수 있을 거라 생각하나?"

그러자 센가이는 입을 다물었다. 이 자식이 형법 39조를 모를 리 없다. 알면서도 모르는 척 침묵하는 것이다.

"약을 상습적으로 시작한 게 언제부터지?"

"올해 들어서 그렇게 된 것 같네요. 잘 기억은 안 나지만."

"계기 정도는 기억하지 않나?"

"그런 건 없고 그냥 제 상황이 진절머리 나서 약으로 잊으려 했습니다. 이래 봬도 제가 명문대 출신입니다. 그것도 A급."

"알아."

"그런데 거의 모든 회사에서 문전 박대를 당하고 결국 정규직 직원이 되지 못했죠. 편의점에서 일하기 전에 오만 군데서 일했는데 전부 계약직 아니면 알바였어요. 근데 저보다 늦게 졸업한 녀석들은 아주 편하게 입사하더군요."

취직 빙하기 세대의 비애를 이야기하려는 듯한데 이런 종류의 변명은 지금껏 귀에 못이 박히도록 들었다.

"사회에 대한 복수로 아무 죄도 없는 아이들을 죽였다는 건가?"

"아뇨. 방금 제가 말한 건 평소 느끼던 울분입니다. 약을 하면 그런 기억은 몽땅 날아가 버리죠. 죄송하지만 유치원 안에 발을 들인 거나 형사님과 치고받은 건 하나도 기억이 안 나네요."

센가이는 무책임하게 히죽거렸다. 얼굴에 주먹을 한 방 꽂아 주고 싶은 마음을 간신히 억누르며 고테가와는 질문을 이어 갔다.

"유치원생 세 명과 교사 두 명을 찌른 것도 기억 안 나나?"

"네. 아까도 제가 찔렀다는 사람들의 사진을 보여 주셨는데 생판 모르는 사람들뿐이니 원한 같은 게 있었을 리도 없죠. 아, 그런데."

센가이는 분개하는 고테가와를 조롱하는 투였다.

"듣자 하니 그 다카사고 유치원이란 데가 부잣집 아이들이 다니는 유치원이라면서요? 거기 들어가면 초, 중, 고를 전부 명문교에 진학할 수 있고 에스컬레이터식 교육이라 원하면 그대로 대학까지 갈 수 있다던데요. 그런 복 받은 꼬맹이들에게 질투 같은 걸 느꼈을지도 모르겠네요. 물론 잠재적인 감정이니 저 스스로도 판단이 잘 안 됩니다만."

"복 받은 아이들이라고? 걔들은 고작 다섯 살이었어."

"고작 다섯 살에 미래가 보장됐으니 질투를 느낄 수도 있지 않을까요?"

센가이의 눈에 잔인한 기운이 떠올랐다. 생명을 향한 존중과 자비심 따위는 티끌만큼도 찾아볼 수 없는 눈빛이다.

질문과 답변을 이어 가는 동안에도 약 기운이 사라진 센가이에게서는 평범한 사람들과 다른 이상성 같은 건 느껴지지 않았다.

고테가와는 분노와 초조감에 휩싸였다. 진술 조서를 있는 그대로 작성하면 센가이 후히토는 상습 마약 사범이고 사건 당시 약 기운 때문에 심신 상실 상태였다는 판단 근거가 될 수 있다. 사건을 검찰에 송치하는 행위가 센가이를 무죄로 만들 재료를 제공하는 작업이 되는 것이다.

"피해자들에게 미안한 마음은 없나?"

"결과적으로 제가 죽였다면 유족들에게 마땅히 사죄해야겠지만, 말씀드렸다시피 기억이 전부 날아가 버려서 무슨 짓을 했는지 전혀 기억이 안 납니다. 이런 상황에서 사죄해 봐야 형식적인 사죄에 그칠 텐데 그럼 유족들의 화만 돋우지 않을까요?"

꼭 남의 일처럼 말하는 센가이를 보고 있자 고테가와의 인내심이 점차 한계에 도달했다.

"그 편의점은 전부터 약을 할 때 쓰던 곳이었나?"

"어차피 편의점 구조는 대부분 비슷해서 딱 봐도 백야드가 어딘지 훤히 보이거든요. 집이 아닌 다른 곳에서 약을 하면 들킬 위험도 분산되니 적당한 곳을 물색하고 다녔죠."

감식반이 편의점 내부를 수색했을 때 백야드에서 일회용 주사기와 마약이 든 비닐봉지가 다수 발견됐다. 그 역시 센가이가 상습 마약 사범이라는 증거 중 하나다.

또 유치원 주변에 설치된 방범 카메라에는 붉은색 알토를 몰고 온 센가이가 유치원 울타리를 넘어 안에 침입하고 범행 후 정문을 지나 도주하는 모습이 영상으로 선명하게 남아 있었다. 하지만 그런 행동으로 당시 센가이가 심신 상실 상태였는지 판별하기는 어려울 것이다.

고테가와는 진술 조서를 얼추 다 작성하자 센가이가 조서에 서명 날인하는 것을 보고 말없이 자리에서 일어섰다. 취조실에서 나가 아무도 없는 으슥한 곳에 가서 벽을 세게 걸어찼다.

빌어먹을.

센가이나 동료들 앞에서 흐트러진 모습을 보이고 싶지 않았다. 그러나 이제는 한계에 다다랐다. 센가이의 궤변을 계속 듣고 있다가는 분명 얼굴에 주먹 한두 대는 꽂을 것이다.

"청사 건물을 부수면 쓰나. 그러지 않아도 낡은 건물인데."

갑작스러운 목소리에 뒤돌아보니 와타세가 서 있었다.

"벽에 구멍이라도 나면 수리와 도장 비용으로 네 월급 한 달 치는 날아갈걸."

"반장님."

"취조실 안에서 참았으면 여기서 나가기 전까지 참아라."

"조사받을 때 센가이는 멀쩡했습니다."

"그렇더군."

"오로지 약을 할 때만 심신 상실 상태가 되는 것 같습니다."

"상습범들은 보통 그렇지."

"그 자식은 확신범입니다. 형법 39조라는 도피로를 만들어 놓고 다섯 명을 죽인 겁니다."

"목소리 낮춰. 그 정도는 수사본부 사람이라면 전부 알고 있을 거다. 하지만 우리가 그걸 입증할 수는 없지. 정신과 의사의 판단을 기다릴 수밖에."

"기소 전 판정을 신청할까요?"

"검사에게 달렸지."

검찰은 늘 유죄율 백 퍼센트를 목표한다. 다시 말해 공판을 유지하기 어려워 보이는 사건, 즉 변호 측의 우세로 보이는 사건은 불기소 처분 하는 경향이 있다. 다소 거칠게 말하면 기소 전 감정 또한 검찰 측의 승산을 가늠하기 위한 하나의 공정에 불과하다.

"윗선의 의향에 고분고분 따르는 검사냐. 아니면 형법 39조에 정면으로 맞설 겁 없는 검사냐."

"센가이 사건을 담당할 검사는 어떤 타입입니까?"

"아모 다카하루 검사. 알고 있나? 오로지 출세만을 위해 태어난 것 같은, 현재 검찰의 기대를 한 몸에 모으고 있는 유망주라더군."

"이름은 들어 본 것 같습니다. 하지만 그런 유망주가 형법 39조에 맞서려고 할까요?"

"범행 당시 심신 상실 상태였다고 해서 법원이 무조건 형법 39조를 적용하는 건 아니지."

와타세는 쓰디쓴 것을 삼키는 듯한 얼굴로 말했다.

"근대 형법은 기본적으로 책임주의를 원칙으로 해. 당사자에게 책임 능력이 있었다면 죗값을 치르라는 방식이다. 책임 능력이 없으면 처벌하지 않거나 감형하는 것도 다 그런 기본 원칙에 의거하지. 하지만 모든 실무가 기본 원칙에 따를 수 있겠나? 예컨대 평범하게 선악 판단을 할 수 있고 책임 능력이 있는 사람이 음주 운전을 하면 당연히 처벌받겠지. 음주 단계에서 음주 운전을 하겠다는 의지가 명확했다고 보기 때문에. 마찬가지로 유치원을 덮친 것이 센가이의 계획적인 범행이었을 경우 범행 당시 심신 상실 상태였느냐 아니냐는 결정적인 논거가 될 수 없어. 오히려 중요한 건 마약 투약이 유치원 습격을 목적으로 한 행위였느냐 아니냐가 중요하지."

와타세의 설명은 간략하면서도 핵심을 잘 짚어서 이해하기 쉽다. 이 우락부락한 상사가 평소에 흉악범을 쫓으면서도 시간 날 때마다 판례집을 훑어보고 있다는 건 고테가와가 가장 잘 안다.

"그런데 반장님. 그럼 센가이의 범행이 계획적이었다는 걸 입증해야 합니다. 그 아모라는 검사가 독자적으로 수사를 할까요?"

"검사가 보충 수사를 하는 건 그리 드문 일이 아니지. 다만 검사가 힘에 부칠 만한 내용이면 이쪽에 다시 차례가 돌아오게 돼 있어. 어쨌든 센가이 사건은 아직 끝난 게 아니야. 이제 막 출발점을 지났을 뿐."

아직 우리가 할 일이 남아 있다. 그렇게 생각하자 고테가와는 기분이 조금 풀렸다. 어설프게 위로하기보다 이렇게 의욕을 불어넣어 주는 편이 훨씬 고마웠다.

센가이가 체포된 후 모든 언론이 사건을 상세히 보도했다. 이번 사건으로 희생된 피해자는 다음 다섯 명이었다.

혼마 루리코(36세) 유치원 교사 담임

사카마 미키(29세) 유치원 교사 부담임

다카하타 신이치(5세)

노미 히나타(5세)

가세사키 미유(5세)

올 2016년 7월에 사가미하라에 있는 장애인 시설에서 살인 사건이 일어나 전후戰後 최다인 사망자 19명을 낸 바 있다. 그럼에도 불구하고 모든 언론은 센가이 후히토를 '헤이

세이* 최악의 흉악범'으로 호칭하는 데 주저하지 않았다. 희생자 중 아이들이 포함된 점도 그렇지만 처벌을 피하기 위해 마약을 악용한 수법도 지극히 악질적이었기 때문이다.

여론과 언론 모두 센가이에게 엄벌을 요구하며 검찰의 적절한 대처를 기대하고 있다. 국민의 통곡과 울분을 대변해 달라는 희망일 것이다.

그러나 그런 기대의 목소리는 재판의 진행 양상에 따라 언제든 검찰에 대한 비판과 비난으로 바뀔 수 있다는 것을 의미했다.

2

9월 22일, 사이타마 법무 종합 청사 내 사이타마 지방 검찰청.

아모 다카하루 형사부 1급 검사는 집무실에서 검면 조서를 확인하며 조용히 탄식했다. 손목 시계를 보니 거의 두 시간 내내 조서를 읽었다. 조서에서만 쓰이는 독특한 표현과 무미건조한 문장은 읽기만 해도 피로를 부른다. 달력상으로는 이제 완연한 가을이지만 이 시간대에는 집무실에 아직 열기가 남아 있어 양복 재킷을 의자 등받이에 걸어 두었다.

---

* 1989년 1월부터 2019년 4월까지를 일컫는 일본의 연호.

아모는 자신에게 주어진 집무실을 둘러보며 잠시 감회에 젖었다. 신의 장난인지 몰라도 이 집무실은 아모가 사법 연수생 시절 처음으로 발을 들인 실습 장소다. 그로부터 10년이 지나 설마 이곳이 자신의 집무실이 되리라고는 상상도 못 했다. 지금은 익숙해져서 가끔 관사보다 더 편안할 때도 있었다.

그러나 지금은 적어도 15분간의 휴식이 필요하다.

의자에 걸어 둔 재킷 주머니에서 휴대용 음향 기기와 이어폰을 꺼냈다. 요즘은 대부분 스마트폰 애플리케이션으로 음악을 듣고 이어폰도 블루투스 기능을 지원하는 제품이 주류지만, 남들보다 음질에 민감한 아모는 지금도 포터블 오디오 기기와 코드형 이어폰을 고집하고 있다. 블루투스는 신호를 압축해서 전달하기 때문에 소리가 열화되기 마련이다. 무엇보다 클래식 음악만 듣는 자신에게 섬세한 소리의 뉘앙스를 구분하기 위한 기본적인 도구라고 생각했다.

15분 동안 듣는다면 역시 그 곡을.

아모가 재생 목록에서 선택한 곡은 베토벤 교향곡 제9번 〈합창〉 1악장이었다. 연말이면 일본 전역에서 연주되는 가장 유명한 곡이지만 베토벤을 좋아하는 아모는 계절과 상관없이 즐겨 듣는다.

즉시 재생 버튼을 눌렀다.

현악기의 트레몰로*와 호른이 바닥을 기듯 가냘픈 소리를 이어 가다가 갑자기 격렬한 감정을 작렬시킨다. 이 비장함을 머금은 멜로디가 곡의 첫 번째 주제다. 베토벤은 1악장에 마에스토소(maestoso, 장엄)라는 표어를 붙였는데, 표어 그대로 비장함과 장엄함이 경쟁하듯 치열하게 연출된다. 라음과 가음을 주체로 한 첫 번째 주제가 처음에는 라단조, 두 번째에는 내림 나장조로 나타난다. 거칠게 파고드는 기세로 몰려오는가 싶더니 갑자기 우아한 선율이 영혼을 부드럽게 어루만진다. 두 번째 주제다. 현과 목관 악기가 단조와 장조로 반복되는데 이런 대립이 듣는 사람을 흥분으로 이끈다. 아모의 머릿속에서 조서 속 문구들이 사라지고 그 대신 화려하고 드넓은 세계가 펼쳐졌다.

재현부에서 첫머리의 피아니시모** 선율이 흐르지만 여기서는 단단한 통주저음***이 밑받침돼 있어서 약한 느낌을 주지 않는다. 곧바로 첫 번째 주제가 팀파니의 포르티시모****로 몰아친다. 제시부와는 확연히 다른, 더 격렬하게 몸부림치는 선율이다. 가장 강한 소리가 당당한 몸짓으로 군림한다.

---

*   tremolo, 음 또는 화음을 떨리는 듯이 되풀이하는 연주법.

**   pianissimo, 매우 여리게 연주.

***   연주자가 저음 위에 즉흥적으로 화음을 보충하며 반주 성부를 완성하는 기법의 저음부를 일컫는 말.

**** fortissimo, 매우 세게 연주.

아모는 이 재현부를 특히 좋아했다. 마치 듣는 이를 고무하며 잠들어 있는 열정을 일깨우는 선율이다. 그리고 이 열정은 잠시 후 등장하는 4악장의 환희로 결실을 맺는다.

거친 강타 이후 멜로디는 문득 목가적인 분위기로 바뀌지만 그 직후 가파른 언덕을 박차고 올라 상, 하향을 반복하며 제시부보다 더 큰 웅장함을 자아낸다. 여기서부터는 단조로 흐르는 선율이 위기와 혁명의 기운에 뒤엉키듯 호응하며 불안감을 굴복시켜 간다.

조금 파괴적이기까지 한 이 늠름한 기상은 늘 아모의 용기를 북돋아 줬다. 검찰 상층부의 기대와 동료들의 질투, 신경 쓰이는 주변 사람의 시선. 철면피를 뒤집어쓰고 있어도 연일 밤샘 근무를 하다 보면 가면이 벗겨질 뻔한 적이 한두 번이 아니다. 그렇게 정신적으로 힘들 때 이 교향곡 9번을 들으면 기운이 샘솟았다.

곡이 마침내 코다(coda, 종결부)에 돌입한다. 반음계를 내려가는 선율은 점차 전율로 변하고, 듣는 이는 불안과 용맹의 대결을 가만히 지켜볼 수밖에 없다. 절망과 분노, 나락의 밑바닥에서 빛을 찾아 뻗는 손가락. 밑바닥에서부터 형용하기 어려울 정도로 격렬한 에너지가 부글부글 샘솟는다. 이윽고 현악기가 끌고 가는 형태로 모든 악기가 포효하고, 첫 주제의 제주*로 장대한 악장의 정점을 찍었다.

휴식 시간 종료. 아모는 일시 정지 버튼을 누르고 잠시 여운에 잠겼다. 고작 15분, 그러나 최고의 15분. 어느덧 스트레스도 사라져 개운한 기분으로 일을 다시 시작할 수 있다.

문득 그를 떠올렸다.

아모보다 더 깊이 베토벤을 경애하며 심지어 악성樂聖의 삶을 자신의 지침으로 삼은 남자. 6년 전에는 무려 쇼팽 콩쿠르 결선에 진출해 비록 우승은 놓쳤지만 예정에 없던 녹턴 연주로 전 세계에 이름을 떨친 피아니스트.

아모는 사법 연수생 시절 그와 같은 조에 있었다. 함께 강의를 듣고 실습에 참여했다. 1년이 채 되지 않는 짧은 교류였지만 그에게서 받은 자극은 헤아릴 수 없을 정도다.

쇼팽 콩쿠르 이후에는 각국에서 열리는 콘서트 소식만 간간이 들리고 일본에는 아직 돌아오지 않은 듯하다. 예전에도 매사에 초연하고 뭔가 종잡을 수 없는 캐릭터였던 그는 지금 어디서 대체 뭘 하고 있을까.

그리운 얼굴을 떠올리고 있을 때 기억을 지워 버릴 기세로 탁상 위 전화기가 울렸다. 전화기에 표시된 번호를 보니 후쿠자와 차석 검사에게서 걸려 온 전화였다.

"네. 아모입니다."

* 많은 악기가 동시에 같은 선율을 연주하는 것.

―잠깐 올라와 줄 수 있나?

차석 검사는 모든 검사가 처리하는 사건의 처분과 공판 활동에 대해 일차 판단을 내리는 결재관이다. 지검에서는 검사장에 이은 넘버 투라 그의 호출을 함부로 거부할 검사는 없다고 봐야 한다.

"지금 바로 가겠습니다."

아모는 서둘러 위층에 있는 후쿠자와의 집무실로 향했다. 요즘 같은 때 차석 검사가 부를 이유는 하나밖에 떠오르지 않지만 모르는 척하고 일단 가 보기로 했다.

"아모입니다. 들어가겠습니다."

차석 검사의 집무실에 들어가는 건 이번이 처음은 아니지만 늘 긴장이 뒤따랐다. 그가 무슨 말을 꺼낼지 대략 예상하고 있는 지금도 예외는 아니다.

후쿠자와는 벽을 등지고 앉아 있었다. 사건을 담당하는 검사는 집무실로 피의자를 불러 조사할 때 일부러 창문을 등지고 앉아 역광으로 얼굴을 알아보기 어렵게 한다. 상대가 감정을 읽지 못하게 하려는 조치지만 차석 검사 정도 되면 그런 걸 신경 쓸 필요도 없는 듯했다.

"바쁜 와중에 내가 부른 이유가 뭔지 알겠나?"

"네. 대략은."

"오늘 다카사고 유치원 사건의 피의자 센가이 후히토가 검찰에 송치됐어."

예상대로 그 일 때문이다.

"미리 말했듯이 이번 수사를 자네에게 맡기려고 하네."

담당 검사라고 해도 피의자 소환 조사부터 공판까지 검사 한 명이 도맡지는 않는다. 수사 검사가 서면을 작성하고 공판 검사가 법정에서 조서를 낭독하는 분업제로 이뤄져 있다.

"이번 건은 특히 신경 써야 할 거야."

후쿠자와는 눈썹 하나 까딱하지 않고 말했다.

"여느 때 같으면 나도 이런 말을 하지 않겠지. 담당 검사들도 잔소리를 듣고 싶지 않을 테고. 하지만 이번 건은 차원이 다르네."

후쿠자와는 책상 한쪽에 쌓아 둔 신문을 부채 모양으로 펼쳤다. 오늘 아침에 아모도 읽은 3대 신문과 사이타마 지역 신문이 있다. 1면 톱기사는 모두 센가이 사건의 속보로 채워져 있었다.

헤이세이 최악의 흉악범
짓밟힌 생명
의문시되는 형법 39조의 존재 의의

일본을 대표하는 3대 신문이 이렇게 선정적인 제목을 붙인 건 이번 사건이 그만큼 충격적이었다는 것을 보여 준다. 지역 신문은 더 과감한 제목을 달았다.

"이번 사건은 어쩔 수 없이 2001년에 발생한 이케다 초등학교 사건*을 떠올리게 하지. 거기에 피의자가 상습 마약 사범이고 그것을 이유로 형법 39조 적용을 노리고 있을 거라는 추측도 세간의 관심을 모으고 있어."

"사람들이 관심을 가지는 이유를 알 것도 같습니다."

"'헤이세이 최악의 흉악범'이라는 기사 제목에서도 매스컴의 총의가 엿보이지. 언론은 센가이 후히토를 철저하게 단죄할 생각일 거야. 그래야 부수를 늘리고 독자들에게도 영합하는 기사를 쓸 수 있으니."

"영합 말인가요."

"요즘처럼 판매 부수가 눈에 띄게 감소한 시대에는 독자가 읽고 싶어 하는 기사를 쓰는 게 언론사의 기본 스탠스 아니겠나. 보수 언론은 더 보수적으로, 진보 언론은 더 진보 논조에 쏠리는 경향이 있지. 사회가 고착화될수록 흔히 보이는 현상일세."

후쿠자와는 온화한 얼굴로 거침없이 말했다.

"센가이의 기소 전 감정을 실시할 건가?"

"그러려고 합니다. 감정 단계에서 심신 상실이 나오면 공판을 유지하기도 어려울 테니까요."

"감정의는 검찰 추천 인사로 지명하겠네."

---

* 2001년 6월 8일 일본 오사카의 이케다 초등학교에 흉기를 든 괴한이 침입해 초등학생 8명을 살해하고 교사 2명을 다치게 한 사건.

그는 이미 결정된 사항인 것처럼 말했다.

"센가이는 책임 능력이 있다고 인정받겠지."

군이 말하지 않아도 알 수 있다. 윗선은 센가이를 무조건 법정으로 끌고 갈 의향일 것이다.

"여론과 언론 모두 센가이를 단죄하고 싶어 해. 물론 검찰이 무턱대고 민심에 영합할 이유는 없지만 기소해야 할 안건을 불기소 처분하면 당연히 비판이 생기겠지. 영합 운운하기 전에 우리 검찰이 국민들에게 신뢰받는 존재로 거듭나야 하지 않겠나."

후쿠자와의 말은 틀릴 게 없지만 한편으로 교조주의라는 비판을 면하기 어렵다. 기소해야 할 안건을 기소한다고 해도 막상 재판에서 지면 더 큰 카운터펀치를 얻어맞게 된다.

"무슨 말씀을 하시려는지 알겠습니다만 이번 사건에서 변호인 측은 분명 형법 39조 적용을 주장하고 나설 겁니다."

"사건의 대략적인 개요는 나도 알고 있네. 재판의 향방을 좌우할 요인은 유치원 습격에 계획성이 인정되느냐 아니냐겠지. 사건이 검찰에 송치된다 해도 수사가 종결된 건 아니야. 앞으로도 수사본부와 긴밀하게 연대해야 할 걸세. 물론 자네가 움직이는 데는 아무 지장이 없을 거야. 긴밀한 연대라는 말에는 그런 의미도 포함되네."

완곡하게 돌려서 하는 말을 군이 해석하자면 자네나 경찰이나 모두 센가이를 유죄로 만들기 위해 분골쇄신하라는 훈

시다.

"여기서만 하는 말이지만 검사장님께서도 이번 사건에 큰 관심과 기대를 걸고 있네."

검사장이라는 단어를 들은 순간 아모의 마음이 술렁거리기 시작했다. 넘버 투에게 불린 것만으로 긴장할 정도이니 넘버 원의 이름이 등장하는 상황에 태연할 리 없다.

아모는 지금껏 항상 높은 곳을 바라 왔다. 엘리트 의식이 만연한 검찰청 안에서는 출세욕이 필수 자질이라고 하지만 그중에서도 유독 두드러진다고 스스로 평가하고 있다. 자가 진단이 그 정도이니 옆에서 보기에는 더 그럴 것이다.

출세욕이 남다른 것은 낮은 자존감 때문이다. 사법 연수생 시절 그 피아니스트에게 강의와 실습 모두 크게 뒤처졌다. 어떤 세계든 천재가 있다는 건 부정하지 않지만 그것이 자신이 아니라는 사실에 절망했다.

평범한 사람이 99퍼센트의 노력으로 이룩할 것을 천재는 단 1퍼센트의 재능으로 손쉽게 뛰어넘는다. 자연의 섭리라고 하면 고개를 끄덕일 수밖에 없지만 그래도 마음이 꺾일 때가 많고 자존감 또한 산산조각 났다.

아모의 강렬한 출세욕은 그 시절의 반동일 것이다. 법의 여신 테미스와 음악의 여신 뮤즈 양쪽에게 축복을 받는 그를 상대로 이기고 싶은 것은 아니다. 그의 재능 앞에서 무릎을 꿇은 나 자신에게 이기고 싶은 것이다.

"검사장님의 기대가 자네가 더 열심히 뛸 요인이 되지 않겠나?"

"영광입니다."

"예단하기 어렵고 솔직히 쉽지 않은 부분도 많은 게 사실이야. 다만 이번 건을 무난히 넘기면 그에 걸맞은 보상이 주어질 걸세."

검사의 정기 심사는 법무성 전관 사항이지만 심사의 기본이 되는 평가는 검찰청 내부에서 매긴다. 당연히 검사장의 의견이 중시된다.

지방 검찰청 검사의 계급은 다음과 같다.

1년 차 - 신임 검사

2~3년 차 - 신임 졸업 검사

3~5년 차 - A청 검사(보통 여기까지를 검사의 교육 기간으로 인식한다)

6년 차 이후 - 시니어 검사

그 후 삼석 검사, 차석 검사, 검사장 순으로 이어지는데 입청 10년 차인 아모는 현재 시니어에 속한다. 다음으로 노리는 자리는 삼석 검사지만 물론 누구나 오를 수 있는 것은 아니다.

무죄 판결을 받거나 검찰 심의회에서 불기소 부당, 기소상당 의결을 받은 담당 검사는 정기 심사의 도마 위에 오른다. 다시 말해 센가이 사건을 어떻게 처리하느냐에 아모의 미래가 달린 셈이다. 실제로 입청 4년 차에 모 중대 사건을 불기소 처분했을 때는 정기 심사에서 호된 처분을 받았다.

입청 10년 차에 찾아온 고비. 패배는 물론 도망도 허락되지 않는다.

아모는 침을 꿀꺽 삼켰다.

그런 아모의 긴장을 풀어 주려는지 아니면 더 증폭시키려는지 후쿠자와는 의자에서 일어나 아모 옆에 다가왔다.

그리고 어깨에 손을 얹었다.

"원래 위기와 기회는 대개 동시에 찾아오지. 어느 쪽이 될지는 오로지 당사자의 재량에 달렸고."

"격려 말씀 감사합니다."

"기대하는 건 나도 마찬가지일세. 그럼 잘 부탁하겠네."

더 이상 후쿠자와와 함께 있다가는 그의 독기에 빠져들 것 같았다.

"그럼 실례하겠습니다."

고개를 숙이고 집무실에서 나가자마자 자연스럽게 어깨에서 힘이 풀렸다. 문득 정신을 차리니 겨드랑이에서 진득한 땀이 배어 나오고 있었다.

아모는 소심한 자신을 자학하듯 미소 지었다. 아무리 피의자들을 조사하고, 법정에 서고, 조직 속에서 이런저런 일들에 부대껴도 결국 타고난 성격은 어쩔 수 없는 듯하다.

집무실로 돌아가자 검찰 사무관 우가 마사미가 기다리고 있었다.

"검사님. 가와구치 강도 사건의 증거물 대조를 마쳤습니다."

우가의 다리 옆에 종이 상자가 2단으로 쌓여 있었다. 경찰서에서 보내온 수사 자료와 증거물을 대조하는 것도 사무관의 임무다.

가와구치 강도 사건은 돈줄이 끊긴 폭력단 단원이 권총을 들고 편의점을 습격한 사건이다. 이틀 전 범인이 체포됐고 권총과 총알을 비롯한 증거물이 전부 검찰에 송치됐다고 들었다.

"고생했어."

2년 전 사무관으로 채용된 우가는 매사 빈틈이 없고 업무처리 능력도 뛰어난 덕에 좋은 평가를 받았다. 아모를 옆에서 보좌하게 된 뒤에도 유능한 모습을 보여 주고 있다. 안경을 낀 얼굴에서 느껴지는 지적인 분위기는 그녀의 유능함을 한층 돋보이게 하지만 그러면서도 절대 자만하지 않고 뒤에서 아모를 묵묵히 보조하는 일에 매진하고 있다. 업무에 성별 차이 같은 걸 들고 와서는 안 되지만 남자 사무관 중에도 이렇게 우수한 인재는 드물 것이다.

"자리를 비우신 동안에 기록을 사건 번호순으로 매겨서 캐비닛에 넣어 뒀습니다."

"말도 없이 자리를 비워서 미안하군. 갑자기 차석 검사님이 부르셔서."

"차석 검사님이 무슨 일로?"

"검사장과 차석 검사 모두 이번 센가이 사건을 주목하고 있으니 최선을 다하라더군."

검찰 사무관은 검사의 팔다리나 마찬가지다. 꼭 그래서는 아니지만 우가에게는 거의 모든 사실을 전하고 있다.

"실은 검사님께서 사건 수사를 맡게 되실 거라 들었을 때부터 각오하고 있었습니다."

"각오라. 무슨 각오 말이지?"

"검사님은 이번 사건의 쟁점이 뭐라고 생각하시나요?"

"그야 물론 센가이의 책임 능력 유무겠지. 범행 양상이 잔혹한 데다 희생자도 다섯 명이나 나왔어. 책임 능력이 있다고 판단되면 극형을 피하기 어려울 거야. 반대로 책임 능력이 없는 것으로 판명되면 형법 39조 때문에 그를 벌할 수 없게 돼. 이건 거의 도박 아닌가?"

"이기면 영웅, 지면 역적이 되겠군요."

"그래. 그렇겠지. 유죄로 인정되면 그에 걸맞은 보상을 받겠지만 무죄나 불기소로 끝나면 할복을 각오해야 할 거야."

우가는 낙심한 것처럼 한숨을 휴 내쉬었다.

"제가 말씀드린 각오도 그런 뜻입니다. 검사님이 왜 그런 고비를 겪으셔야 하는 걸까요."

"차석 검사님은 원래 위기와 기회는 동시에 찾아오는 거라고 하더군."

"기대하겠다느니 관심을 갖고 지켜보겠다느니. 멀리서 구경하는 분들은 참 편할 것 같습니다."

"아니, 꼭 그렇지도 않아. 재판에서 져서 놈을 놓치기라도 하면 당연히 사이타마 지검의 수장과 넘버 투도 곤욕을 치르겠지. 정작 비난의 화살을 면치 못하는 건 그 두 사람이야."

"하지만 평가 대상은 아모 검사님이시죠."

"내 앞날을 걱정해 주는 건가?"

"전 검사님의 보좌를 직접 지원했으니까요."

"자네는 실력이 뛰어나니 내가 타 지점으로 좌천돼도 다른 검사들이 가만 놔두지 않을 거야. 내 걱정은 안 해도 돼."

우가는 뭔가 할 말이 더 있는 것 같았지만 아모는 동정받고 싶은 마음은 티끌만큼도 없기에 듣고 싶지 않았다.

"센가이가 오늘 송치됐다더군. 소환 조사가 몇 시로 예정돼 있지?"

"오후 3시입니다. 서류는 이미 다 도착했습니다."

검찰에 도착한 수사 관련 자료 확인도 사무관의 몫이다. 따라서 우가는 아모보다 먼저 서류를 훑어봤을 것이다.

"자료는 좀 어떻지?"

"완벽하지는 않습니다. 경찰에서 지금도 수사를 이어 가고 있겠지만 일단 그가 유치원 습격을 계획했다는 증거가 전무하니까요."

"서류를 지금 바로 준비해 줘. 참, 그리고 잠시 혼자 있게
해 주겠어?"

"알겠습니다."

아모는 우가가 가져온 수사 관련 자료를 책상에 펼친 채
읽기 시작했다. 사건 개요는 들어서 대략 알고 있지만 현장
사진을 직접 보니 새로운 공포와 분노가 치밀어 올랐다.

그중에서도 아이들의 시신 사진은 특히 보기가 괴로웠다.
세 아이 모두 목과 가슴 같은 급소를 찔려서 출혈량이 상당
했다. 앳된 얼굴 때문에 끔찍한 자상이 더욱 돋보여서 시신
사진에 익숙한 아모조차도 고개를 돌리고 싶었다. 센가이 사
건은 국민 참여 재판으로 진행될 텐데 이 사진을 본 배심원
들은 어떤 반응을 보일까. 사진을 보기만 해도 이렇게 괴로
울 정도이니 현장에서 카메라를 들이댄 감식반원들은 속이
말이 아니었을 것이다.

보기 힘든 자료는 그 밖에도 있었다. 간신히 화를 면한 아
이들의 증언이다.

센가이가 습격한 곳은 유치원의 최연소 반. 원아 열 여섯
명을 교사 두 명이 맡고 있었지만 담당 교사들이 전부 흉기
에 찔려 쓰러진 탓에 난입 상황을 증언해 줄 사람은 살아남
은 아이들뿐이었다.

—놀고 있을 때 갑자기 검은 옷을 입은 아저씨가 들어왔어요. 혼마 선생님이 "누구시죠?"라면서 다가갔는데 갑자기 아저씨가 들고 있던 칼로 선생님을 찔러서 반 아이들 모두 비명을 질렀어요.

—혼마 선생님이 바닥에 쓰러지자 사카마 선생님이 우리 앞에 서 주셨어요. 하지만 사카마 선생님도 곧 칼에 찔렸고, 그때 선생님 몸에서 튄 피가 저한테……. 거기서부터는 기억나지 않아요. 죄송해요.

—선생님들을 찌른 아저씨가 저희를 향해 조금씩 다가왔어요. 오는 도중에 신이치와 히나타를 칼로 찌르고 미유도 찔렀어요. 그러고 나서 다른 반 선생님들이 뛰어오자 창문으로 도망쳤어요.

증언해 준 아이들은 그날을 돌이키며 몸을 덜덜 떨었다고 한다. 증언할 수 있는 아이는 그나마 사정이 나은 편이고 다른 아이들은 제대로 말도 못 할 만큼 큰 충격을 받았다. 아이들의 모습을 떠올리자 아모는 가슴이 메었다.

현경 수사1과 형사들이 발견한 센가이의 잠복 장소 사진도 추악했다. 폐허가 된 백야드를 가득 채운 주사기와 비닐봉지. 감식반 보고에 따르면 센가이가 아닌 다른 사람의 머리카락과 발자국도 나왔다고 하니 침입자는 그 밖에 더 있었을 것이다. 그들은 빈 맥주 캔과 성인 잡지를 난잡하게 방치해 두었다. 황폐한 광경이 꼭 센가이의 정신 상태를 그대로 비추는 듯했다.

아니, 이러면 안 돼.

잠복 장소의 광경만 보고 당사자의 심리 상태를 가늠해서는 안 되고 위험하기도 하다. 아직 검찰 조사도 제대로 진행되지 않은 시점에 선입견을 품는 건 오히려 상대가 바라는 바일 것이다.

다음은 센가이의 집 내부 사진. 길쭉한 형태의 원룸이고 침대와 수납 상자 외에는 다른 물건을 둘 자리가 없을 정도로 비좁다. 그래도 이상하게 널브러진 느낌이 들지 않는 건 집 안에 꼭 필요한 최소한의 물건밖에 없어서일 것이다. 수납 상자 안에는 아르바이트 구인 잡지 몇 권과 갑 티슈, 알람 시계가 보인다. 이불도 가지런히 개어져 있어 환경이 좋다고 할 수는 없어도 흐트러진 생활상을 지적할 정도는 아니다. 감식반의 보고에 따르면 방 안에서 마약 관련 물품도 발견되지 않았다고 하니 그 점도 의외라면 의외였다. 적어도 자택에서 센가이의 이상성이나 정신 착란 경향은 찾아볼 수 없었다.

체포 당시 센가이가 소지하고 있던 스마트폰은 현재도 분석 중이라 보고서에 관련 내용이 없었다. 통화 기록으로 마약 판매상의 이름이나 연락처를 밝혀내면 유리해지겠지만 지나친 기대는 하지 않는 편이 좋을 것이다.

흉기로 쓴 칼에서는 피해자 다섯 명과 체포 당시 부상을 당한 경찰관의 혈액이 채취됐다. 문제는 칼의 입수 경로다. 아웃도어용 접이식 나이프인데 대형 마트 등지에서 흔히 파는 양산품이라 센가이가 어디서 칼을 구입했는지가 지금껏 밝혀지지 않았다.

아모는 다음으로 진술 조서를 집어 들었다.

진술 조서

본적: 도쿄도 아다치구 이리야 9번지 O-O

주소: 사이타마시 미나미구 시카테부쿠로 4번지 O-O

직업: 무직 (편의점 아르바이트)

이름: 센가이 후히토

생년월일: 1981년 7월 10일생(36세)

상기 인물의 살인 사건에 대해 2016년 9월 21일 사이타마현 경찰 본부에서 본관이 피의자에게 사전에 자기 의사에 반해 진술할 필요가 없음을 고지하고 조사한 결과 피의자는 임의로 다음과 같이 진술했다.

1. 저는 올해 1월부터 어느 지인을 통해 마약을 입수해 상습 투약하게 되었습니다. 대학을 졸업한 후 어떤 회사도 저를 정직원으로 고용해 주지 않아서 미래에 대한 불안이 있었습니다. 마약을 하면 이런 불안감이

조금은 누그러진다고 느낀 것이 계기였습니다. 마약은 듣던 대로 효과가 강력해서 주사를 한 대 맞으면 적어도 세 시간은 기분 좋은 상태로 있을 수 있었습니다. 얼마 안 되는 아르바이트 월급으로 한 봉지(0.2그램)를 1만 엔에 구입하기 쉽지 않았지만 그 쾌감을 고려하면 저렴하다고 생각했습니다. 집에서 주사를 맞으면 경찰이 집 안을 수색했을 때 증거가 남을 수 있기에 예전부터 눈여겨보고 있던 근처 폐업 편의점을 아지트로 쓰기로 했습니다. 편의점은 일단 폐점하고 안에 있는 제품을 전부 치우고 나면 생각보다 관리가 허술합니다. 뒷문에 있는 자물쇠도 손쉽게 열 수 있었죠. 점포 내부의 백야드에는 창문도 없었기에 아지트로 삼기 안성맞춤이었습니다.

2. 올해 9월 19일 오전 9시가 넘어 렌터카 업체에서 빨간색 알토를 빌렸습니다. 이틀 동안 휴가여서 오랜만에 나들이라도 가고 싶었습니다. 그날은 아라카와 운동 공원과 오케가와 스포츠 랜드에 갔습니다. 저는 드라이브를 좋아하는 편이지만 차를 사 봐야 유지비도 못 낼 상황이라 항상 렌터카를 이용했습니다. 집에 돌아왔을 때는 이미 밤이 깊어 있었습니다. 그날은 오랜만에 운전을 해서 그런지 몸이 노곤해서 곧장 아지트로 향했습니다. 주차장은 텅 비어 있어서 아무도 보이지 않았고 피곤할 때는 역시 한 대 맞는 게 최고니까요. 곧장 한 대를 맞고 스마트폰으로 음악을 들었습니다. 약을 하고 음악을 들으면 작은 소리 하나하나가 독립적으로 들립니다. 그날 밤에는 약효가 사라지고 그대로 집에 돌아가 눈을 붙였습니다.

3. 다음 날 아침에는 오전 7시에 일어나 차를 반납하기 위해 편의점으로 향했습니다. 아직 이른 아침이라 백야드에서 한 대를 맞았던 것까지는 기억합니다. 그런데 그 이후 기억이 모조리 사라졌습니다. 약을 하고 기억이 사라지는 건 흔한 일이기는 합니다. 그 후 정신을 차려 보니 경찰서 유치장 안이었습니다. 형사님의 설명을 듣고서야 제가 유치원에 침입해 아이 세 명과 선생 두 명을 칼로 찔렀다는 걸 알게 되었습니다. 하지만 저는 그동안의 기억이 전혀 없어서 형사님의 질문에 대답할 수는 없었습니다.

4. 제가 소지하고 있었다고 하는 칼에 대해서도 전혀 기억이 없습니다. 심지어 구입한 기억도 없어서 형사님이 제게 칼을 보여 줬을 때는 몹시 놀랐습니다.

센가이 후히토 (서명) 지장

이상과 같이 녹취해 읽어 준 결과 허위가 없음을 확인하고 서명 지장을 받았음.

사이타마현 경찰 본부

사법 경찰관

순사부장 고테가와 가즈야 날인

조서를 끝까지 읽어 보니 조서를 작성한 고테가와라는 형사의 고뇌가 엿보였다. 기록에 따르면 체포 당시 부상당한 경찰관도 이 고테가와 형사라고 한다. 사적인 원한, 경찰관으로서의 직업윤리, 그리고 무엇보다 인간으로서 분노가 느껴졌을 텐데 이를 잘 억누르고 있다.

통상 현행범으로 체포된 피의자의 진술 조서는 내용이 더 길다. 센가이의 진술 조서가 짧은 건 핵심인 범행 부분이 쏙 빠져 있기 때문이다. 자백주의는 여전히 건재하며, 그것은 바꿔 말해 이 진술 조서가 증거물로서는 대단히 빈약하다는 뜻이다. 그래도 어떻게든 책임을 회피하려는 피의자의 자세가 행간에서 묻어나는 건 오로지 질문한 사람의 집념 덕분일 것이다.

한편 피의자 센가이의 진술은 비열하다고 평가할 수밖에 없다. 마약 상습 사용에 대해서는 꼭 자랑하듯 늘어놓은 반면 유치원에 침입한 기억은 없다는 주장으로 일관하고 있다. 재판에서 형법 39조 적용을 노리는 주장으로 가정하면 용의주도하다고 해야 할 것이다.

어쨌든 소환 조사 후 정신 감정을 거치고 그를 기소하게 될 것이다. 공판 전 정리 절차에 걸리는 시간을 고려하면 첫 공판까지 두 달에서 석 달의 유예 기간이 있다. 그동안 증거를 더 갖추면 된다. 센가이 사건은 비단 사이타마 지검뿐 아니라 사이타마 현경 본부도 불기소나 무죄 처분을 간과할 수 없는 사안이다. 현경의 위신을 걸고 수사에 협력해 줄 것이다.

오후부터 진행될 소환 조사 전에 미리 배를 채워 두기로 했다. 정신적으로나 육체적으로나 고단한 작업이다. 대충 때우기보다 뭔가 제대로 된 음식을 먹어야겠다고 생각했다.

점심시간이 되어 아모는 와이셔츠 차림으로 청사를 나갔다. 마침 옆에서 IC 녹음기와 카메라를 든 사람들이 우르르 몰려왔다. 언론 관계자 같은 사람들이 아모를 기다리고 있었다.

"센가이 사건을 담당하는 아모 검사님 맞으시죠?"

녹음기를 손에 든 여자가 아모 바로 앞을 막아섰다. 단발머리에 눈초리가 날카로운 눈. 그럭저럭 봐줄 만한 외모인데 탐욕스러워 보이는 표정이 모든 것을 망치고 있다.

"데이토 TV의 미야사토라고 합니다. 이번 사건에 대해 한 말씀 부탁드립니다."

마이크와 녹음기 세례를 당하는 게 이번이 처음은 아니지만 검찰 송치 당일부터 이러는 경우는 드물다. 그만큼 이번 사건에 여론과 언론의 관심이 높다는 증거일 것이다.

평소처럼 노코멘트로 넘어가려다가 문득 마음이 바뀌었다.

이토록 국민적 관심이 크다면 검찰이 그들의 목소리를 대변하고 있음을 보여 줘야 하지 않을까. 물론 개인적인 견해라는 사족은 달아야겠지만 센가이 사건으로 법정에서 싸울

의지를 표명하는 건 3대 신문의 질문에 대한 하나의 대답이
될 것이다.

"오늘 막 송치된 안건이라 아직 특별히 드릴 말씀이 없습
니다."

"사건이 일어난 지 이틀이 지났습니다. 검사님이라면 사건
의 자세한 내용을 이미 파악하셨겠죠. 단도직입적으로 묻겠
습니다만, 승산이 있나요?"

기자들 중에는 이렇게 상대에게 의견을 묻는 것처럼 좀처
럼 상대의 이야기에 귀를 기울이지 않는 사람이 많다. 오로
지 질문자가 듣고 싶어 하는 대답을 끌어내려 할 뿐이다.

"승산 같은 건 염두에 두고 있지 않습니다. 검찰은 오직 송
치된 안건의 기소 여부를 판단한 후 기소한 안건에 대해 철
저히 재판에 임할 뿐입니다."

"센가이 사건이 불기소될 가능성도 있을까요?"

"기소에 이르기까지 여러 절차가 있습니다만, 개인적인 견
해로 불기소 처분은 적절하지 않다고 생각합니다."

듣고 싶은 말을 들어서인지 그제야 미야사토의 얼굴이 희
열에 물들었다.

"항간에는 형법 제39조가 적용돼 센가이 용의자에게 죄를
물을 수 없을 거란 의견도 있습니다만, 그 점에 대해서는 어
떻게 생각하시나요?"

"심신 상실 상태라는 건 엄격한 검사를 거쳐 내려지는 진

단이고 형법 39조가 적용되는 건 극히 일부 사례입니다. 법정은 아마추어의 연기에 좌우될 만큼 만만한 곳이 아닙니다. 거짓과 허위는 반드시 밝혀지게 돼 있습니다."

"위로가 되는 말씀이네요. 유치원생 세 명과 교사 두 명을 끔찍하게 살해한 행위에 대해서는 어떻게 생각하십니까?"

"무릇 같은 인간이 벌인 일이라고 생각할 수 없을 만큼 잔혹한 짓이라고 생각합니다."

"범인을 증오하시나요?"

"누군가의 부모 자식이라면 그를 동정할 수 없겠죠. 동정은 피해를 당한 분들과 그 유족들에게 향해야 한다고 봅니다."

"검사님도 그를 용서 못 하시나요?"

"이 세상에 범죄를 용서할 검사는 없습니다."

"사형을 구형하실 겁니까?"

"여성과 아이 다섯 명을 살해한 죄질에 합당한 처벌은 얼마 없을 겁니다. 사형 말고 또 어떠한 처벌이 있을까요."

목소리가 점차 열기를 머금고 감정이 조금씩 섞이기 시작했다. 이쯤에서 끝내는 게 좋을 것이다.

"그럼 전 용건이 있어서 이만 실례하겠습니다."

끊임없이 녹음기를 들이미는 기자들을 한 손으로 제지하며 아모는 종종걸음으로 걷기 시작했다. 미야사토 기자의 질문에 대답했지만 조금 전 일문일답은 다른 보도진에도 공유

될 것이다.

국민의 정의를 대변하는 검찰이라는 이미지를 심어주는 데 성공했다. 답변에 약간 감정이 섞인 것도 평범한 사람들에게는 호감을 주지 않을까. 인터뷰에 앞서 사적인 견해라고 밝혔으니 크게 문제될 일은 없을 것이다.

런치 메뉴로 두툼한 스테이크를 파는 가게가 떠올라 아모의 발걸음은 더욱 가벼워졌다.

3

오후 3시, 예정대로 피의자 소환 조사가 시작됐다. 평소에는 피의자 여러 명을 한꺼번에 불러 차례대로 조사하지만 이번에는 센가이 한 명만 호송돼 왔다. 그만큼 사이타마 지검이 센가이 사건을 중대 사건으로 특별 취급한다는 증거일 것이다. 사이타마 현경 본부는 도로를 사이에 두고 바로 옆 부지에 있다. 호송이라고 하기도 어색할 만큼 센가이는 포승줄에 묶여 경찰관 두 명에게 연행돼 왔다.

수갑을 찬 센가이를 집무실에 들여보낸 뒤 경찰들은 다시 밖으로 나갔다. 센가이는 혼자 남아도 특별히 겁먹거나 위축된 모습을 보이지 않았다. 포승줄 끝이 의자에 묶여 있어서 일어설 수도 없다.

아모는 양복을 입고 창문을 등지고 앉아 센가이를 맞이하고 있었다. 옆에는 우가 사무관이 컴퓨터 앞에 앉아 있다. 그 옆에는 기록용 IC 녹음기와 확인용 이어폰도 있다.

조사 도중에 경찰이 집무실에 들어오는 경우는 없다. 피의 자가 경찰을 신경 쓰지 않고 진술할 수 있게 하기 위한 배려 다. 경찰이 없어도 피의자가 저항하지 못하게 조사 도중 집 무실에는 무기가 될 만한 물건은 전부 치운다. 길이 1미터 남 짓한 책상에 놓인 찻잔도 플라스틱 찻잔이다.

정면에 앉은 센가이는 갸름한 얼굴에 머리가 짧았다. 아모 를 앞에 두고 옅은 미소를 짓고 있는데 둘 사이 거리가 불과 3미터라 표정이 훤히 보인다. 아모는 뜨거운 차를 한 모금 마시고 신문을 시작했다.

성명, 본적지, 주소를 직접 말하게 해서 본인 확인을 마치 고 질문에 들어간다. 사건을 곧바로 언급하지 않고 피의자 의 성격을 파악할 겸 잡담부터 시작하는 것이 아모의 방식 이었다.

"이번에 수사를 맡은 아모 다카하루라고 합니다."

"아모 검사님이시군요. 어떻게 쓰나요?"

"하늘 천(天)에 날 생(生) 자를 씁니다."

"멋지네요. 하늘에서 태어나 지금은 검사 일을 하고 계시 다니. 이름값을 톡톡히 하시네요."

"센가이 씨 이름도 나쁘지 않은 것 같은데요. 후히토不比等 라니, 개성적입니다."

"그래요? 전 죽도록 싫어하는 이름인데."

센가이는 언짢은 것처럼 말했다.

"왜죠? 후지와라노 후히토*와 같은 이름 아닌가요."

"저희 부모 세대에는 자식 이름을 특이하게 짓는 게 유행이었다죠. 부모님은 다른 아이들과 차별화하려고 지은 이름이라더군요. 역사적 인물과 이름이 같은 걸 떠나 무려 '주변에 비할 사람이 없다'라는 뜻이라고 합니다. 그런데 검사님, 제가 이 이름 때문에 얼마나 괴롭힘을 당했는지 아십니까? 부모가 어쩜 이렇게 나란히 멍청했는지 몰라요. 다른 자랑할 거리가 아무것도 없으니 적어도 아들 이름 정도는 개성 있게 지으려 한 것 같은데, 저로서는 하나도 달갑지 않습니다."

"센가이 씨 본인은 자랑할 만한 게 있습니까?"

"있을 리 없죠."

센가이는 자조하듯 말했다.

"재능이 없을뿐더러 운도 지지리 없습니다. 제 프로필은 이미 아시지 않나요?"

"대략만. 가족 구성이나 출생 환경에 대해서는 못 들었습니다."

"제가 태어난 곳은 아다치구 이리야입니다. 나팔꽃 축제로 유명한 곳인데 집은 이미 사라지고 없죠. 부모님이 둘 다 돌

* 일본 아스카 시대의 정치가.

아가셨거든요."

"센가이 씨가 학생 때 돌아가신 건가요?"

"이미 오래전에 잇달아 세상을 떴습니다. 둘 다 암으로요. 외아들이 어떻게든 대학까지 간 걸 보고 저세상에서 안심했을지도 모르지만, 고생해서 들어간 4년제 대학을 막상 졸업하고 보니 하필 취업 빙하기여서 유명 기업들은 서류 전형에서 탈락했죠. 무려 2백 곳에 지원해서 내정된 곳은 딱 한 군데였습니다."

"한 곳이라도 있어서 다행 아닌가요?"

"그게 말이죠, 검사님. 거기가 기모노 대여업으로 급성장한 회사였는데 돌려막기식 경영 때문에 제가 입사하기 이틀 전에 망해 버렸습니다."

아모의 머릿속을 뭔가가 스쳤다. 희미한 기억의 조각일까, 단순한 연상일까. 깊이 떠올릴 새도 없이 센가이의 이야기가 이어졌다.

"그때는 이미 모든 기업의 채용 절차가 끝나서 결국 아르바이트를 하며 1년 먹고살 수밖에 없었죠. 그다음 해에 또다시 취업 재수생으로 구직 활동을 했지만 갓 졸업한 사람도 받아 주지 않은 회사가 재수생을 뽑겠습니까? 결국 면접 한 번 제대로 못 보고 구직 활동은 어이없이 실패했고 그 뒤로는 계약직과 아르바이트만 반복했습니다. 어떻습니까? 운이라곤 지지리도 없죠?"

센가이는 자학하듯 말했다. 자학은 자존감이 부족한 사람의 특징이다. 지금 센가이의 가슴속에는 바닥 난 자존감이 산업 폐기물처럼 겹겹이 쌓여 있을 것이다.

"다카사고 유치원에 부잣집 아이들이 많이 다닌다는 걸 알고 있었습니까?"

"그야 유명한 곳이니까요."

"다카사고 유치원을 노린 것도 그런 이유였나요?"

"노렸다뇨, 무슨 당치도 않은 말씀을."

눈앞에서 손사래 치는 모습이 누가 봐도 연기 같다.

"팔자 좋은 아이들이라고 생각은 했지만 그렇다고 부럽다는 이유로 사람을 죽이겠습니까? 그리고 이 세상에 부러운 녀석은 그 밖에도 수없이 많습니다. 전 그런 거창한 계획을 세울 위인이 못 되고 그냥 혼자 조용히 약이나 하는 게 성미에 맞아요."

아모는 슬슬 도발해 봐야겠다고 생각했다.

"하지만 센가이 씨를 문전 박대한 회사들이 지금은 매년 대졸자들을 채용하고 있죠. 경찰 조사 때 센가이 씨는 이렇게 진술하기도 했습니다. 내 뒤에 졸업한 녀석들은 아주 편하게 회사에 들어간다고요. 그건 곧 센가이 씨 스스로는 능력이 있다고 믿는다는 뜻 아닌가요?"

"채용 시험에 도전했으니 그만한 자신감은 있었죠."

"그러나 회사든 세상이든 센가이 씨에게는 눈길을 주지 않았습니다. 그런 상황이 계속되다 보면 혼자 현실에서 도피하는 것만으로는 괴로움을 해소하기 어렵지 않았을까요?"

"그래서 제가 부잣집 아이들이 다니는 유치원을 습격했다는 말입니까? 검사님도 보기보다 충동적이시네요."

"신중한 사람은 살인 같은 걸 떠올리지도 못합니다."

아모의 본심이었다. 검사가 되어 지금껏 수백 명이나 되는 피의자를 만났지만 그들의 범행은 하나같이 충동적이었다. 어떤 사람이든 범행을 저지를 때 머릿속에서 장기적인 전망 같은 건 사라진다. 순간적으로 떠오른 욕구와 충동에 몸을 맡길 뿐이다. 생각해 보자면 살인만큼 수지가 맞지 않는 일도 없다. 그런 행동을 선택한 시점에 이미 충동적이라고 할 수밖에 없는 것이다.

"검사님. 저 같은 취업 빙하기 세대가 일본에 얼마나 있다고 보십니까? 제가 보기에 검사님도 저랑 비슷한 세대 같은데 검사님 같은 분은 초 엘리트라 할 수 있겠죠. 검사님 같은 분들을 제외하고 아르바이트로 먹고살거나 직업이 없는 사람이 저희 세대에 무려 백만 명이 넘는다고 합니다. 그렇다고 다른 세대에 비해 유달리 능력이 떨어지는 것도 아니에요. 성실하고 조직에 잘 적응하는 사람도 많죠. 그런 사람들이 단지 나라의 경기가 좋지 않다는 이유만으로 찬밥 신세를 당한 겁니다. 정직원이 되지 못하면 그 뒤로는 먹고살기 바빠서 저축이나 결혼 같은 건 꿈도 못 꾸죠. 기업들이 채용을 꺼리는 바람에 이 나라는 귀중한 인재와 세수稅收, 그리고 출생률까지 놓쳐 버린 겁니다."

비아냥거리는 말투지만 그로서는 정당한 항의일 것이다.

"그뿐만이 아닙니다. 열악한 환경에 처하면 누구든 성격이 비뚤어지고 범죄에 노출되기 쉽죠. 저 같은 사람이 약에 의존하는 것도 다 이 나라가 대책 없이 손을 놓고 있어서란 말입니다."

자신이 저지른 잘못을 국가 책임으로 돌리려는 걸까. 무슨 말인지 이해는 되지만 역시 비겁한 느낌은 지우기 어렵다.

백번 양보해 센가이가 마약에 의지하지 않으면 살아가지 못할 환경에 처한 게 이 나라의 경제 대책 때문일 수는 있다.

그러나 다섯 명의 목숨을 무자비하게 앗아 간 건 다른 누구도 아닌 그 자신이다.

"그러고 보니 경찰 조사 때 판매책에 대해서는 입을 걸어 잠그셨더군요. 그 판매자는 센가이 씨를 마약 상습 투약자로 만든 장본인일 겁니다. 의리를 지킬 이유도 없지 않습니까?"

"아뇨, 오히려 상습범일수록 의리를 지키는 법이에요. 제가 불어서 그쪽에 조금이라도 해가 가면 출소 후에 보복을 당하죠. 저한테 두 번 다시 약을 팔지 않을 수도 있고요."

"사람을 다섯 명이나 죽이고도 출소할 수 있다고 생각합니까?"

"검사님. 죽은 사람들한테는 미안한 말이지만 정말로 기억이 안 납니다. 죽인 걸 기억도 못 하는 마당에 책임감을 느끼라는 것도 이상하지 않나요?"

이야기가 슬슬 핵심에 접어들고 있다. 아모는 거미줄을 친 거미처럼 센가이에게서 의미 있는 증언을 끌어내기 위해 마음을 다졌다.

"혹시 지금 형법 39조를 염두에 두고 있다면 잘못 생각하는 겁니다. 심신 상실 상태라는 건 그렇게 쉽게 인정되지 않아요."

그러자 센가이는 희미하게 미소 짓는 표정 그대로 얼굴이 굳었다.

"언론이나 드라마 등에서 심신 상실 문제를 비현실적으로 다루는 경우가 많고 실제 현실에서도 무능한 변호사일수록 형법 39조를 주장하죠. 그런 사람들은 마치 비법이라도 되는 것처럼 형법 39조를 들먹이지만 그게 그렇게 보편적이지는 않아요. 요즘 판결 추세가 어떤지 뉴스 같은 데서 좀 보셨습니까?"

"아뇨. 어차피 저랑 상관없는 일이었으니."

"범행 시 심신 상실 상태였다는 이유로 무죄가 나오는 건 현실에서는 거의 일어나지 않는 도시 괴담이나 마찬가지입니다. 일본 법원이 그렇게 만만하지 않아요."

물론 형법 39조를 적용해 피고인을 면책한 판례도 있지만 그 비율은 0.1퍼센트 이하일 것이다. 현실에서는 거의 일어나지 않는 사례이니 언론이 더 호들갑스럽게 다루는 측면도 있다. 지금은 센가이를 최대한 불안에 빠뜨려야 하고 인간은 불안할수록 빈틈을 보이게 마련이다.

"예컨대 지금 저와 이렇게 대화 중인 센가이 씨는 지극히 정상적인 상태라 할 수 있겠죠. 책임 능력 유무를 따지면 당연히 있다고 나올 겁니다. 그런 사람이 마약을 투약해 심신 상실 상태가 됐으니 그동안 저지른 행위를 전부 불문에 부친다는 건 있을 수 없는 일이죠. 마약을 하기 직전까지 제대로 된 판단력이 있었다면 그 이후 행동에도 책임 능력이 있다고 보는 게 현재의 사법 판단입니다."

물론 사법 판단은 케이스 바이 케이스이고 모든 안건에 적용되는 해석은 아니다. 그러나 지금 이 자리에서는 센가이의 여유를 흔드는 게 무엇보다 중요하다.

센가이는 옅게 미소 짓는 얼굴 그대로 아모를 보고 있다. 몰아붙일 거면 지금이 기회다.

"따라서 범행 당시 기억이 없다는 센가이 씨 진술은 그다지 도움이 되지 않을 겁니다. 아니, 도움은커녕 오히려 판사와 배심원들의 심증을 더 안 좋게 만들겠죠."

"그건 저도 사양이지만 그렇다고 기억나지 않는 걸 난다고 하면 그것도 위증 아닌가요?"

"범행 당시 기억의 유무보다 왜 사건 직전에 마약을 했는지가 더 중요합니다."

아모는 목소리와 말투에 천천히 무게감을 실었다.

"마약을 하는 데 무슨 특별한 이유가 있겠습니까? 그냥 짜증이 났다, 기분이 안 좋다 등등 이유야 다양하죠."

"센가이 씨가 경찰에서 진술한 내용은 이렇습니다."

아모는 손에 든 진술 조서를 눈앞에 가져와 해당 부분을 읽었다.

"'3. 다음 날 아침에는 오전 7시에 일어나 차를 반납하기 위해 편의점으로 향했습니다. 아직 이른 아침이라 백야드에서 한 대를 맞았던 것까지는 기억합니다'. 이 부분, 진술하면서도 뭔가 이상하다고 느끼지 않았나요?"

센가이는 무슨 말인지 모르겠다는 듯이 고개를 갸웃거렸다.

"센가이 씨가 차를 빌린 렌터카 업체는 이미 밝혀졌습니다. 기록도 확인했죠. 진술하신 대로 19일 오전 9시가 지나 빨간색 알토를 빌려 렌터카 업체에서 출발했더군요. 그런데 여기서 문제되는 게 바로 해당 렌터카 업체의 기본요금입니다. 이곳에서는 여섯 시간 단위로 이용 요금을 계산합니다. 여섯 시간까지는 5,720엔, 열두 시간까지는 6,270엔, 스물네 시간까지는 7,810엔. 그 이후에는 하루에 6,270엔씩 가산. 즉, 20일 오전 9시까지 차를 반납하지 않으면 6,270엔의 연체료를 내야 한다는 말입니다. '얼마 안 되는 아르바이트 월급으로 한 봉지(0.2그램)를 1만 엔에 구입하기가 쉽지 않았다'라고 진술한 센가이 씨에게 6,270엔은 결코 무시할 액수가 아닐 겁니다. 오전 7시에 일어나 편의점에 도착한 시간은 7시 30분 전후. 마약을 하면 적어도 세 시간은 환각 상태에 빠진다는 걸 잘 알았을 텐데 왜 하필 그런 타이밍에 마약을 했을까요?"

아모는 상반신을 살짝 앞으로 기울여 센가이를 몰아붙였다.

"그건 바로 처음부터 렌터카를 반납할 마음이 없었기 때문이겠죠. 마약을 해서 자기 자신을 심신 상실 상태로 만든 후 유치원을 습격할 계획이었기 때문입니다."

"에이, 그건 억지예요."

센가이는 여유롭게 반박했다.

"검사님은 마약을 해 본 적이 없으시죠?"

"있을 리 있겠습니까."

"한번 해 보시면 아실 겁니다. 그건 머리가 아니라 몸이 원하는 거예요. 그러니까, 마치 오줌을 누고 싶은 것과 비슷하다고 할까요. 오줌을 참고 또 참아서 방광이 찢어질 것 같은 상황에 6,270엔의 액수 같은 게 머리에나 들어오겠습니까? 생리적인 욕구에는 당해 낼 수 없다는 겁니다. 그때가 정확히 그런 상황이었고요."

"그런 논리는 같은 마약 상습 투약자들 사이에서는 통할지 몰라도 판사와 배심원들에게는 통하지 않습니다. 그렇게 주장할수록 오히려 심증을 안 좋게 만들겠죠. 차라리 모든 게 계획적이었다고 솔직히 털어놓는 게 좋을 겁니다."

"좋긴 뭐가 좋아요."

센가이는 부루퉁하게 되받아쳤다.

"판사와 배심원들이 어떻게 생각하든 어차피 심신 상실 상태가 아니었다고 전제하면 나오는 판결도 똑같을 거 아닙니까. 심증이 좋아진다고 사형이 무기징역이라도 됩니까?"

이제는 아예 세게 나가기로 한 걸까. 아모는 속으로 혀를 찼다. 이런 타입의 인간이 정색하고 나서면 귀찮아진다는 걸 경험상 알고 있다.

"범행 당시 심신 상실 상태 여부를 떠나 당신은 무려 다섯 명이나 되는 사람들의 목숨을 앗아 갔습니다."

"그렇다고 하더군요."

"적어도 그 사실 정도는 인정하는 게 어떨까요? 최소한의 속죄 의미로."

"기억나지도 않는 걸 뭘 인정해요?"

두 사람이 질문과 답변을 주고받는 동안 옆에서는 우가가 키보드를 쉼 없이 두드리고 있다. 마음 같아서는 센가이가 범행을 인정하는 발언을 해 주면 좋겠지만 그런 게 없어도 당사자의 무책임하고 이기적인 면모가 잘 드러나는 조서를 작성한다면 그걸로 충분하다. 그 조서가 센가이의 목을 조일 것이다.

"체포되기 직전에 칼을 휘두르며 저항했다더군요. 다섯 명의 목숨을 빼앗았을 때 쓴 그 칼입니다. 바로 이거."

아모는 피범벅인 칼 사진을 센가이 앞에 들이밀었다. 센가이는 관심 없다는 듯이 힐끗 쳐다보기만 했다.

"칼자루에서는 센가이 씨의 지문만 나왔습니다. 범행 당시이 칼을 썼다는 건 사건을 목격한 유치원 관계자와 형사들의 증언에서도 나왔고요."

"목격한 사람이 있다면 뭐, 쓴 게 맞겠죠."

"이 칼은 어디서 입수했습니까? 칼을 산 곳 정도는 기억하지 않나요?"

"그게 말입니다. 전혀 기억이 안 나요."

센가이는 항복이라는 듯이 두 손을 위로 들었다.

"그러지 않아도 경찰서에서도 꼬치꼬치 캐묻던데 사기는커녕 본 적도 없습니다. 애초에 제가 살면서 아웃도어용 칼을 쓸 일이 뭐가 있겠습니까? 어디 산에 들어가서 서바이벌같은 걸 하는 취미가 있는 것도 아니고요."

"일상에서 쓰지 않는다면 특별한 용도를 위해서 샀겠죠. 사람을 살해하기에 아주 좋은 물건이기도 하고요."

칼 구입은 유치원 습격이 계획적이었다는 가장 유력한 증거다. 판사와 배심원들이 그렇게 해석하도록 하기 위한 유도신문이었다. 센가이는 아모의 의도를 눈치챘는지 입가를 일그러뜨렸다.

신중하게 말을 고르는 것처럼 보이지만 빈틈이 없는 건 아니다. 그 빈틈에 쐐기를 박아 검찰 측에 유리한 조서를 만드는 게 자신이 할 일이다. 센가이는 이번에 처음 사람을 죽였지만 이쪽은 이미 수백 명의 피의자를 상대했다. 그런 경험치의 차이는 임시변통으로 얻은 법률 지식이나 임기응변 따위로 좁힐 수 있는 게 아니다.

동기, 살해 방법, 기회. 이 세 가지 요건이 갖춰지면 공판을 유지할 수 있다. 현 단계에서 세 가지 요건은 빠짐없이 조서에 열거 가능하다. 센가이가 제아무리 범행 당시 심신 상실을 주장해도 검찰 우위 구도는 조금도 흔들리지 않을 것이다.

남은 문제는 기소 전 감정의 실시 여부다. 차석 검사는 검찰에 유리한 판정을 내려 줄 감정의를 준비하겠다고 했지만 지금까지 센가이와 나눈 대화를 곱씹으면 감정의 필요성을 별로 느끼지 못했다.

아니, 방심은 금물이다.

센가이가 변호인을 선임했다면 변호인은 형법 39조 적용을 노리며 센가이가 범행 당시 심신 상실 상태였다는 감정 결과를 제출할 수 있다. 그러면 검찰은 그에 맞서 책임 능력을 물을 만한 내용의 결과서를 제출해야 한다.

"끝까지 범행 당시 기억이 없다고 주장할 거면 결국 감정의의 감정을 받아 보는 게 좋겠군요."

"아, 감정 전에 변호인을 불러 주시겠어요? 지금부터는 변호사 없이 이야기하지 않겠습니다."

"나중에 얼마든지 불러 드리지요. 미리 말하지만 검찰의 피의자 소환 조사에 변호인 동석은 허락되지 않습니다. 아무리 떼를 써도 무리예요."

"그럼 묵비권을 행사하죠."

이 무슨 잠꼬대 같은 소리를.

아모는 무심코 코웃음을 칠 뻔했지만 웬일인지 정말로 졸음이 느껴져서 순간 당황했다.

"변호사 선임 비용이 없다면 국선을 선임하면 됩니다. 국선 변호사라 해도 최소한의 비용으로 일은 제대로 해 줄 테니까요."

비꼬는 투가 된 건 이제는 자제심이 거의 바닥을 드러내서일 것이다.

뭔가 이상했다.

요즘 바빠서 잠을 제대로 못 자기는 했다. 그러나 하필 피의자 소환 조사 중에 이렇게 잠이 쏟아지는 건 처음 있는 일이었다.

"기소 여부를 정하기 전에 정신 감정을 한다는 거죠? 그럼 의사가 결정되기 전에 변호사랑 상의하게 해 주십쇼. 그쪽 말대로 했다가 돌팔이 의사가 올지도 모르니까요."

갑자기 센가이의 목소리가 기어들어 가는 듯하다.

"그전에 내가 묻는 말에나 대답해요."

자신의 목소리도 점차 멀게 느껴졌다.

수마가 마침내 의식 깊숙한 곳까지 내려왔다.

천근만근인 눈꺼풀을 필사적으로 뜨며 버티고 있자 이번에는 우가의 목소리가 들렸다.

"죄송합니다, 검사님. 갑자기 몸이 좀……. 3분만 화장실에 다녀와도 될까요?"

"아, 그래. 3분이라면."

사고가 말을 따라잡지 못해 간신히 대답했다.

"이런, 이런. 검사님. 조사 도중에 지금 뭐 하시는 겁니까?"

센가이의 조롱이 드문드문 끊겨서 들렸다.

잠들지 마. 일어나.

자신을 질타해도 의식은 수마에 사로잡혀서 꼼짝하지 못한다.

잠시 후 아모는 의식을 잃었다.

눈을 떴을 때는 몇 분, 아니 몇 시간이 흘렀을까.

"검사님. 검사님."

어깨를 세차게 흔드는 사람은 집무실 앞에서 기다리고 있을 경찰이었다.

"아, 죄송합니다. 깜빡 졸았던 것 같……."

"도대체 무슨 일이 벌어진 겁니까?"

경찰의 목소리보다 먼저 눈앞의 광경을 보고 정신이 번쩍 들었다.

눈앞에 권총이 놓여 있었다.

그리고 센가이는 의자에 앉은 채로 고개를 푹 숙이고 있다. 가슴에서 피가 흐르고 있다. 몽롱한 시야 한구석에는 또 다른 경찰관의 부축을 받고 있는 우가의 모습도 보였다. 그 옆에는 우가의 것으로 보이는 토사물이 바닥에 고여 있다.

대체 무슨 일이 일어난 걸까.

일어서려다가 비틀거렸다. 책상에 손을 짚으며 센가이 쪽으로 다가간다.

"검사님, 안 됩니다."

경찰이 등 뒤에서 어깨를 붙들었다.

"현장을 보존해야 합니다. 움직이지 마세요."

"하지만 센가이가."

"저희가 이미 확인했습니다. 사망했습니다."

뭐라고?

"총소리가 들렸을 때 집무실 안에는 센가이와 검사님밖에 없었습니다. 무슨 일이 있었는지 설명해 주시죠."

설명해 달라니.

내가 하고 싶은 말이다.

"나랑 단둘이 있었다고요?"

"두 분만 있었던 방에서 피의자가 총에 맞아 죽었고 검사님 앞에는 권총이 있었습니다. 누가 봐도 검사님이 직접 총을 쏜 것으로밖에 보이지 않습니다."

말도 안 돼.

고개를 돌려 책상 위에 있는 정체불명의 물건을 바라본다. 난생처음 보는 권총이다. 손을 뻗으려다가 또다시 제지당했다.

"손대지 마십시오. 가장 중요한 증거물입니다."

되살아났어야 할 의식과 사고가 또다시 산산이 흐트러졌다.

"몇 시간이나 지난 겁니까?"

"정신 차리세요."

"총소리가 들린 직후 저희와 사무관님이 뛰어 들어왔습니다. 아직 몇 분밖에 지나지 않았습니다."

확인하려고 우가 쪽을 보니 그녀는 창백한 얼굴로 연신 고개를 끄덕였다.

"그럼 범인은 다른 출입구로 탈출해서……."

"검사님."

경찰의 목소리는 극히 차갑고 사무적으로 들렸다.

"문을 제외하고 드나들 곳은 창문뿐인데 아시다시피 여긴 4층입니다. 저희도 혹시나 해서 확인했습니다만."

경찰은 아모 뒤에 있는 창문을 가리켰다.

"창문으로 사람이 드나든 흔적은 없습니다. 심지어 창문이 안쪽에서 잠겨 있더군요. 만약 범인이 창문으로 들어와 창문으로 탈출했다면 어떻게 문을 잠갔을까요?"

취조하는 듯한 투에서 경찰이 자신을 의심하는 게 느껴

졌다.

잠깐만.

뭔가 착오가 있는 게 분명해.

"죄송하지만 한 번만 더 차근차근 설명해 주시겠습니까?"

"먼저 사무관님이 왠지 힘들어 보이는 표정으로 집무실에서 나왔습니다. 화장실에 가시겠다더군요. 이후 문이 닫히고 몇 초가 지나 집무실 안에서 총소리가 들렸습니다. 저희 셋이 황급히 안으로 들어가자 검사님은 책상에 엎드려 있었고 센가이는 수갑을 찬 채로 사망해 있었습니다."

소용없다.

귀로 설명을 들어도 머리가 전혀 따라잡지 못한다.

"검사님."

경찰의 목소리는 꼭 기계음처럼 감정이 느껴지지 않았다.

"총을 쏜 사람이 검사님 맞습니까?"

"아닙니다."

간신히 그 말만을 쥐어짜 냈다.

"난 아니에요."

"하지만 모든 정황이 검사님이 총을 쏜 것을 암시하고 있습니다. 어떻게 설명하실 건가요?"

기억나지 않습니다. 그렇게 입을 열려다가 퍼뜩 말문이 막혔다.

조금 전에 센가이가 했던 주장과 똑같지 않은가.

설마 나도 심신 상실 상태에서 사람을 죽였다는 말인가.

현실과 망상이 뒤섞여 아직 꿈에서 깨지 못한 느낌이다. 그러나 그 감각에 찬물을 끼얹는 말이 귓가에 들렸다.

"검사님. 실례지만 검사님을 살인 혐의로 체포하겠습니다."

어느새 또 다른 경찰관이 바로 옆에 서 있었다.

"장소가 장소인 만큼 구속하지는 않겠습니다. 그러나 탈주를 시도하면 그 즉시 대응하겠습니다."

잠시 후 현경 본부에서 감식반을 비롯한 형사 몇 명이 왔고 아모와 우가는 각자 다른 방으로 이동했다.

시간이 갈수록 의식은 또렷해지지만 머릿속은 여전히 뒤죽박죽이다. 현실에서 벗어나 어딘가를 부유하는 느낌이었다.

경찰 두 명이 양옆에 서서 감시를 늦추지 않고 있다. 잠시 침묵하고 있자 아모에게 질문을 퍼붓던 경찰이 불쑥 내뱉었다.

"검사님의 심정은 이해합니다."

혼잣말인지 아모 쪽을 바라보지 않는다.

"죄 없는 아이들과 선생님까지 사람을 다섯 명이나 죽였으면서 법의 허점으로 빠져나가려던 녀석이었습니다. 저도 용서할 수 없다고 생각했고 그를 여기로 데려오는 동안에도 몇 번이나 좋지 않은 생각이 머리를 스치더군요. 간신히 참았던 건 저에게 가족이 있기 때문입니다."

아모가 독신인 걸 알면서 하는 소리라면 그것대로 실례될 만한 발언이다.

"검사님의 행동을 두고 여러 방면에서 비판이 쏟아질 겁니다. 하지만 센가이 사건과 관련된 사람들은 속으로 다른 평가를 내릴 겁니다. 그걸 잊지 말아 주십시오."

나름대로 솔직한 속내를 털어놓았겠지만 아모에게는 조금도 위로되지 않았다. 그러나 반박하려 해도 구체적인 논거가 떠오르지 않아 입을 다물 수밖에 없다.

현경 본부에서 검시관이 도착해 그 자리에서 검시가 진행되었다.

얼마 지나지 않아 센가이의 사망이 최종 확인됐고 아모는 용의자가 되어 현경 본부에 신병이 인도됐다.

II *Molto vivace*
약동하듯 생기 넘치게

"대체 무슨 짓을 한 거지?"

미사키 교헤이는 컴퓨터 앞에서 무심코 신음을 내뱉었다. 다행히 집무실에 자신을 제외하고 다른 사람은 없다.

교헤이에게 지급된 컴퓨터 모니터에는 어제 사이타마 현경에 체포된 아모 다카하루 1급 검사 사건에서 지금까지 판명된 사실이 적혀 있다. 도쿄 고검 안에서도 검사장 이하 한정된 몇 사람에게만 발신된 메일이지만 읽으면 읽을수록 암담한 기분에 휩싸였다. 도쿄 고검의 차석 검사에 임명된 지 아직 1년도 지나지 않았다. 지금껏 여러 지검에서 다양한 불상사를 봐 왔지만 그중에서도 이 아모 검사 사건은 최악의 부류에 속한다. 아니, 현직 검사가 살인 혐의로 체포된 건 전대미문 아닐까.

피의자가 현직 검사라는 사실만으로도 엄청난 스캔들이지만 심지어 피해자는 그 검사가 담당했던 사건의 피의자라고 한다. 그것도 모자라 그 피의자가 '헤이세이 최악의 흉악범'이라 불리던 센가이 후히토라고 하니 산 넘어 산이다.

희대의 흉악범에 대한 여론과 언론의 반응은 그에게 붙은 별명으로 알 수 있듯 최악이다. 아마 국민 투표라도 하면 압도적 다수로 사형 쪽에 표가 쏠릴 것이다. 그러나 그것과는 별개의 사안이다.

검사는 검찰청이라는 조직의 일부이자 개개인이 독립된 사법 기관이다. 그런 사법 기관이 개인의 판단으로 피의자를 판가름한다면 법치 국가의 기본이 파괴될 수밖에 없다. 바꿔 말해 이번 일은 사법 체계를 향한 자살 폭탄 테러나 마찬가지다.

사건이 발생한 곳이 사이타마 지방 검찰청이라는 점도 골치 아프다. 사이타마 지검의 상위 기관은 도쿄 지검이다. 따라서 사이타마 지검에서 불상사가 발생했을 경우 당연히 도쿄 지검에도 영향을 끼친다. 도쿄 고검이 사태를 관망하고 있을 때 여론과 언론이 떠들썩해지면 대검에서 수습 지시가 내려올 게 뻔하다.

검사 집무실 안에서 일어난 살인 사건. 피의자 소환 조사 도중 사무관이 자리를 벗어난 탓에 당시 집무실에는 센가이 피의자와 아모 검사밖에 없었다. 집무실에는 출입구가 하나니 밀실이었던 셈이다. 센가이를 죽일 수 있었던 사람은 아모 검사뿐이다.

다행히 사이타마 지검 바로 옆에 사이타마 현경 본부가 있어서 신고 후 5분도 되지 않아 현경 수사1과가 현장에 도착했다. 검시와 감식 작업 모두 이례적으로 빠르게 진행됐고 현장 보존도 완벽했다.

사인은 앞가슴에 파고든 총탄에 의한 관통성 심장 외상. 지근거리에서 총에 맞아 즉사했다. 당시 집무실에 남아 있던 아모 검사는 갑자기 잠이 드는 바람에 발포 순간을 목격하지 못했다고 증언했지만 책상 위에 방치된 권총 손잡이와 방아쇠, 슬라이드에서 그의 지문이 검출됐다. 그뿐만이 아니다. 아모 검사가 입고 있던 양복 소매에서는 초연 반응*도 나왔다.

흉기로 쓰인 권총은 가와구치 시내에서 발생한 편의점 강도 사건에서 사용된 것이었다. 그날 가와구치 경찰서에서 다른 수사 자료와 함께 사이타마 지검에 도착했고 해당 권총과 총알이 든 종이 상자가 아모 검사의 집무실로 옮겨졌다. 모든 증거물은 대조 작업을 마친 후 지하에 있는 증거품 보관고로 옮기게 돼 있는데 그전에 아모 검사가 빼돌렸을 것으로 추측하고 있다.

---

* 총을 쏘면 화약의 폭발로 이산화질소가 발생하는데 그곳에 다이페닐아민을 적시면 자주색이 나타난다.

아모 검사가 수면제가 섞였다고 의심한 그의 찻잔, 그리고 발포 직전 집무실에서 나간 우가 사무관의 찻잔에서는 수면 유도제가 검출됐다. 그녀가 갑자기 컨디션 이상을 호소한 것도 이 수면 유도제 때문이었던 것으로 추측된다. 경찰과 함께 집무실에 들어가 센가이의 시신을 목격한 우가 사무관은 급히 손수건으로 입을 틀어막았지만 결국 참지 못하고 그 자리에서 구토했다. 사람마다 특정 수면 유도제에 부작용을 일으키는 사람이 있고 그녀가 구토한 데는 그런 점도 영향을 미쳤을 것이다. 우가 사무관이 위세척을 받았을 때도 역시 같은 수면 유도제 성분이 검출됐다. 그 점에 대해 현장에 출동한 형사들은 위장 의혹을 제기했다. 즉 아모 검사는 범행에 방해되는 우가 사무관을 인사불성에 빠트릴 목적으로 두 개의 찻잔 모두에 수면 유도제를 넣었다는 것이다.

아모 검사에게는 방법과 기회가 있었다. 그렇다면 동기는 어떨까. 설마 흉악범을 보고 의기에 차 범행을 저지른 걸까.

범행 동기가 불분명한 탓에 어떤 검찰 관계자는 아모 검사가 함정에 빠졌을 가능성도 제기했지만, 이에 대해 아모 검사가 직접 솔직한 심정을 토로한 것으로 보이는 영상이 전파를 타고 전국에 보도됐다. 데이토 TV의 어느 시사 정보 프로그램에서 그의 인터뷰가 방송된 것이다.

—항간에는 형법 제39조가 적용돼 센가이 용의자에게 죄를 물을 수 없을 거란 의견도 있습니다만, 그 점에 대해서는

어떻게 생각하시나요?

—형법 39조가 적용되는 건 극히 일부 사례입니다. 법정은 아마추어의 연기에 좌우될 만큼 만만한 곳이 아닙니다.

—유치원생 세 명과 교사 두 명을 끔찍하게 살해한 행위에 대해서는 어떻게 생각하십니까?

—무릇 같은 인간이 벌인 일이라고 생각할 수 없을 만큼 잔혹한 짓이라고 생각합니다.

—범인을 증오하시나요?

—누군가의 부모 자식이라면 그를 동정할 수 없겠죠.

—사형을 구형하실 겁니까?

—사형 말고 또 어떠한 처벌이 있을까요.

방송국의 손을 거쳤으니 인터뷰 내용에 편집이 들어갔다고 보는 게 좋을 것이다. 결과물은 아모 검사가 센가이에게 상당한 증오심을 품고 있었다는 인상을 줬다. 방송사가 노린 그림으로는 최고겠지만 검찰 관계자들에게는 최악의 내용이다. 꼭 아모 검사가 사적 제재를 긍정하는 것처럼 보이기도 했다.

사건에서 결여된 동기라는 퍼즐조각도 이로써 채워지고 말았다. 검찰 관계자 대부분은 이 인터뷰 영상이 방송되자 아모 검사를 옹호하기를 포기했다. 교헤이도 그중 한 명이었다.

그를 개인적으로 아는 건 아니지만 하위청의 소문은 가만히 있어도 귀에 들어온다. 능력이 중시되는 조직에서는 실적만으로 화제가 되는데 아모 검사는 시니어 검사 중에서도 유독 눈에 띄는 인재라고 들었다. 사법 연수원 60기 출신이라는 사실도 교헤이의 눈길을 끌었다. 60기라면 아들과 같은 기수다. 와코시에 있는 사법 연수원 어딘가에서 만났을지도 모른다. 그렇게 생각하자 생판 모르는 남처럼 느껴지지 않았다.

그래서 더 안타까웠다.

사이타마 지검, 그리고 상위 검찰청인 도쿄 고검 역시 아모 검사를 감싸 주지 않는다. 자칫 잘못 비호하거나 그를 동정하는 모습을 보였다가는 즉시 여론의 비난이 쏟아질 것이기 때문이다.

제 식구 감싸기.

역겨운 엘리트 의식으로 똘똘 뭉친 집단.

뭔가가 터지면 숨기기 바쁜 건 검찰청도 매한가지.

앞으로 나올 신문 기사 제목이 눈에 선했다. 자신이 예상하는 것을 다른 관계자들이 예상 못 할 리 없고 아마 비슷한 위기의식을 대부분이 품고 있을 것이다.

검찰은 조만간 내부 기강 잡기에 나설 것으로 보인다. 일례로 2010년에 발생한 오사카 지검 특수부 주임 검사의 증거 날조 사건 때는 당사자인 주임 검사는 물론 검사장과 차석 검사, 특수부 부장과 부부장 검사가 고발당했고 결과적으로 조직 수장인 검찰 총장이 사퇴한 것으로 모자라 징계 면직 3명, 감봉 4명, 계고 1명, 훈고 1명이라는 피바람이 불었다. 대검찰청은 그만큼 엄격한 조치를 하지 않고서는 국민의 이해를 얻지 못한다고 판단했을 것이다.

그리고 지금 그 악몽이 다시 도쿄 고검의 관할에서 되살아나려 하고 있다. 교헤이의 상급자인 검사장도 당황하고 있을 것이 뻔하다.

그때 탁상전화가 울렸다. 호랑이도 제 말 하면 온다고 전화를 건 사람은 검사장이었다.

─잠깐 와 주겠나?

의향을 묻는 것 같지만 지시나 마찬가지다. 교헤이는 지금 바로 가겠다고 하고 전화를 끊었다.

중앙 합동 청사 6호관 A동. 검사장실은 그 꼭대기 층에 있다. 몇 번인가 들어가 본 곳이기에 교헤이의 가슴에는 긴장감보다 당혹감이 앞섰다.

"바쁜데 미안하네."

교헤이가 검사장실에 들어가자 도사카 검사장은 면목 없다는 듯 말했지만 고개는 1밀리미터도 숙이지 않는다. 그는 운용 방침상 최상위 검사장, 그리고 검찰청 서열로는 검찰 총장 다음가는 지위에 있다.

"곤란하게 됐어."

주어가 없는 건 교헤이가 이미 문제를 공유하고 있다고 판단해서일 것이다. 이야기가 빠른 건 달갑지만 자신의 머릿속을 훤히 들여다보는 것 같아 기분이 썩 좋지는 않았다.

"사건 보고는 받았나?"

"네. 아모 검사가 항변할 요소는 전무하다고 봐야겠더군요. 동기, 방법, 기회 세 요건이 전부 갖춰져 있으니 변호인도 고생할 것으로 보입니다."

"수사 쪽에서 잔뼈가 굵은 자네가 그렇게 판단했다면 그게 맞겠지."

도사카는 꼭 남 일처럼 말했다. 도사카는 수사 현장보다 법무성에서 일한 경력이 긴 탓에 전부터 수사 내용에 대해서는 교헤이의 판단을 참고하는 경향이 있었다. 교헤이로서는 뿌듯한 한편으로 같은 검사로서 도사카를 존경하기는 어려웠다. 윗사람을 향한 신뢰가 없는 조직일수록 삐걱거린다는 건 알지만 오랫동안 현장에서 발로 뛴 교헤이는 아무래도 직함뿐인 사람을 좋게 평가할 수 없었다.

"자네는 이번 사건을 어떻게 보나?"

"재해라고 봐야겠죠. 사법 시스템의 문제가 아닐뿐더러 아모 검사의 평소 행실에 문제가 있었던 것도 아닙니다. 그냥 센가이 후히토라는 바이러스가 갑자기 침입한 겁니다."

"평소에는 건강했던 아모 검사가 악성 바이러스 때문에 못 쓰게 돼 버렸다는 뜻인가?"

"센가이 후히토라는 자와 그가 저지른 행위에는 다른 사람의 감정과 이성을 흐트러뜨리는 독이 있었을지도 모릅니다."

"독특한 논리로군."

도사카는 흥미진진한 것처럼 고개를 끄덕였다.

"그리고 아모 검사에게 상당히 호의적인 논리야. 바이러스에 감염된 아모 검사는 절대 이질적인 존재가 아니고 검사라는 직무에 있는 사람이면 누구든 그처럼 될 수 있다는 말이겠지. 그야말로 자네다운 인간미 넘치는 해석이지만, 같은 검사들에게 그런 논리가 통할지 몰라도 세상 사람 모두에게 통할지는 모르겠군. 판사에게 통할지는 더더욱 의문이고."

완곡하게 교헤이의 옹호론을 부정한 데는 물론 속셈이 깔려 있다. 그 정도를 읽지 못할 교헤이가 아니다.

"그럼 검사장님은 어떻게 생각하십니까?"

"오사카 지검 특수부 사건이 자연스럽게 떠오르더군."

역시 그 사건을 언급하나.

"주임 검사가 증거물을 날조한, 검찰에는 악몽과도 같은 사건이지만 이례적으로 대검이 직접 수사에 나서면서 빠르게 대응해 검찰에 대한 불신과 비판을 최소화했어. 검찰은 제 식구의 문제에는 더 엄격해야 하지 않겠나."

"아모 검사 사건도 마찬가지라는 말씀이시군요."

"센가이 후히토가 얼마나 비인간적인 흉악범이었는지는 이번 사안에 아무런 영향을 미치지 못하네. 우리는 피의자를 제대로 조사하지도 않고 사살한 아모 다카하루라는 범법자를 엄격하게 추궁해야 해."

교헤이는 뭔가 이상하다고 느꼈다. 검찰이 아모 검사 사건에 엄격한 태도를 보이는 건 지극히 당연하다. 굳이 강조할 필요도 없는 그런 이야기를 이렇게 불러서까지 전하는 의도가 무엇일까. 거듭 일깨워 줄 목적이라면 문서나 메일 한 통으로 충분하지 않을까.

갑자기 좋지 않은 예감이 머리를 스쳤다. 또 그런 예감일수록 대부분 들어맞기 마련이다.

"오사카 지검 특수부 사건 때는 대검이 솔선수범해서 수사에 착수했습니다. 이번에도 그렇게 될까요?"

"아니. 지난번과 이번 사건은 양상이 크게 다르지."

도사카는 마치 교헤이의 반응을 즐기는 것처럼 천천히 고개를 흔들었다.

"증거 날조 사건 때는 주임 검사를 비롯해 사안을 은폐한 특수부장과 부부장도 기소돼 유죄 판결을 받았네. 또 기소는 면했지만 감봉과 계고 등의 처분을 받은 사람도 있고. 즉 주임 검사 단독이 아닌 오사카 지검 특수부 단위의 범죄로 인식한 셈이야. 하지만 이번 사건은 어디까지나 아모 검사 개인의 범죄일세. 다른 검사나 사무관은 단 한 명도 엮이지 않았지. 그런 종류의 사건에 굳이 대검이 나설 필요가 있겠나?"

단정적으로 말하는 것을 보니 대검에서 어떤 지시가 내려온 게 확실했다. 도쿄 고검 검사장에게 지시할 수 있는 사람은 차장 검사나 검찰 총장밖에 없다.

설마.

"이번 사건은 상위청인 도쿄 고검이 맡게 됐네."

좋지 않은 예감이 마침내 현실이 되었다.

"그리고 미사키 교헤이 차석 검사. 자네가 이번 사건을 맡아 줬으면 하네."

하필이면 떠올릴 수 있는 최악의 가능성이 적중하고 말았다. 그러나 차석 검사인 자신에게 거부권은 없다.

"자네는 수사 현장에서 오랫동안 발로 뛰어 온 사람이야. 이 안에 있는 누구보다 실무에 능하지. 실은 이번 사건을 맡을 사람으로 자네를 직접 추천한 사람도 있네."

고작 이 정도 감언이설로 사람을 꾀려는 걸까. 겉치레 말이면 모를까, 이런 공치사로 진정 설득할 수 있다고 믿는다면 한심할 따름이다.

"영광입니다."

교헤이의 말을 승낙으로 받아들였는지 도사카는 만족스러운 얼굴로 고개를 끄덕였다.

"그전에 한 가지만 확인하겠습니다. 제가 수사를 맡는 겁니까?"

"아, 설명이 부족했군. 자네를 추천한 사람은 자네가 공판 검사로서도 뛰어나다며 자네의 활약상을 들려줬어."

내가 법정에 선 모습을 기억할 사람은 조직 안에 손꼽을 정도다. 검찰 총장은 그중 한 명이다.

"부끄럽게도 제가 늘 승소만 했던 건 아닙니다."

"그래. 패배는 단 두 번. 게다가 상대는 모두 그 소문난 악덕 변호사. 그는 평범한 변호사들과 다르고 변호 방식도 상식을 벗어나지. 전적에 포함시키기에는 부적절한 상대야."

과연 그럴까. 교헤이는 자문했다. 상식을 벗어난 상대에게 이기지 못하는 사람이 더 문제 아닐까.

"자네가 수사와 공판 양쪽을 맡아 줬으면 해. 물론 주임 입장에서 고검의 검사들을 수족처럼 부려도 상관없네."

수사와 공판을 전부 맡는 건 전혀 예상하지 못해서 교헤이는 당황했다.

"자네가 진두지휘를 맡고 도쿄 고검 내 모든 검사와 사무관들이 자네를 보좌할 걸세. 바꿔 말하면 우리 도쿄 고검이 아모 검사를 고발한다고도 할 수 있어."

"개인 대 조직인가요."

"아니. 무질서 대 질서라고 해야겠지. 아모 검사의 행위가 아무리 국민감정에 부합한다고 해도 불법을 용납할 수 있겠나? 특히 법조계에 있는 사람이면 더더욱 조심해야지. 검찰은 이번 사건을 통해 다시 한번 추상열일*의 의지를 국민들에게 널리 알릴 필요가 있어."

---

* 秋霜烈日. 가을 서리와 여름 햇빛. 혹독한 계절의 형상을 사법과 형벌의 엄격함에 빗댄 말.

외부에는 추상열일, 내부에는 일벌백계. 결국 교헤이 자신은 검찰의 계몽 캠페인에 동원된 마스코트인 것이다.

"조금 전에도 말했듯 검찰은 제 식구일수록 엄히 다스린다는 걸 이번 기회에 확실히 보여 줘야 하네. 우리는 대검이 오사카 지검 특수부에 취했던 것보다 더 엄격한 자세로 아모 피의자를 대해야 할 거야."

"설마 사형을 구형하라는 말씀이신가요?"

"사형은 극단적이어도 무기 징역이나 장기 유기형은 당연하겠지."

즉 집행유예 따위는 있을 수 없다는 의미다. 게다가 도사카는 어느덧 아모를 검사가 아닌 피의자로 부르고 있다.

"읍참마속*이라고 해야 할까요."

"삼국지를 예로 들 줄이야. 그런데 뭐 틀리지는 않겠지. 검찰의 긍지와 정의를 지키기 위해서라도 우리는 스스로 피를 흘리는 일을 마다해서는 안 되네."

도사카의 의견에는 수긍되는 부분이 많다. 검찰 세계에 오래 몸담고 있으면 이 안에 청렴결백한 사람만 있지는 않다는 것도 알게 된다.

그동안 검찰에서 발생한 사건 사고는 오사카 지검 특수부 주임 검사의 증거 날조뿐만이 아니다. 2002년에는 오사카

---

* 泣斬馬謖, 울면서 마속을 벤다는 뜻으로 대의를 위해서라면 측근이라도 가차 없이 공정성과 과단성을 적용한다는 것을 일컫는 말.

고검 공안부장이 폭력 조직에서 뇌물을 받고 직권을 남용한 혐의로 실형 판결을 받았다. 그 밖에도 신문의 3면 기사로 실릴 법한 개개인의 불상사를 일일이 나열하다가는 한도 끝도 없을 것이다. 검찰이 검사의 이상향을 강조하는 건 바꿔 말해 그만큼 자정 작용이 이뤄지고 있지 않다는 뜻이기도 하다.

결국 아모 다카하루 검사는 검찰의 위신을 위한 희생양에 불과하다. 그리고 나는 역시 이 캠페인의 마스코트다.

마스코트가 되기 싫다는 이유로 지시를 거부할 패기는 없다. 검찰의 의도와는 별도로 검사이니 더 엄히 다스려야 한다는 건 교헤이 자신의 신념이기도 했다.

"자료를 즉각 집무실로 보내겠네. 아무쪼록 이번 기회에 자네의 실력을 맘껏 펼쳐 줬으면 해."

해석하자면 이제는 볼일 다 봤으니 나가라는 뜻이다. 교헤이는 고개를 한 번 숙이고 뒤도 돌아보지 않고 검사장실에서 나갔다.

집무실에 돌아가자 시나세 다카히로 사무관이 기다리고 있었다.

"사이타마 현경 본부에서 수사 자료와 증거물이 도착했습니다."

곤혹스러운 얼굴의 시나세 옆에 종이 상자가 있어서 깜짝 놀랐다. 아무리 그래도 너무 빠르다.

그러나 조금만 생각하니 이해가 됐다. 자신이 불려 갔을 때는 이미 모든 게 결정된 상태였다. 위에서 도사카에게 지시가 내려왔고 사이타마 현경 본부에 증거물 송부 명령이 떨어진 후 가장 마지막 순서에 자신이 호출된 것이다.

미사키 교헤이라면 순순히 지시에 따를 거라고 생각하지 않았을까. 교헤이는 새삼 도사카의 전횡에 진절머리가 났다.

"'아모 사건 수사 자료'라고 적혀 있습니다. 이게 그 사건인가요?"

"아무래도 그런 듯해."

"그런 듯하다니……. 설마 차석 검사님께서 수사를 맡는 건 아니겠죠?"

"수사뿐만 아니라 법정에도 서라더군."

"네? 그런 사례는 지금껏 들어본 적이 없습니다만."

"그렇겠지. 나도 처음 들으니."

교헤이는 아직 적응되지 않은 의자에 상반신을 기댔다. 이 감촉에는 좀처럼 익숙해지지 않는다. 지금껏 익숙해지기도 전에 다른 의자에 앉는 상황이 반복됐기 때문이다.

무작정 위에 오르고자 한 건 아니다. 교헤이도 나름대로 검찰의 현주소에 불만을 가지고 있다. 그리고 검찰 같은 상명하복 조직에서 변혁을 이루려면 어쩔 수 없이 지휘 계통 윗선에 있어야 한다.

도사카는 단 두 번의 패배라고 했지만 그 두 번의 패배 때문에 출세가 늦어졌다. 유죄율 99.9퍼센트의 법정에서 진다는 건, 즉 그런 것이다. 그렇다면 이번에 지시받은 재판에서 이기는 게 가장 정당한 만회 방법이다.

"위에서 검사님을 그만큼 신뢰하나 봅니다."

"필요할 때만 불려 가는 대타일 뿐, 자랑할 건 못 되지."

"이토록 세상을 떠들썩하게 하는 사건을 맡는 건 자랑할 만한 일이라고 생각합니다."

시나세다운 솔직한 위로 멘트라고 생각했다.

"지금 바로 대조하겠습니다."

시나세는 따로 지시하지도 않았는데 곧장 상자를 열어 목록을 한 손에 들고 증거물을 맞춰 보기 시작했다. 교헤이는 상자를 가운데에 두고 시나세의 맞은편에 허리를 숙였다.

"같이 하지."

"아닙니다. 이런 건 사무관이 할 일입니다."

"잠깐 한숨 돌리고 싶어."

교헤이가 한 번 마음을 정하면 절대 바꾸지 않는 것을 시나세도 알고 있다. 그는 어쩔 수 없다는 듯이 고개를 흔들고 다시 대조 작업에 들어갔다.

둘이서 말없이 상자 내용물을 확인한다. 이번에 센가이를 죽일 때 쓴 권총은 목록에 없다. 목록을 보니 현물은 사이타마 현경 본부 증거품 보관고에 있는 듯했다.

"역시 이번에는 흉기를 일분일초도 방치하지 않을 생각인가 보네요."

"원래 그래. 증거물 중에서도 총기류 취급은 다른 것들과 차별화해야지."

"검사님은 평소에 인터넷을 보시나요?"

"아니. 별로 관심이 없어서."

"전 자주 확인합니다. 국민들이 사건을 어떻게 바라보는지 알 수 있거든요."

"잘은 모르지만 인터넷에 올라오는 의견은 대부분 익명 아닌가?"

"실명으로 하는 SNS도 있지만 말씀하신 대로 대부분 익명인 건 맞습니다."

"실명으로 못할 발언은 익명으로도 하지 않는 게 좋지. 책임지고 싶지 않으니 익명으로 올리는 거 아니겠나. 그럼 저열한 방관자들과 다를 게 뭐가 있지? 평소에 쌓인 스트레스를 풀려고 하는 발언에 이성이나 논리 같은 게 있을 리도 없고."

그렇게 말하면서 교헤이는 속으로 다른 생각을 했다. 인터넷 의견에는 이성과 논리가 없지만 그 대신 감정이 있다. 충동적이고 저열하기는 해도 그 안에는 본심이 섞여 있을 것이다.

"인터넷에는 지금 아모 검사의 행동을 영웅시하는 목소리가 많습니다. 마약 투약으로 형법 39조를 적용받아 처벌을 회피하려 한 흉악범을 처단한 정의로운 검사라면서요."

"한심하기는."

교헤이는 딱 잘라 말했다.

"그런 건 정의가 아니야. 정식 사법 절차를 거치지 않은 형벌은 그저 사적 제재일 뿐."

"맞는 말씀입니다만 몇몇 사람들이 아모 검사의 행위를 칭송하는 건 사실입니다. 게다가……."

시나세는 갑자기 말을 머뭇거렸다.

"또 뭐지?"

"……우리의 정의를 대행해 준 아모 검사를 법정에 세우는 건 잘못됐다. 그대로 공판이 열렸다면 센가이는 처벌받지 않았을 것이다. 아모 검사를 처벌하려는 검찰은 센가이의 손에 살해된 다섯 명의 목숨을 경시하는 게 아니냐는 의견도 있습니다."

"갈수록 태산이군. 사법부가 개인의 복수를 위해서 존재하는 줄 아나? 국가의 사법 질서를 유지하기 위해 존재하지."

"사람들은 그걸 알면서도 국민감정을 무시하는 집행 기관이 존재할 이유가 있느냐고 묻는 중입니다."

그 역시 식상하기 그지없는 의견이다.

"그런 말을 하는 녀석들은 배심원 제도의 존재를 모르나? 그걸 떠나 국민감정을 살피는 것과 대중 영합, 즉 포퓰리즘은 전혀 별개지. 포퓰리즘에 경도된 체제는 시간이 지나면

붕괴해. 지금껏 역사가 그걸 증명했어."

"검사님은 정말 굳건하시네요."

"다른 선택지가 없을 뿐."

대조 작업을 하다가 몇 가지 빠진 게 있음을 깨달았다.

"부검 보고서가 빠졌군."

"문의해 보겠습니다."

수사 자료를 보면 센가이에게는 다른 가족이 없고 사망 상황이 상황이니 부검에 아무런 지장이 없었을 것이다.

"사이타마현은 감찰의 제도에서 벗어나 있지. 예산 부족으로 부검을 못 하는 사례도 많다고 들었어. 만약 부검이 아직 진행되지 않았다면 의대에 의뢰해 주게."

"알겠습니다. 그런데 지자체마다 부검에 대한 대응이 다른 건 역시 좀 문제인 것 같습니다."

죽은 뒤에도 예산 문제는 따라다닌다. 돈만 있으면 귀신도 부릴 수 있다고 하지만 부검 횟수가 검거율에 밀접하게 연관된 건 사법 제도의 다음 개혁 과제라고 해도 무방하다.

흉기로 사용된 권총. 시신의 앞가슴을 관통해 벽에 박힌 총알. 센가이의 시신 사진. 집무실 전경 사진. 센가이의 진술 조서를 비롯한 센가이 사건의 증거 서류. 수사 자료가 워낙 방대한 탓에 꼼꼼히 대조하려면 족히 하루는 걸릴 것이다.

"당분간 다른 일은 못 하겠군."

"검사장님께서 혹시 다른 언급은 없었습니까?"

"도쿄 고검 검사와 사무관들을 마음대로 부려도 된다더군."

"전권을 준 건가요?"

"전권이랄 것까지야."

교헤이는 흉기로 쓰인 권총 사진을 바라봤다.

"토카레프군."

"돈줄이 끊긴 조폭이 편의점을 덮칠 때 썼다고 하더군요. 싼 게 비지떡이죠."

토카레프는 구소련에서 군용으로 개발, 개량한 권총이다. 혹한의 환경에서 쓰는 걸 전제했으니 안전장치나 방아쇠 구조가 단순하고 부품도 최소한으로 줄였다. 불법으로 유통되는 가격이 매우 저렴한 것도 그런 이유다. 관통력이 높은 반면 명중률이 떨어져 지근거리 총격에 적합하다. 검시 보고에 따르면 센가이의 앞가슴에 생긴 총상은 3미터 이내에서 총에 맞은 상처라고 하니 토카레프의 원래 사용법에 따랐다고 할 수 있다.

센가이 살해 사건의 주요 참고인은 아모 검사를 보좌하던 우가라는 사무관과 당시 집무실 앞에 서 있던 두 명의 경찰관이다. 경찰이 집무실에 뛰어들었을 때는 이미 센가이가 총에 맞아 사망한 뒤여서 중요도 측면에서는 우가 사무관의 증언이 더 중요하다.

두 경찰의 증언에서 얻을 수 있는 건 많지 않았다. 우가 사무관이 갑자기 힘들어하는 얼굴로 집무실에서 나와 화장실이 있는 쪽으로 걸어갔다. 그 몇 초 후 집무실 안에서 총소리가 들렸고 황급히 되돌아온 사무관과 함께 문을 열었을 때는 이미 센가이가 죽어 있었다는 내용이다.

"우가 마사미. 2급 검찰 사무관이라."

"그 여자도 참 안됐군요."

"아는 사람인가?"

"같이 검찰 사무관 합동 연수를 받았죠. 형편이 그리 좋아 보이지는 않았습니다. 대학 입학 직후 부모님이 돌아가셔서 공무원 시험에 합격하기 전까지 학비를 직접 벌었다고 하더군요."

"대단하군."

"성적도 매우 우수했습니다. 검찰은 아직 남성 위주 조직이지만 그런 인재가 늘어날수록 바뀌겠죠."

그것은 교헤이도 바라던 바였다. 의지라기보다는 오기, 유죄율 99.9퍼센트를 자랑하는 오만함. 그런 것들이 요새는 모두 남성성의 부작용처럼 느껴졌다. 여자 검사가 늘어나고는 있지만 조직을 개혁하기에는 아직 부족하다.

유죄율에 대한 또 다른 우려도 있다. 요즘 검사 중에는 안건 상당수를 불기소 처분 하는 사람이 적지 않다. 공판에서 질까 봐 그러는 것인데, 그런 일이 일상화되면 승률 99.9퍼센트 이하의 사건은 모두 어둠에 묻히게 된다.

보고서를 읽어 보면 아모 검사는 승산이 충분해 보이지 않아도 일단 부딪혀 보는 타입이었던 것 같다. 변호인에게 패배한 재판도 있지만 불기소 처분은 거의 보이지 않는다. 유죄율을 다소 떨어뜨리는 결과가 되더라도 송치된 사건을 성실하게 처리하는 태도는 칭찬할 만했다.

아모 검사는 센가이 사건도 기소하려고 했을까.

유치원 습격 직후 도주해 체포됐을 때 센가이는 마약을 한 상태였다고 한다. 예전부터 상습범이었다는 본인 증언도 있으니 처음부터 형법 39조를 주장할 심산이었다고 볼 수 있다.

현실에서 형법 39조가 적용된 판례는 거의 없다. 그러나 드물게 범행 당시 심신 상실 상태였던 게 인정된 안건이 있고, 그런 안건을 기소한 검사는 역전패를 당한 패장이 되어 정기 심사의 도마 위에 오른다. 승진과 포상을 염두에 둔 검사라면 회피할 만한 안건이지만 도전 정신이 강했던 아모 검사는 센가이 사건을 기소하려고 했을까. 아니면 무죄 판결 가능성이 크다고 보고 자포자기했을까. 당사자에게 직접 묻는 게 좋을 것이다.

"지금 바로 만나보고 싶군. 사이타마 현경 본부에 전달해 주겠나?"

2

아모 사건에서 전권을 주겠다는 검사장의 말을 증명하듯 그날 저녁에 바로 피의자 아모 다카하루가 검찰에 호송됐다.

고등 검찰청에서는 주로 각 지방 법원, 가정 법원, 간이 법원에서 진행된 재판의 항소 사건을 다룬다. 이번처럼 1심 안건에서 피의자 소환 조사를 하는 건 이례적이지만 현직 검사가 저지른 살인 사건 자체가 이미 이례적이다. 통상적이지 않은 일에는 통상적이지 않게 대응하는 것이 정공법이라 할 수 있다.

이례를 따지자면 사이타마 현경 본부의 대응도 마찬가지였다. 검찰에서 행하는 피의자 조사 때는 보통 승합차에 피의자 여러 명을 실어서 오지만 이번에는 아모 혼자, 그것도 열 명이나 되는 경찰관을 대동한 것이다.

오후 7시 30분, 교헤이와 시나세가 집무실에서 기다리고 있자 경찰 두 명과 함께 아모 다카하루가 집무실에 들어왔다.

아모는 집무 책상 앞에 놓인 의자에 앉았다. 소환 조사 때는 보통 밖에 나가 있는 경찰들도 오늘은 아모 양옆에 서 있다. 사이타마 현경 본부에서 그렇게 요청했다고 하는데 이번 사건이 집무실에 피의자와 검사 단둘이 있게 해서 생긴 결과라는 교훈을 가슴에 새긴 결과로 보인다.

이례적인 요소가 가득한 환경에서 아모의 태도만은 평범

했다. 여느 피의자처럼 긴장과 불안감을 감추지 못하고 있다.

첫인상은 그야말로 출세욕이 강한 시니어 검사다웠다. 출세욕이 큰 사람일수록 앞길이 막혔을 때 느끼는 좌절감도 크다. 높이 날아오르면 떨어질 때 충격이 더 큰 것과 같은 이치다.

"이번 수사를 맡은 미사키 교헤이라고 하네."

교헤이가 이름을 밝히자 아모는 허리를 꼿꼿이 세웠다.

"사이타마 지검 형사부의 아모 다카하루 1급 검사입니다."

확인차 묻는 간단한 질문에도 잔뜩 얼어서 대답한다. 너무 풀어져도 문제지만 이렇게 긴장해 있으면 조사에 지장이 생길 확률이 높다.

"긴장 풀게, 아모 검사. 이미 잘 알겠지만 소환 조사는 피의자가 항변할 기회이기도 하지. 그렇게 긴장하면 할 말도 안 나오기 마련이야."

그러자 아모는 "송구하지만" 하고 고개를 숙였다. 잠시 후 그는 다시 고개를 들고 예전을 회상하듯 말했다.

"바로 며칠 전까지만 해도 조사하는 입장에 있었습니다. 이런 상황이 아직 적응이 안 돼서요."

"그럴 만도 하지. 하지만 조사하는 쪽의 처지를 이해하는 만큼 자네가 더 협력해 줬으면 해."

"애초에 저뿐만 아니라 누구든 차석 검사님 앞에서는 긴장할 겁니다."

"과분한 말이군. 난 그저 나이 든 일개 검사일 뿐인데. 이 나이에 사건까지 맡고 있고."

"사사로운 일이지만 차석 검사님과는 전에도 인연이 있었습니다."

"그런가? 난 잘 모르겠군. 자네와는 오늘 처음 만난 것 같은데."

"제가 사법 연수원 60기입니다만, 그곳에서 미사키 요스케와 같은 조였습니다."

불쑥 튀어나온 아들의 이름에 교헤이는 충격을 받았다.

설마 했는데 그게 정말 사실이었을 줄이야.

"1년 조금 안 되는 기간이었지만 미사키에게 많은 자극을 받았습니다."

"그 못난 놈한테 뭐 배울 게 있다고."

일부러 낮잡아 말했지만 아모의 반응은 예상 밖이었다.

"아뇨, 당치도 않습니다. 미사키는 정말 대단한 친구였어요. 30년 조금 넘는 제 인생에서 그만큼 재능이 뛰어난 친구는 만난 적이 없습니다. 미사키를 만나지 않았다면 지금도 전 우물 안 개구리 신세였을 겁니다."

"재능이라니. 무슨 재능 말이지?"

"법조인으로서도 뛰어났지만, 그걸 넘어 음악적인 재능이."

교헤이는 속으로 욕지거리를 내뱉었다.

아들을 칭찬해 주는 건 고맙지만 음악이 언급되면 이야기가 달라진다. 결코 칭찬받을 부분이 아니다.

"무려 쇼팽 콩쿠르 결선에 오른 천재죠. 비록 짧은 기간이었지만 미사키와 함께했던 시간은 제게 둘도 없는 소중한 자산이 됐습니다."

아모는 교헤이의 눈빛을 느꼈는지 서둘러 화제를 바꿨다.

"물론 차석 검사님도 저희 같은 시니어 검사들에게는 하늘 같은 존재입니다. 언젠가 꼭 한 번 만나 뵙고 싶었습니다만, 설마 이런 일로 만나게 될 줄은…… 꿈에도 몰랐네요."

"함부로 사람을 추켜세우지 않는 게 좋네. 자칫하면 길을 잘못 들어설 이유가 될 수 있으니까."

문득 고개를 돌리니 옆에서 시나세가 키보드를 두드리던 손을 멈추고 흥미진진하게 두 사람을 바라보고 있다. 교헤이는 헛기침을 한 번 하고 자세를 가다듬었다.

"슬슬 사건 이야기로 넘어가지. 9월 22일 오후 3시, 자네는 센가이 후히토를 집무실에 불러 조사를 시작했네. 맞나?"

"네."

"그때 두 사람은 어디 앉아 있었지?"

"현재 차석 검사님과 제가 앉은 위치와 같습니다."

"경찰관은 집무실 안에 없었나?"

"네. 저와 우가 사무관, 그리고 센가이 세 명만 있었죠."

"조사하면서 무슨 생각을 했나?"

"다카사고 유치원 습격 사건은 범행 수법과 기회 전부 입증된 상태였습니다. 마지막으로 동기만 밝히면 공판에서 다툴 수 있겠다고 판단했습니다."

"센가이를 신문해서 그 동기를 밝히려고 했군."

"또 하나, 센가이가 범행 당시 심신 상실 상태였는지를 판별할 목적도 있었습니다. 다 기소를 전제로 한 확인 사항이었습니다."

"기소 전 감정을 신청할 계획이었나?"

"네. 감정을 의뢰할 감정의도 준비된 상태였습니다. 조사는 감정 전 준비 단계 같은 성격이었죠."

아모는 완곡하게 돌려서 말했지만 같은 검사인 교헤이에게는 그의 말속에 담긴 전후 사정이 보였다. 공판을 유지할 수 있도록 범행 당시 센가이에게 책임 능력이 있었다고 판정해 줄 감정의가 준비돼 있었다는 뜻이다. 공판이 시작되면 변호인은 변호인대로 다른 감정의에게 의뢰하겠지만, 적어도 센가이를 법정에 세우려면 필요한 작업이라 할 수 있다.

"수사를 맡은 검사로서 자네는 센가이 사건을 기소하려고 했나? 아니면 불기소 처분도 고려했나?"

"센가이 후히토는 자신을 업신여긴 세상을 원망하다가 그 칼끝을 부잣집 자녀들이 다니는 다카사고 유치원으로 향한 것처럼 보였습니다. 본인이 직접 언급한 적은 없지만 그는 다카사고 유치원에 다니는 아이들을 자신을 괴롭혀 온 것들의 상징처럼 바라보고 있었습니다. 유치원을 덮친 건 그 일그러진 복수심의 발로이자 사회 통념, 그리고 윤리적으로도 결코 용납될 수 없……."

아모는 스스로 흥분한 것을 알아차리고 중간에 말을 끊었다.

"죄송합니다. 지나치게 감정에 치우쳤네요."

"아니. 그런 주장도 듣는 자리이니."

아모의 이야기를 듣는 동안 그의 성격, 더 나아가 검사로서의 긍지가 보였다. 성격이 올곧고 검사로서도 직무에 충실한 사람인 듯하다.

그러나 올곧음과 충실함 모두 지나치면 해가 된다.

"그래서 자네는 결국 센가이의 입에서 동기를 끌어내는 데 성공했나?"

"성공은…… 못했습니다."

아모는 힘없이 고개를 저었다.

"센가이는 미리 준비한 답안지를 읽는 것처럼 제 질문을 교묘하게 회피하며 아이들에게 살의를 품었다고 증언하지는 않았습니다. 아니, 그걸 넘어 범행 당시 기억이 하나도 남아 있지 않다고 했죠."

"범행 당시 심신 상실 상태였다는 걸 자기 입으로 내비쳤나 보군."

"그렇습니다."

"그렇게 증언하는 센가이를 앞에 두고 무슨 생각을 했나?"

아모는 입을 다물었다. 다음으로 입에 담을 말이 자신의 목을 조를까 봐 경계하는 듯하다.

"잘 기억나지 않습니다."

그런 대답이 돌아올 줄 예상했다. 교헤이는 어쩔 수 없이 시나세를 향해 눈짓했다.

시나세는 일단 기록을 멈추고 웹 사이트에서 시사 프로그램 영상을 찾기 시작했다.

"저 영상에서 인터뷰에 응하는 사람이 자네 맞나?"

시나세가 모니터 화면을 아모 쪽으로 향했다. 모니터에 표시된 것은 검찰 청사 밖에서 아모가 센가이 사건에 대해 답변하는 영상이었다.

―항간에는 형법 제39조가 적용돼 센가이 용의자에게 죄를 물을 수 없을 거란 의견도 있습니다만, 그 점에 대해서는 어떻게 생각하시나요?

―형법 39조가 적용되는 건 극히 일부 사례입니다. 법정은 아마추어의 연기에 좌우될 만큼 만만한 곳이 아닙니다.

―유치원생 세 명과 교사 두 명을 끔찍하게 살해한 행위에 대해서는 어떻게 생각하십니까?

―무릇 같은 인간이 벌인 일이라고 생각할 수 없을 만큼 잔혹한 짓이라고 생각합니다.

―범인을 증오하시나요?

─누군가의 부모 자식이라면 그를 동정할 수 없겠죠.

아모는 몹시 난감해하는 얼굴로 영상을 봤다. 마치 자다가 이불에 실례한 것을 들킨 아이 같다.

교헤이도 기분이 썩 좋지는 않았다. 같은 검사를 상대하고 있으니 더욱 그렇다. 하지만 지금 자신에게는 아모를 법정에 세울 사명이 있다. 지금까지도 임무를 위해 수없이 감정을 내팽개쳤다.

"영상을 보면 검사가 아닌 개인으로서 의견을 제시하는 느낌이 강하군."

"부정하지는 않겠습니다. 휴식 시간이라 긴장이 풀려 있었고 갑자기 질문을 받는 바람에."

"그럼 노코멘트로 넘어가면 되지 않나?"

"처음에는 검찰이 국민의 목소리를 대변한다는 걸 보여 주려는 의도였습니다. 하지만 말하는 동안 저도 모르게 감정에 휩쓸려……."

"검찰이 꼭 국민의 목소리를 대변할 필요는 없지. 조금 더 사려 깊게 행동했으면 좋았을 텐데."

교헤이는 아모의 변명을 가로막고 온화하게 훈계했다. 시나세 앞에서도 언급한 포퓰리즘을 경계하라는 이야기를 반복할 생각은 없지만 젊은 세대는 왜 이렇게 세상의 시선을 신경 쓰는지 조금 의아했다.

아마 SNS의 발달과 무관하지 않을 거라고 추측했다. 개인이 손쉽게 주장을 발신하는 시대가 되면서 일반 국민들의 목소리가 실체로써 인식되기 시작했다. 체면을 중시하는 조직, 평판을 신경 쓰는 기업, 남의 의견에 휘둘리는 개인은 사소한 비판에도 과민 반응을 보이며 끊임없이 외부의 목소리를 신경 쓰게 됐다. 단지 그뿐이다. 개인이 자유롭게 발언하게 된 시대상이 오히려 모든 것을 위축시키는 결과를 낳은 게 아닐까.

"영상에서 자네는 센가이 후히토에게 증오를 표출했어. 조사에서 살의와 범행 당시 책임 능력도 인정하지 않는 그를 보며 증오가 더 부풀었던 게 아닌가?"

"……만만치 않다고는 생각했습니다만, 증오까지는."

"전략이 통하기는커녕 상대는 뻔뻔하게 요리조리 회피만 했겠지. 자네는 중책을 맡고 있었고. 시간이 갈수록 점점 초조해지지 않았나?"

"초조하기는 했습니다."

"이대로 가다가는 끝이 없다. 불완전한 조서를 공판 검사에게 넘겼다가 무죄 판결이라도 떨어지면 역적이 된다. 정확히 그럴 때 사무관이 갑자기 집무실에서 나가는 바람에 집무실에는 자네와 센가이 피의자 둘만 남았지. 초조함을 견디지 못한 자네는 원래 계획을 실행한 게 아닌가?"

다그치는 말투는 이미 피의자를 대하는 투다. 사적인 동정과 공감은 제쳐두고 자신에게는 아모에게 자백을 받아낼 임무가 있다.

"마침 그날은 가와구치 시내 편의점 강도 사건에서 범인이 사용한 토카레프와 총알이 수사 자료와 함께 도착한 상황이었지. 대조 작업을 마치면 증거품 보관고에 들어가야 할 총기가 웬일인지 집무실 안에 있었던 거야. 자네가 몰래 숨기고 있었나?"

"전 모르는 일입니다."

"사무관이 몸이 안 좋다며 집무실에서 나가는 바람에 집무실 안에는 자네와 센가이 피의자 둘만 남았어. 다급해진 자네는 권총을 한 손에 들고 센가이에게 다가가지 않았나? 유치원생들에게 살의를 품었다는 것, 그리고 범행 당시 정상적인 판단력이 있었다고 인정하라면서 위협하지 않았나?"

"아닙니다."

"그러나 센가이는 진술을 거부했지. 결국 협박이 먹혀들지 않자 자네는 센가이를 쏴 버렸어. 내 말이 틀렸나?"

"아닙니다. 단언컨대 아닙니다. 조사 도중에 갑자기 졸음이 몰려왔고 사무관이 나가겠다고 한 이후부터는 기억이 없습니다."

"본인 입으로 말하면서도 설득력이 떨어진다고 못 느끼나?"

"그날 제가 마셨던 차에 아마 수면제 같은 게 들어 있었을 겁니다."

"위세척에서 수면 유도제 성분이 검출된 건 사무관뿐이고 자네는 소변 검사만 받았지."

"저도 위세척을 받았다면 분명 수면 유도제가 검출됐을 겁니다."

아모는 필사적으로 그렇게 호소했지만 어차피 소 잃고 외양간 고치기다. 아모는 살인 현행범으로 체포되어 현경 수사 1과에 구속됐다. 수면 유도제는 복용 몇 시간이 지나면 몸에 흡수돼 위장에 남지 않는다.

아모의 요청에 소변 검사를 실시한 건 체포 네 시간이 지나서였다. 소변에서는 수면 유도제 성분이 나왔지만 복용 시간을 특정하지는 못했다. 센가이를 소환 조사하기 전에 아모가 스스로 복용했을 가능성이 있기 때문이다.

"미리 수면 유도제를 복용한 후 효과가 사라질 때쯤에 조사에 임한다. 두 찻잔에 같은 수면 유도제를 넣어 놓고 자네는 마시는 척만 했겠지."

아모는 고뇌에 찬 얼굴로 침묵했지만 잠시 후 마음을 굳힌 것처럼 목소리를 높였다.

"차석 검사님. 저에게 반론 기회를 주십시오."

"그래. 해 보게."

"지금 차석 검사님의 말씀에 따르면 저는 처음부터 센가이를 협박하고 그것이 효과가 없을 경우 총으로 쏴서 그를 죽일 생각이었다는 말이 됩니다. 우가 사무관에게 수면 유도제를 먹인 것도 총을 쏘는 순간을 목격하지 못하게 할 목적이 겠죠. 그러나 현실에서 그녀는 몸이 좋지 않다고 하며 집무실에서 나가 버렸습니다. 그래서 집무실에는 저와 센가이 둘만 남았고, 그런 상황에서 총에 맞은 사람이 센가이라면 당연히 저에게 모든 혐의가 쏠립니다. 제가 왜 그런 논리적인 모순을 범한다는 말입니까."

"자네의 논리적 모순에 대해 내가 언급할 필요는 없겠지. 증오에 사로잡힌 사람의 논리가 중간에 무너지는 건 자네도 이미 여러 번 접하지 않았나? 그러니 혹 떼러 간 사람이 되레 혹 붙이고 돌아온 꼴이야. 또 그런 논리적 모순을 떠나서 모든 증거가 자네의 범행을 암시하고 있네. 첫째, 검시를 통해 밝혀진 지근거리에서의 발포. 범행 당시 집무실은 완전한 밀실 상태였지. 센가이의 앞가슴에 남아 있던 총상은 3미터 이내에서 총에 맞은 상처였어. 3미터라면 정확히 지금 나와 자네 사이의 거리고. 그건 바꿔 말해 사건 당시 자네와 센가이 사이의 거리이기도 해. 총상뿐 아니라 더 유력한 증거로 토카레프에 묻은 자네 지문과 자네 양복에서 나온 초연 반응도 있네. 두 물증은 총을 쏜 사람이 틀림없이 자네라는 걸 증명하고 있어. 덧붙이자면 집무실 안에서 발견된 탄두와 탄피는 모두 그 토카레프에서 발사됐다고 감식반 보고에 적혀 있더군. 그런 사실들에 대해 뭔가 반박할 게 있으면 해 보게."

아모는 말문이 막힌 듯했다. 그러나 포기한 게 아니라 즉시 반론이 떠오르지 않는 것처럼 보인다.

"그동안에는 정말 의식이 없어서 아무것도 기억나지 않습니다."

"아모 검사. 자네가 지금 어떤 말을 하는지 이해하나? 자네는 자네가 조사한 센가이 피의자와 완전히 똑같은 항변을 늘어놓고 있어. 흉기가 특정됐고 모든 정황이 자네가 총을 쐈다고 말하는 상황에서 범행 당시 의식이 없었다는 말만 반복하고 있지."

시간이 갈수록 아모의 얼굴이 절망과 혐오로 물들었다. 혹 떼러 간 사람이 혹 붙이고 돌아왔다는 건 이런 상황까지 전부 포함한 지적이었다.

"아직도 범행을 부인하나?"

"기억나지도 않는 걸 인정할 수는 없습니다."

"이만큼 물증이 있는데도 그렇다는 말이군."

쉽게 꺾일 거라 예상하지는 않았지만 아모는 역시 단호했다.

"몇 번을 물으셔도 같은 대답밖에 할 수 없습니다."

"자네에게는 굳이 말할 것도 없겠지만 검찰 조사 단계에서 범행을 계속 부인하면 법정에서 심증이 안 좋아지지."

"검사 일을 처음 시작할 때부터 불의와 맞서 싸우라고 배웠습니다. 이번에도 그럴 생각입니다."

"아, 그러고 보니 말하는 걸 깜빡했는데, 이번 건은 공판도 내가 맡네."

아모가 눈을 휘둥그레 떴다.

"차석 검사가 수사와 공판 검사를 겸임하다니, 있을 수 없는 일입니다."

"현직 검사가 살인 혐의로 체포되는 게 더 있을 수 없는 일이지. 이 정도 말했으면 자네도 대략 짐작이 가지 않나?"

정확히 말하면 공판 담당이라고 해도 교헤이는 진두지휘를 맡을 뿐이고 실제로 법정에 설지는 아직 미지수다. 그러나 미리 경고해서 혼란에 빠뜨리는 것도 하나의 방법이다.

"……검찰은 정말 절 유죄로 만들 생각인가 보네요."

"이토록 증거가 갖춰져 있으면 어쩔 수 없지."

"차석 검사님께서 이번 사건을 맡는 이유를 조금은 이해하겠습니다."

"그래도 번복은 못 하겠다?"

"죄송합니다."

"그럼 조서를 작성하겠네."

조사 내용 중 기록할 만한 부분을 시나세가 조서에 적고 출력했다. 내용을 낭독해 아모가 서명, 날인을 하면 검면 조서가 완성된다.

절차에 따라 검면 조서가 작성되었다. 이로써 아모와 검찰은 부인 사건*으로 정면에서 맞붙게 됐다.

서명과 날인을 확인하고 교혜이는 말투를 원래대로 되돌렸다.

"아들의 동기를 기소하게 될 줄이야. 정말 유감일세."

"저도 유감입니다."

조서에 날인을 마친 아모는 마치 궁지에 몰린 힘없는 동물 같았다. 그 모습이 측은해서 교혜이는 무심코 쓸데없는 말을 입에 담고 말았다.

"아직 변호사는 선임하지 않았겠지. 혹시 염두에 두고 있는 변호사가 있나?"

"머릿속이 새하얘서 그런 걸 떠올릴 여유가 없었습니다."

"기소부터 공판까지는 시간이 걸리지. 공판 전 정리 절차까지만 정하면 될 거야."

"모든 게 이례적인 상황이니 공판까지 걸리는 시간도 여느 사건과는 다르겠죠."

그의 말이 절반은 맞을 것이다. 재판 기일을 정하는 법원의 판단으로 공판이 늦어지거나 반대로 빨라질 수도 있다. 또 전관 사항이라고 해도 법원과 검찰청 사이에는 법정 외 변론을 통한 연결 고리가 있다. 현직 검사가 저지른 살인 사건이니 법원도 일찍 매듭짓고 싶을 것이다. 고검에서 조기

---

* 피고인이 혐의를 부인하는 사건을 일컫는 말.

공판을 신청하면 딱 잘라 거절하기 어렵지 않을까.

"내 입으로 이런 말 하기 그렇지만, 법정에서 자네의 유일한 아군이 될 사람이니 신중하게 고르는 게 좋을 거야. 지금까지 싸워 온 상대 중에 기억에 남는 변호사 없나?"

그렇게 물어도 아모는 길을 잃은 아이처럼 머뭇거리기만 했다.

"기뻐할 일인지 슬퍼할 일인지 모르겠지만 지금껏 그런 변호사는 한 번도 만나 보지 못했습니다."

교헤이는 착잡한 심정으로 아모의 넋두리를 들었다. 유죄율 99.9퍼센트의 폐해 중 하나가 바로 이것이다. 공판 전부터 승리가 확실한 안건만 기소하니 상대의 역량을 충분히 파악할 기회도 없는 것이다.

교헤이는 지금껏 뼈아픈 패배를 겪은 덕에 자신을 단련할 기회를 얻었다. 승리한 시합보다 패배한 시합에서 얻을 게 많은 건 비단 스포츠만이 아니다.

아모는 고개를 푹 숙인 채 경찰들과 함께 집무실에서 나갔다. 교헤이는 몸에서 힘이 쭉 빠지는 느낌이 들었다.

"검사님. 피곤해 보이시네요."

옆에서 보기에도 느낄 정도면 어지간히 피곤한 상태일 것이다. 그러나 체력적인 피로는 아니었다.

장래를 촉망받았던 후배를 기소해야 한다. 도사카는 지휘만 맡으면 된다고 했지만 이런 불쾌한 경험을 할 사람은 나

하나로 충분하다. 아마 내가 직접 법정에 서게 될 것이다. 법정에서 아모의 주장을 모조리 반박해 그를 유죄로 만들 것이다.

검찰 관계자라면 대부분 피하고 싶은 역할이다. 도사카는 그걸 뻔히 알면서도 내게 그 임무를 맡겼다. 미사키 교헤이라면 다른 누군가를 총알받이 삼지 않고 자신이 모든 책임을 뒤집어쓸 거라 예상했을 것이다.

눈치 빠른 시나세는 교헤이의 표정만 보고 상황이 어떤지 깨달은 듯했다.

"직접 법정에 서실 생각인가요?"

"모두가 서기를 꺼린다면 그렇게 되겠지."

"차석 검사님이 지시하면 거부할 사람은 없을 텐데요."

"이런 더러운 일은 남에게 맡기기보다 직접 처리하는 게 내 정신건강에도 좋아."

"처리하셔야 할 다른 업무도 쌓여 있습니다."

"다 이럴 때를 위해 적지 않은 월급을 받는 거 아니겠나."

시나세는 측은해하는 눈빛으로 교헤이를 바라봤다.

"왜 그렇게 쳐다보지?"

"전 2급 사무관입니다."

"그래. 그게 왜?"

"2급으로 3년만 근무하면 시험을 보고 부검사가 되는 길이 열리죠. 모든 사무관이 선망하는 코스입니다."

"그렇다고들 하더군."

"차석 검사님을 보고 있으면 그 세계를 동경하면서도 가끔 포기하고 싶을 때가 있습니다. 내가 과연 이런 가혹한 일들을 소화할 수 있을까 하는 생각이 들면서요."

"나를 보며 뭔가 배울 생각은 하지 않는 게 좋을 거야."

교헤이는 언짢은 것처럼 말했다.

"난 무슨 일이 생기면 뒤치다꺼리나 하는 검사니까."

그로부터 얼마 안 돼 사이타마 현경 본부에서 추가 자료가 도착했다. 센가이 후히토의 부검 보고서다.

집도의는 사이타마 의치과 대학 법의학 교실의 마나베 교수다. 사인은 검시관의 견해대로 총탄에 의한 관통성 심장 외상으로 즉사로 추정됐다. 앞가슴 이외의 다른 외상은 확인되지 않았다. 체내에 잔류돼 있던 소변에서 마약 양성 반응이 나왔고 왼팔에는 습관성으로 보이는 주사 자국이 여러 군데 남아 있었다.

감식반에서도 추가 자료로 센가이의 모발 분석 결과가 도착했다. 머리카락에는 몸에 축적된 약물 성분이 오랜 기간 남는다. 분석은 모근에서 1센티미터 단위로 머리카락을 절단해 각 부위의 약물 함유량을 측정한다. 이 분석으로 한 달 단위의 약물 복용 이력을 밝힐 수 있지만 센가이가 유치원을 덮칠 때 마약을 했는지까지는 밝혀낼 수 없다. 센가이의 경우 반년 이상 전부터 약물 사용이 확인됐다.

결과적으로 범행 당시 센가이의 심신 상실 여부는 영원히 알 수 없게 됐지만 적어도 그가 상습범이었다는 사실은 과학적으로 증명됐다.

상습 마약 사범으로 인정되면 범행 당시 센가이가 심신 상실 상태였다는 주장도 받아들여질 확률이 높다. 판사들이 즉시 형법 39조 적용을 떠올리지는 않겠지만 재판의 향배가 혼란스러워질 것은 충분히 예상할 수 있다. 따라서 아모의 행위는 센가이를 증오하는 자들에게 더더욱 정의로운 행위로 비칠 것이다.

그날 밤 도쿄 고검은 아모 다카하루 1급 검사를 기소하기로 결정했다.

이틀 후 출근한 교혜이에게 시나세가 면회 희망자가 밖에서 기다리고 있다고 했다. 법조계 관계자가 아닌 일반 시민이라고 했다.

"센가이에게 살해된 피해자 유족이라고 합니다."

원래 고검 간부가 일반 시민과 면회하는 경우는 거의 없다. 검찰 방식에 이의를 제기하는 사람, 특정 안건을 국책 수사라고 항의하는 사람, 기타 수상쩍은 시민 활동에 참여하는 사람들의 이야기를 일일이 들어줄 여유가 없기 때문이다.

그러나 센가이 사건의 피해자 유족이라면 이야기가 다르다.

"기자들도 함께 왔습니다."

접수처에서 면회를 쉽게 거부할 수 있겠지만 영상에 찍힐 검찰의 태도가 냉담하게 비칠 것이다.

교헤이는 피해자 유족과의 면담을 받아들였다. 그러나 본심은 언론 견제가 아닌 피해자 유족의 목소리를 직접 듣는 것이었다. 포퓰리즘을 부정해도 사람 사이의 정까지 부정하지는 못하는 게 교헤이의 약점이었다. 도사카의 면회 허가는 따로 받지 않았다. 전권을 위임받은 단계에 사소한 일을 하나하나 보고할 의무는 없다고 판단했다.

면회 희망자는 총 열다섯 명, 이쪽은 교헤이와 시나세 두 명. 비어 있는 소회의실에 열일곱 명이 들어가자 회의실 안이 가득 찼다.

오기 전에 미리 정했는지 피해자 유족 대표는 유치원 교사였던 사카마 미키의 어머니였다.

사카마의 어머니는 제대로 인사할 새도 없이 곧장 본론으로 들어갔다.

"신문에서 봤습니다. 아모 검사를 기소하신다고요."

"안건의 기소 여부를 정하는 게 검찰의 역할이니까요."

"불기소라는 선택지는 없었던 건가요?"

"아무리 피의자였다고 해도 한 사람이 목숨을 잃었습니다. 기소하지 않을 이유가 없습니다."

"솔직히 센가이가 검찰 청사 안에서 살해됐다고 들었을 때 아쉬웠습니다. 제 딸과 아이들이 왜 그리 끔찍하게 죽어야 했는지 이제 두 번 다시 센가이의 입을 통해서는 듣지 못하게 됐으니까요."

옆에 앉은 유족들이 일제히 고개를 끄덕였다.

"재판이 시작되면 센가이의 증언으로 당시 상황이 밝혀지고 저희 아이들의 마지막 모습이 어땠는지도 알 수 있었을 거예요. 남은 저희는 그 이야기를 듣고 기억에 새기는 게 세상을 떠난 아이들에게 해줄 수 있는 마지막 일이었죠. 그러나 결국 이루지 못할 꿈이 돼 버렸습니다."

어머니는 일단 말을 끊고 복받치는 감정을 누르는 듯했다. 무거운 침묵이 깔렸다. 차라리 울부짖어 준다면 마음 편할 것이다.

"……센가이가 죽어 버린 건 아무리 생각해도 분통이 터져요. 하지만 센가이가 마약 상습범인 게 인정되면 무죄가 나올 수도 있었다고 하더군요."

"가능성은 있었지요. 센가이도 심신 상실로 인한 책임 능력 부재를 주장하려 한 측면이 있고요."

"센가이에게 유죄가 나올 확률은 어느 정도였나요?"

"이제 와서 말씀드려 봐야 억측에 불과하니 의미 없다고 봅니다."

그러자 어머니는 납득할 수 없다는 듯이 미련 섞인 눈빛으로 교헤이를 봤다.

"네. 의미가 없을 수 있겠죠. 그렇다면 적어도 센가이의 말은 듣고 싶었는데……."

"검찰 청사 안에서 범행이 일어난 전대미문의 사건이었습니다. 사회적으로 여러 방면에 충격과 불안을 안겼지만 앞으로 두 번 다시 이런 일이 일어나지 않도록 청사 내부 보안과 수사 절차를 되돌아볼 계획입니다."

외부 문의에 대한 통일된 견해는 사건 발생 직후에 이미 전달됐다. 검찰의 책임 소재를 은근슬쩍 회피하면서 유감을 표명하는 전형적인 검찰식 멘트다. 입에 담는 사람도 꺼림칙하겠지만 어쨌든 비상시 대외적인 멘트는 필요했다.

사카마의 어머니는 냉담한 반응을 보였다.

"오늘 저희는 검찰의 책임을 물으려고 이렇게 찾아뵌 게 아닙니다. 아모 검사의 기소를 취하해 주셨으면 해요."

예상한 말이었다.

"확실한 이유도 없이 결정을 취하할 수는 없습니다."

"그럼 적어도 죄를 가볍게 해 주셨으면 좋겠습니다."

"감형 탄원을 하시는 건가요?"

"센가이의 목소리를 듣지 못하게 된 건 아쉽지만 재판 향방에 따라 무죄 가능성이 있었던 범인을 아모 검사님께서는 몸소 처벌해 주셨어요. 저희 유족들의 한을 풀어 주신 거예요."

이 또한 예상한 말이었기에 교헤이는 크게 놀라지 않았다.

그보다 감형 탄원이 어느 규모로 이뤄질지가 신경 쓰였다.

"지금은 아직 3백 명 정도밖에 안 되지만 유족들은 어제부터 서명 운동을 시작했습니다."

어제라면 아모 사건의 기소 소식을 모든 언론이 보도한 날이다. 고작 하루 만에 3백 명의 서명을 모은 건 대단한 성과다.

"지금 여기 와 있는 유족은 열다섯 명이지만 실제로는 스물다섯 명이에요. 꼭 피해자 유족이 아니어도 아모 검사의 감형 운동에 동참해 주는 친구와 지인들이 있어서 지금도 거리에서 서명을 받고 있어요."

어머니는 옆구리에 끼고 있던 가방에서 1센티미터 두께의 종이 뭉치를 꺼내 탁자 위에 내려놓았다. 2백 명분의 서명이었다.

"앞으로 정기적으로 드리러 오겠습니다."

이쪽의 사정 따위 알 바 아니라는 투다.

"평범한 살인범이었다면 이렇게 서명이 모일 리 없겠죠. 이번 사건은 저희 유족들에게 아주 특별한 사건이에요."

옆에 앉은 사람들이 거의 동시에 고개를 끄덕였다. 교헤이는 지금 모인 이들이 자신을 몰아붙이는 듯한 착각에 빠졌다.

아니, 착각이 아니다.

센가이를 향한 원망이 어느덧 아모를 감싸는 방향으로 탈바꿈해서 자신을 옥죄는 것이다.

"재판에서 어쩌면 무죄를 받았을 수도 있는 흉악범을 아모 검사님은 직접 처단해 주셨습니다. 아무리 감사드려도 부족할 지경이죠. 부탁드립니다. 저희 유족의 한을 풀어 준 아모 검사님을 제발 구해 주세요."

유족들이 고개를 숙였다. 그러나 어디까지나 형식적인 몸짓이다. 실제로는 교헤이를 대표로 한 검찰청에 칼날을 들이대는 거나 마찬가지였다.

쏟아지는 눈빛에서 그들의 원망이 어느 정도인지 대략 실감할 수 있다. 법정에 설 때도 방청석에 앉은 피해자 유족의 뜨거운 시선을 느낄 때가 간간이 있는데, 지금은 그와 비교할 수도 없을 만큼 절실했다.

"면회 취지는 알겠습니다."

유족들 앞에서는 꺼낼 수 없는 말이지만, 자신에게 주어진 시간은 한계가 있다.

"감형 탄원 서명은 고검 앞으로 보내 주시면 감사하겠습니다. 굳이 찾아오실 필요는 없습니다."

"아뇨. 저희의 열의를 전달하기 위해서라도 꼭 찾아뵙고 싶습니다."

"열의를 전달하는 거면 더 효과적인 방법도 있을 겁니다."

"어떤 방법 말이죠?"

교헤이는 사카마의 어머니에게 얼굴을 가까이하고 목소리를 낮췄다.

"국회 의사당 앞에서 탄원 운동을 하시는 겁니다. 검찰청은 법무성 관할 기관이니 그쪽에 호소하는 게 훨씬 효과적일 겁니다."

어머니는 순간 의아한 것처럼 이맛살을 찌푸리더니 조심스럽게 고개를 숙였다.

유족들이 청사를 떠나는 모습을 끝까지 지켜보고 시나세가 못 참겠다는 듯이 물었다.

"검사님. 왜 그런 말씀을 하셨나요? 그러다가 서명 운동이 자칫 항의 집회로 발전할 수도 있을 텐데요."

"꼭 필요한 운동이라면 자연스럽게 달아오를 테고 아니라면 머지않아 사그라들겠지. 모든 건 저 사람들이 얼마나 열의를 가지고 행동하는지에 달렸어."

3

역시 독방은 좁군.

아모는 독방 한가운데에 앉아 멍하니 방 안을 둘러봤다.

1.5평짜리 공간. 구석에 작은 책상이 있고 창가에는 세면대와 변기가 있다. 창문은 간유리라 바깥 풍경이 전혀 보이지 않는다. 닳고 닳아서 누레진 다다미가 베이지색 벽과 맞물려 살풍경하기 그지없다. 직업 관계상 지금껏 미결수나 확정수를 만나 이야기할 기회는 여러 번 있었지만 감방에 들어

와 본 건 이번이 처음이었다.

어제 24일 검찰의 기소 결정으로 아모의 신병은 사이타마 현경 본부 유치장에서 도쿄 구치소로 이감됐다. 이감 중에도 몇 번이나 결백을 외쳤지만 호송을 맡은 경찰관들은 아모를 거들떠보지도 않았다.

구치소에 도착하자 가장 먼저 신체검사를 받았다. 그때 이미 현직 검사라는 신분과 자긍심이 산산조각 났다. 교도관들은 알몸 상태에서 문신이 있는지, 항문 속에 뭔가를 감췄는지를 철저하게 조사했다.

자긍심뿐만 아니라 개성도 박탈당했다. 수용되자마자 이름 대신 번호가 붙었다. 아모에게 붙은 번호는 9586번. 다만 호명될 때는 번호가 아닌 이름을 반말로 불렀다.

대다수의 수용자는 다인실에 들어가지만 중대 사건 관계자나 특별 감시가 필요한 사람은 독방에 수용된다. 아모가 독방에 들어온 건 센가이 살해 사건이 중대 사건으로 취급되고 있다는 증거였다.

혼자만 있는 방이니 다른 사람을 신경 쓰지 않아서 편하겠다는 건 크나큰 착각이다. 사람과 얼굴을 마주하지 않고 하루 종일 침묵하고 있는 건 예상보다 더 고통스러웠다. 모든 진리를 깨달은 성인이 아닐뿐더러 알지도 못하는 살인 혐의로 구속됐으니 아모의 정신 상태는 한계에 도달했다. 고작 1.5평짜리 방 안에서도 마음대로 움직이지 못하고 같은 자세로만 앉아 있어야 한다. 축사를 자유롭게 돌아다니는 가축들의 형편이 훨씬 나을 지경이었다.

넓은 공간에서 커다란 책상 앞에 앉아 일하던 게 불과 사흘 전이다. 그 짧은 시간 안에 이런 처지로 전락한 건 악몽이라고밖에 생각되지 않았다.

문득 센가이 소환 조사 당시 풍경과 자신이 받은 조사 풍경이 머릿속을 스쳤다. 간신히 공황 상태를 벗어나 무슨 일이 일어났는지 다시 떠올렸지만 도무지 영문을 알 수 없었다. 이해할 수 없으니 초조해지고 초조해지니 생각이 더욱 정리되지 않았다.

이감 당일에 우가가 면회를 왔다. 도쿄 구치소의 경우 미결수에게 허락된 면회는 하루 한 번, 그것도 30분뿐이다.

아크릴판 너머에서 아모를 알아본 우가는 당장이라도 울음을 터뜨릴 것 같은 표정을 지었다.

"그런 표정 짓지 마. 울고 싶은 건 나니까. 그리고 우가 씨한테는 어울리지 않는 표정이야."

"죄송합니다."

우가는 그렇게 사과하면서 가져온 비닐봉지에서 옷가지와 칫솔 같은 생필품을 꺼냈다.

"급하게 오느라 기본적인 것들밖에 못 챙겼습니다."

"아니, 이걸로 충분해. 그러지 않아도 늘 땀에 젖어서 자니 셔츠 정도는 갈아입고 싶었는데."

"조만간 나오실 수 있을 거라 생각해요."

과연 그럴까. 지금으로서는 희망이 보이지 않는다.

"바깥이 어떻게 돌아가는지 알고 싶어. 독방에서는 점심때만 NHK 뉴스가 나오고 거의 모든 정보가 차단되거든. 심지어 내가 체포됐다는 뉴스도 못 봤고."

"현직 검사가 살인 혐의로 구속돼서 그런지 역시 심상치 않아요."

"어떤데?"

"일단 긍정파와 부정파로 완전히 쪼개졌어요. 긍정파는 형법 39조를 악용하려 한 악당은 죽어도 마땅하다는 논리고, 부정파는 어떤 상황이든 사적 제재는 용납되지 않고 용서해서는 안 된다는 논리예요."

어이없을 만큼 단순화된 대립 구도지만 원래 대중들은 단순한 것을 선호한다. 아니, 양쪽으로 나뉜 단순한 대립 구도가 아니면 논전에 참가하려 하지도 않는다.

"다만 그렇게 나뉜 건 주로 인터넷 반응이에요."

"신문과 TV에서는 뭐라 하지?"

"사법 세계를 살아가는 검사가 감정에 휘둘려 사적 제재를 한다면 사법 시스템의 신뢰가 땅에 떨어진다고……."

잠시 말을 끊고서 다시 잇는다.

"……엄벌에 처해야 한다고 하더라고요."

"그렇게 말할 수밖에 없겠지. 검찰청 역시 같은 입장일 테고. 제 식구가 실수를 저지르거나 궤도를 이탈하면 철저하게 벌하지. 그렇게 해야 조직이 건강하다는 걸 어필할 수 있으니까."

말하는 동안 왠지 자신이 오락거리로 소비되는 것 같아 화가 치밀었다. 그러나 우가 앞에서 흐트러진 모습을 보이고 싶지는 않았다.

"그리고 다카사고 유치원 사건 피해자 유족들이 검사님의 감형을 요구하며 서명 운동을 시작했다고 해요."

생각도 못 한 이야기라 깜짝 놀랐다. 그러나 순수하게 기뻐할 수만은 없다.

자신의 처우를 배려해 주는 건 감사하지만 그 밑에는 결국 아모가 센가이를 죽였다는 전제가 깔려 있기 때문이다.

"혹시 우가 씨도 날 의심하나?"

절박한 마음 때문인지 저절로 입이 열렸다.

"센가이를 죽인 사람이 정말 나라고 생각해?"

그러자 우가는 곤란한 것처럼 시선을 이리저리 피했다.

"그러지 않았다고 믿고 싶어요."

믿는 게 아닌, 믿고 싶다.

우가가 곤란해하는 이유도 이해할 수 있다. 그날 우가가 집무실에서 나간 직후 사건이 일어났다. 집무실 안에 있었던 사람은 아모와 센가이뿐이고 그중 센가이가 총에 맞았다면 당연히 용의자는 아모밖에 없다. 어린아이도 알 만한 뻔

셈이다.

물론 아모 자신은 기억하지 못하니 결백을 증명하려 해도 논리로 반박할 수는 없다. 반박할 수 없으니 점점 더 감정적이 되고 이성을 의심받는다.

"감형 탄원 서명 운동이라. 웃어야 할지 울어야 할지 모르겠군. 서명 운동이 활발해질수록 사람들은 내가 센가이를 죽였다고 믿겠지."

사정을 모르는 사람들은 잠자코 있어 주기를 바라건만.

아모는 지금껏 맡아 온 다른 사건에서도 '선량한 시민'의 목소리 때문에 여러 번 곤욕을 치른 적이 있었다. 비판도 옹호도 전부 그 기저에는 감정이 깔려 있어 결국 당사자에게 폐가 된다. 왜 책임도 못 질 발언을 반복하며 흐뭇해하는지 도무지 이해할 수 없었다. 정의나 선의 같은 걸 겉으로 내세우지만 진짜 정체는 대부분 비열한 구경꾼 근성에 지나지 않는다.

"하지만 검사님. 감형 탄원 운동이 절대 무의미하지는 않을 거예요."

우가는 조심스럽게 입을 열었다.

"검사님은 불편하실 수 있겠지만 판사와 배심원들의 심증에는 좋은 영향을 미칠 테니까요. 게다가 배심원들은 일반 시민이니 국민감정을 무시하지 못할 거고요."

"뭐가 어떻게 됐든 아군은 많은 편이 낫다는 건가."

판사는 여론의 영향을 받지 않는 편이지만 배심원이 여론에 휘둘리는 경우는 허다하다. 우가의 말에도 일리는 있다.

"센가이에게 희생된 건 여교사 두 명과 다섯 살배기 아이 셋이에요. 그들을 무자비하게 살해한 센가이를 동정할 사람은 세상에 없지 않을까요."

"피해자를 향한 동정이 나에 대한 옹호로 이어지다니. 달갑지 않지만 딱 잘라 거절할 수도 없는 노릇이라 어렵군."

"어쨌든 지금은 재판을 유리하게 끌고 갈 조건을 최대한 갖춰 놓는 게 좋을 것 같아요. 무죄 주장은 법정에서도 얼마든 할 수 있으니까요."

"그러지 않아도 그 문제 때문에 하나 부탁하고 싶은 게 있는데."

아모는 마침내 본론에 들어갔다. 생필품 보급이나 외부 소란은 부차적인 문제다.

"변호사를 선임하려고 해. 날 대신해서 변호인을 찾아 주겠어?"

"필요한 절차지만…… 누구를 선임해야 할까요?"

우가는 난감한 표정을 지었다.

"생각 같아서는 검사님을 애먹게 했던 상대를 선임하는 게 가장 좋을 것 같은데, 지금껏 그런 변호사가 있었나요?"

"그래서 나도 고민 중이야. 우가 씨가 면회 오기 전까지 지금껏 맞붙은 변호사들을 떠올려 봤는데 이렇다 할 인재가 없더군."

"네. 강적이라 불릴 만한 변호사는 없었죠."

"사무관들 사이에서 입소문 같은 게 돌지 않나? 아무튼 실력 있는 변호사를 찾아 줬으면 해."

"네. 찾아볼게요."

"그렇게 해서도 좋은 변호사를 찾지 못한다면 와키모토 에나미라는 변호사에게 연락해 보겠어?"

우가는 스마트폰을 꺼내서 메모하기 시작했다.

"와키모토 에나미 변호사 말씀이신가요? 이분을 왜."

"사법 연수원에서 같은 조였거든. 지금도 변호사를 하고 있을 테니 동업자의 평판을 잘 알고 있을 거야."

와키모토 에나미와는 매년 연하장을 주고받고 있다. 아모가 검찰청에 들어간 것과 거의 비슷한 시기에 어느 변호사 사무실에 채용됐다고 들었다. 연수생 시절부터 재기발랄하고 거침없는 말투가 특징인 친구였다.

"알겠습니다. 실력 있는 변호사를 찾으면 바로 협상해 볼게요."

"잘 부탁해."

"혹시 또 부탁하실 건?"

"아, 어렵겠지만 검찰 쪽 정보도 수집해 줬으면 해. 공판 전 정리 절차에 들어가면 증거물과 증인을 알 수 있지만 일부에 불과하지. 공판을 치르려면 상대의 모든 패를 알고 있어야 하는데."

그러자 우가의 표정이 어두워졌다.

"응? 무슨 문제라도?"

"미사키 교헤이 차석 검사님의 사무관인 시나세라는 분을 저도 아는데, 그분의 입에서 정보가 나오는 건 별로 기대하지 않는 게 좋으실 거예요."

"입이 아주 무겁나 보군."

"검찰 사무관 합동 연수 때부터 빈틈없는 분이었죠. 그 후에는 만난 적이 없어서 어떻게 변했을지 모르지만요."

연수 당시부터 빈틈이 없었다면 지금은 거의 입을 꾹 다문 조개 같은 사람일 것이다. 하물며 그 미사키 교헤이 차석 검사의 사무관이니 섣불리 기대하지 않는 게 좋아 보였다.

그때 등 뒤에 있던 교도관이 입을 열었다.

"시간이 됐습니다. 슬슬 마무리하시죠."

집중해서 대화하다 보면 30분은 금세 흐른다. 우가는 못내 아쉬운 듯 자리에서 일어나 면회실을 나가기 전에 아모를 다시 한번 돌아봤다.

독방으로 돌아가자 또다시 초조함과 불안이 몰려왔다. 우가에게 여러 가지를 부탁했지만 그녀도 형사 피고인의 관계자라 주변에 지켜보는 눈이 많을 것이다. 자유롭게 돌아다니면서 묻고 다니기 어렵지 않을까.

지금 이 시간에도 미사키 교헤이 검사는 내게 불리한 증거를 수집하며 교수대의 밧줄을 조이고 있다. 아니, 꼭 극형은 아니더라도 여론과 언론에서 가혹한 구형을 요구할 건 불 보듯 뻔하다. 그러나 정작 당사자인 자신은 다다미 위에 앉아 꼼짝도 못하고 있다. 아무것도 하지 않는 상황이 이렇게 고역일 줄은 몰랐다.

문 옆에 식사가 들어오는 작은 출입구가 있다. 그날 저녁은 구운 두부 카레, 닭튀김 다섯 조각과 디저트로 미니 에클레어가 나왔다. 카레와 닭튀김 모두 맛이 싱겁고 반대로 에클레어는 너무 달았다. 그러나 불평해 봐야 교도관에게 질책만 들을 것이다. 애초에 감정이 아직 가라앉지 않아서 식사를 즐길 여유 따위 없었다.

식사를 마치고 세면대에서 식기를 씻어 원래 입구에 되돌려 놓았다.

이로써 오늘 일과를 마쳤다.

오후 7시가 되자 방 안 조명이 어두워졌다. 책을 읽을 수 없을뿐더러 취침 시간이 정해져 있어서 드러눕는 것도 허용되지 않는다.

오후 9시, 불이 완전히 꺼져서 방 안이 캄캄해졌다.

아직 9월이라 다행이었다. 겨울이 되면 분명 추위에 떨면서 잠자야 할 것이다.

눈이 점점 어둠에 익숙해졌다. 사적인 대화가 금지된 곳이라 교도관이 순찰이라도 오지 않는 한 말소리나 발소리는 들리지 않는다.

그러다 잠시 후 독방 구석 쪽에서 뭔가 사각거리는 소리가 들렸다. 마른 낙엽이 맞부딪히는 듯한 소리다. 이상하다 싶어 소리가 들린 쪽으로 고개를 돌렸다가 아모는 무심코 비명을 지를 뻔했다.

바퀴벌레가 우글거리고 있었다. 그것도 세 마리나.

다다미 위에 떨어진 저녁 식사 찌꺼기라도 노리는지 아모가 누운 곳 옆을 당당하게 가로질러 간다. 구치소에서 구충 작업을 제대로 하지 않은 탓에 이미 인간에게 익숙한 듯했다.

소란을 피웠다가는 교도관이 뛰어올 것이다. 적어도 녀석들이 몸을 기어 다니지 못하게 아모는 머리끝까지 모포를 뒤집어썼다.

비참했다.

그저 분하고 비참한 나머지 그날 밤은 뜬눈으로 몸부림치며 보냈다.

26일 오전 7시. 스피커에서 흘러나온 '아름답고 푸른 도나우'가 기상 신호였다. 바퀴벌레가 돌아다니는 방인데도 꽤 우아한 알람이라 아모는 묘하게 감탄했다.

7시 15분에 교도관이 와서 방 안을 점검했고 25분에 아침 식사가 나왔다.

아침 메뉴는 보리밥과 김, 장아찌, 된장국. 보리밥은 백미 7, 보리 3 비율인 걸 이곳에 와서 처음 알게 됐다. 경찰서 유치장과 달리 구치소와 교도소에서는 수형자들이 직접 만든 음식이 나와 따뜻한 밥을 먹을 수 있다. 다 먹으면 저녁때와 마찬가지로 세면대에서 식기를 씻어 입구에 돌려놓는다.

아침 식사 후에는 몇 분간 운동이 허락됐다. 운동이라고 해도 다다미 위에서 스트레칭 같은 걸 할 뿐이지만 반나절 넘게 같은 자세로 있다가 딱딱한 다다미 위에서 잠들었던 몸에는 감지덕지였다.

오전 9시가 지날 무렵 교도관이 다가왔다.

"아모 다카하루. 면회다. 우가 사무관이라는 사람이 찾아왔다."

일반 면회는 오전 9시부터 시작되니 가장 일찍 와서 접수한 듯하다.

면회실에 들어가자 우가가 이미 앉아서 기다리고 있었다. 그러나 안색이 밝지 않은 걸 보니 좋은 소식은 없을 거라 짐작했다.

"안녕하세요."

쉰 목소리가 어제 하루 종일 변호 의뢰를 하고 다녔다는 것을 말해 주었다.

"안색을 보니 성과가 별론가 보군."

"다 제가 부족해서……. 죄송합니다."

"어땠는데?"

"우선 다른 사무관들에게 소개받은 몇몇 변호사 사무실을 찾아가 봤습니다. 대화해 보니 그분들이 실력 있다고 평가받는 이유를 알겠더군요."

"뭐지?"

"그분들은 이길 수 있는 의뢰만 받았습니다."

우가는 힘없이 말했다.

"대부분 민사 사건에다 의뢰 시점에 승소가 예상되는 안건만 받고 있었어요."

대충 예상한 일이었다.

"심지어 형사 사건을 다룬다고 하면서도 가해자나 피고인 변호는 하지 않는다고 잘라 말한 변호사도 있었죠."

변호사마다 각자 사고방식과 일하는 방침이 다르기 마련이다. 범죄 피해자 보호를 최우선으로 여기는 변호사도 있을 것이다. 그러나 가해자나 피고인이라는 이유로 변호를 거부하는 건 그것대로 대단한 방침이라며 아모는 속으로 감탄했다.

우가는 지금껏 검찰에만 있었으니 변호사들의 그런 대응이 뜻밖인 듯했다. 그녀는 평소 거의 볼 수 없었던 울분을 드러냈다.

"가해자나 피고인의 의뢰를 받지 않겠다는 변호사를 제외하니 숫자가 많이 줄었어요. 하지만 나머지 변호사들도 형편없었죠. 센가이 후히토 또는 검사님의 이름을 언급하는 순간 모두 수임을 거부하더라고요."

실력 있다고 평가받는 변호사라면 당연히 승률에도 연연할 것이다. 패색이 짙은 사건에 기꺼이 착수하는 건 정말로 훌륭한 변호사거나 어지간히 오지랖이 넓은 변호사일 것이다.

"미움받고 있군."

"하나같이 겁쟁이들이에요"

우가의 입에서 이렇게 직설적인 비난은 처음 듣는 것 같아서 아모는 살짝 미소 지었다.

"제가 변호사라면 앞장서서 맡을 텐데 말이죠."

"내 입으로 이런 말 하고 싶지 않지만, 승산이 낮은 게 사실이야. 그래도 맡겠어?"

"언론은 둘째 치더라도 여론은 거의 검사님 편이에요. 앞으로도 계속 여론을 우리 편으로 만들면 배심원들의 마음을 움직여서 이길 수도 있을걸요."

우가는 그렇게 말하며 주머니에서 스마트폰을 꺼내 두드려 아크릴판 너머로 영상을 보여 줬다. 거기에는 주부처럼 보이는 여자들이 거리에서 서명 운동을 하는 모습이 찍혀 있었다.

"어제 말씀드린 센가이 사건의 피해자 유족들이에요. 오늘 아침까지 4백 명에게 탄원 서명을 받았다고 해요."

이틀 동안 4백 명이 많은 건지 적은 건지 잘 구분되지 않았다. 그러나 고마운 한편으로 역시 민폐처럼 느껴졌다.

"인권 변호사를 표방하는 변호사들도 만나 봤나? 원죄* 사건에 의욕적으로 나설 것 같은데."

"저도 그렇게 생각했어요."

우가는 빈틈이 없다. 그러나 표정은 신통치 않았다.

"과거 원죄 사건에서 역전 무죄를 따낸 변호사 몇 명에게 연락해 봤죠. 하지만 대답은 NO였어요."

"거절 이유는?"

"확실하게 알려 주지는 않았지만 현직 검사를 변호한다는 것 자체에 거부 반응이 있는 것 같더라고요."

이 역시 상대 입장에서 생각하면 이해 못 할 이야기는 아니다. 억울한 의뢰인에게 죄를 뒤집어씌우는 건 언제나 검찰이다. 원죄 사건을 해결하려는 변호사에게는 천적 같은 존재다. 역시 어지간히 오지랖 넓은 변호사가 아니면 그런 천적을 구하려 들지 않을 것이다.

점점 더 설 곳이 없어지는 느낌이었다. 의뢰를 거절당할 거라고 어느 정도 예상은 했지만 설마 이렇게까지 심각할 줄은 몰랐다.

"와키모토 에나미와는 연락이 닿았나?"

"일본 변호사 연합 사이트에 연락처가 나와 있더라고요. 지금은 어느 외국계 증권사에서 기업 변호사로 근무하고 있

* 억울하게 뒤집어쓴 죄.

다고 해요."

그녀다운 선택이라고 생각했다. 기업 변호사란 이름 그대로 기업에 고용돼 기업 법무를 전속으로 맡는 변호사다. 전속이니 업무 내용이 단조로운 대신 기업에서 주는 기본급이 확보돼 수입이 안정적이다. 경영과 비즈니스에 관련될 기회도 많아 미래에는 경영진에 이름을 올리는 경우도 있다.

와키모토 에나미는 전에 어느 회사에서 경리로 일했지만 해고당해 법조인을 목표로 하게 됐다고 했다. 떳떳하게 변호사 자격을 취득한 그녀가 비즈니스 세계에 뛰어든 건 자연스러운 흐름처럼 느껴졌다.

"반응이 괜찮았나?"

"네. 아모 검사님의 이름을 듣자마자 몹시 반가워하셨어요. 하지만 정작 중요한 변호 의뢰 이야기를 꺼내니 침묵을……. 기업과 전속 계약을 맺은 이상 사외 사건을 맡는 건 계약 위반이 된다고 하더라고요."

"그렇겠지."

"또 지금껏 줄곧 기업 법무만 해서 형사 사건을 맡아 봐야 검사님께 별 도움이 되지 않을 거라고도 하셨어요."

"여전히 솔직하고 거침이 없군. 혹시 다른 변호사를 소개해 주지는 않았나?"

"같은 이유로 완곡히 거절하셨어요. 기업 법무를 전문으로 하다 보면 소송 상대도 거의 기업 변호사라 이번처럼 어려운 사건을 맡길 변호사는 없다고 하시더라고요."

"……너무 솔직한 것도 문제라고 해야 하려나. 눈앞에 있었다면 푸념 한마디라도 했을 텐데."

"와키모토 변호사님도 정말 미안해하셨어요."

와키모토 에나미의 얼굴이 눈에 선했지만 지금은 회상에 잠길 때가 아니다. 어떻게든 자신의 무죄를 증명해 줄 변호사를 시급히 찾아야 한다.

"조금 더 찾아보겠습니다."

우가는 왠지 서글퍼 보였다.

"하지만 끝내 마땅한 분을 찾지 못하면 결국 국선에 의지할 수밖에 없을 것 같아요."

"그런가."

아모도 정 방법이 없으면 부득이 국선 변호사를 선임해야 할 거라고 각오하고 있었다. 그래도 역시 편견을 불식하기는 어려웠다.

"국선이니 변호를 대충 할 거라 생각하지는 않아. 비용도 내가 부담할 수 있고. 하지만 자진해서 일을 맡느냐 아니냐에 따라 태도가 달라질 수밖에 없겠지."

"네. 저도 알고 있어요. 그래서 최후의 선택지라 말씀드렸고요."

우가의 절실한 얼굴을 보고 있으니 아모는 갑자기 자신이 부끄러워졌다.

"면목 없군. 우가 씨는 날 위해 그렇게 열심히 뛰어다니고 있는데."

"아뇨. 다 제가 부족한 탓이에요."

위로하려는 찰나에 교도관의 목소리가 들렸다.

"시간 다 됐습니다."

아쉬운 듯 면회실에서 나가는 우가의 뒷모습을 바라보며 아모는 서서히 절망감에 휩싸였다.

우가는 아직 하루 돌아다녔을 뿐이다. 이틀, 사흘이 지나면 좋은 변호사를 찾을 수도 있다. 억지로라도 그렇게 믿고 싶지만 목소리가 쉰 걸 보면 그녀가 엄청나게 분주하게 돌아다녔다는 것을 알 수 있다. 어제보다 더 열심히 뛴다고 얼마나 큰 성과를 기대할 수 있을까.

초조한 탓에 점심으로 나온 생선구이와 보리밥이 무슨 맛인지도 모른 채 입에 쑤셔 넣었다. 가만히 앉아 있어도 공포가 슬금슬금 발밑을 타고 올라와 비명을 지르고 싶은 걸 여러 번 참았다.

구치소에서는 하루 30분 산책이 허락된다. 산책이라고 해봐야 바닥에 그어진 흰 선을 따라 수용 건물 복도를 걸어갔다가 돌아올 뿐이다. 아모는 걷는 동안에도 마치 온 세상을 적으로 돌린 기분이 들어 발버둥 치고 싶었다.

저녁 식사를 마치고 취침 시간이 되어도 두려움은 가시지 않았다. 이대로 잠들면 분명 악몽을 꿀 것 같아 좀처럼 잠도 오지 않았다. 밤을 저주하고, 세상을 저주했다.

그렇게 아모는 이틀 연속을 뜬눈으로 밤을 지새웠다.

다음 날 9월 27일, 결국 한잠도 못 자고 무거운 머리를 부여잡고 있을 때 교도관이 다가왔다.

"아모 다카하루, 면회다."

시간은 오전 9시. 정확하다. 오늘 아침도 가장 일찍 접수를 마쳤을 것이다.

"또 우가 사무관인가요?"

"오늘은 다른 사람이더군."

교도관의 입에서 나온 이름은 생각도 못 한 이름이었다.

아모는 서둘러 면회실로 향했다. 마음 같아서는 달려가고 싶지만 교도관이 옆에 있어서 평소처럼 가야만 했다.

설마.

그 녀석이 왜 이런 곳에.

1미터가 10미터, 10미터가 100미터처럼 느껴졌다.

간신히 면회실에 도착해 온 힘을 다해 문을 열어젖혔다.

아크릴판 너머에 그리운 얼굴이 보였다.

"안녕하세요."

미사키 요스케가 한 손을 들고 미소 지었다.

"네가 어떻게."

그러자 미사키는 뜻밖인 것처럼 말했다.

"아모 씨가 그러셨잖아요. 어떤 계기로 내가 피고인이 되면 도우러 와 달라고요."

기억이 금세 되살아났다. 미사키가 연수 도중에 사법 연수원을 나가던 날 아모가 농담 섞어 건넨 말이다.

"약속을 지키러 왔습니다."

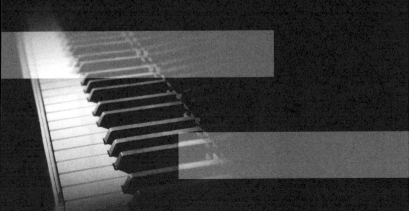

III　*Adagio molto
e cantabile-
Andante moderato*
천천히 노래하듯이

I

"자, 잠깐만."

느닷없는 재회에 아모는 어찌할 바를 몰랐다. 눈앞에 앉아 있는 사람이 미사키 요스케인 것은 알아차렸지만 너무도 갑작스러운 상황에 머리가 따라잡지 못했다.

"일본에는 언제 돌아왔어? 해외에서 콘서트 투어 중 아니었어?"

"바로 조금 전 나리타에 도착했습니다. 늦어서 죄송해요. 현지에서 어제 아모 씨 사건 소식을 듣게 돼서."

"현지라니?"

"부다페스트."

"부다페스트…… 나리타까지 몇 시간 걸렸어?"

"두바이에서 환승해서 약 열여덟 시간 걸렸네요."

"열여덟 시간……."

"지구 반대편이라도 달려가겠다고 말씀드렸죠. 열여덟 시간은 별로 대단하지 않아요."

"일은…… 피아노는 어떻게 하고?"

"뭐 어떻게든 되겠죠."

미사키를 보고 있으니 이 세상에 불안 따위 존재하지 않는 것처럼 느껴졌다.

10년 만에 만났는데도 미사키의 인상은 처음 만났을 때와 별로 달라지지 않았다. 한없이 겸손하면서도 절대 비굴하지 않다. 증오나 원한 같은 감정이 다른 감정으로 바뀔 수 있다고 믿는 사람의 눈이다. 어떤 사람 앞에서든 경의를 표하고 어떤 사람 앞에서도 절망하지 않는 미소다.

몇 년이 지났건, 세계적인 피아노 콩쿠르의 결선 진출자가 됐건 미사키 요스케는 예전 미사키 요스케 그대로다. 아모는 그런 사실이 기쁘기 그지없었다.

"쇼팽 콩쿠르 이후 활약상에 대해서는 나도 여러 번 들었어. 아쉽게도 입상은 놓쳤지만 입상자보다 더 유명해졌다지. 그야말로 너답다고 생각했어."

"덕분에."

"그러고 보니 그 이후 일본에 온 건 이번이 처음이지?"

"콩쿠르가 끝나고 여러 프로모터들에게 오퍼를 받았거든요."

미사키가 언급한 지역은 무려 12개국 45개 도시에 달했다. 그토록 여러 나라를 돌아다니다 보면 당연히 귀국할 새도 없었을 것이다.

"설마 혼자서 그런 강행군을 한 거야? 매니저 한두 명 정도는 있지 않아?"

"그러지 않아도 미국에 갔을 때 아주 유능한 분을 만났죠. 지금은 그분께 매니지먼트를 부탁드리고 있어요."

"갑자기 이렇게 일본에 불쑥 가도 된대?"

"따로 허락은 받지 않았습니다."

태연하게 말하는 미사키를 보며 다소 어이가 없었지만, 알고 보면 미사키는 예전부터 이런 사람이었다.

"내 사건에 대해서는 어디까지 들었어?"

"비행기 안에서 대략적인 건 파악했습니다. 밀실에서 피의자 센가이 씨가 총에 맞아 살해됐다더군요."

혹시라도 잘못된 정보가 없는지 미사키의 입을 통해 직접 들으며 확인했다. 아무래도 공식 발표된 사실과 수사관들을 통해 나온 이야기는 전부 파악한 듯하다. 그러나 당사자만 알 수 있는 이야기는 역시 미사키의 귀에도 들어가지 않았다.

"날 기소한 검사가 누군지는 알고 있어?"

"아뇨."

"너희 아버지야."

그러자 미사키는 역시나 놀라는 모습을 보였다.

"고검의 차석 검사가 법정에 서다니. 그런 이야기는 별로 들어본 적이 없는데요."

"사건 자체가 이례적이니 고검에서도 이례적으로 대응했다고 해. 무엇보다 검찰의 위신이 걸린 일이잖아. 나한테 무거운 처벌이 떨어지지 않으면 제 식구를 감쌌다고 비난받을 거야."

"여전히 경직된 조직이네요. 꼭 그렇게 극단적으로 대처하지 않아도 될 텐데."

"원래 공무원들은 고지식해. 새삼스러운 일이야."

"아모 씨는 사건에 대해 어떻게 생각하시나요? 범인으로 대략 점찍어 둔 분이 있겠죠?"

"인사불성 상태에서 일어난 일이라 처음부터 끝까지 상상에 의존해야 해."

"그래도 추측은 할 수 있겠죠. 당시 상황을 고려하면 두 분의 찻잔에 수면제를 넣은 사람과 센가이 씨에게 총을 쏠 수 있었던 사람은 한정돼요."

"그건 나도 당연히 생각했어. 네가 지목하려는 사람은 우가 사무관이지?"

지금껏 머릿속 한구석에 묻어 두고 일부러 고개를 돌리고 있었다. 가능성을 검토하는 것 자체가 두려운 탓도 있지만 불합리한 이야기처럼 느껴졌기 때문이다.

"분명 우가 사무관이라면 찻잔에 수면제를 넣고 증거물이 있던 상자에서 권총을 꺼낼 수도 있었을 거야. 찻잔 두 개에 모두 수면제를 넣은 것도 위장 전술이었다고 생각하면 이해 못 할 것도 없지. 하지만 총이 발포된 시점은 우가 사무관이 집무실에서 나간 직후였어. 그 여자는 범행을 저지를 수 없었어. 그걸 떠나 센가이를 죽일 만한 동기도 없고."

미사키는 깊은 눈동자로 아모를 바라보며 설명을 들었다. 계속 보고 있다가는 빨려들 것 같은 눈빛이다.

"당시 센가이 씨에게 총을 쏠 수 있었던 사람은 한 명 더 있었습니다."

"그래, 나도 알아. 바로 나지. 권총 방아쇠에는 내 지문이 묻어 있고 양복 소매에서는 초연 반응도 나왔다고 해. 거기에 나에겐 센가이를 죽일 만한 동기도 있고."

"사적인 원한이 아닌 의로운 분노에 가까웠겠죠."

"그래. 센가이는 다섯 명이나 되는 무고한 사람의 생명을 앗아 간 괴물이야. 죄를 미워하는 검사 입장에서도 용서할 수 없지만 그전에 인간으로서 용서할 수 없었지. 하지만 센가이가 상습 마약 사범이라면 변호인 측에서는 심신 상실을 이유로 형법 39조 적용을 주장할 게 뻔한 상황이었어. 센가이를 조사하면 할수록 그가 상습범이었다는 증거가 나왔고, 그대로 공판에 들어가면 변호인 측에서 반드시 정신 감정을 신청했을 거야. 센가이에게는 방법과 기회가 모두 있었어. 범행 동기 역시 엘리트층을 향한 복수라는 해석이 성립하고.

그런데 심신 상실을 이유로 처벌을 피할 수 있을 거라 생각하니 역시 증오가 고개를 들더라."

"의식이 몽롱해졌을 때 결국 자제하지 못하고 무의식중에 센가이를 총으로 쐈다. 아모 씨는 그렇게 생각하시겠네요."

"지문과 초연 반응이 나온 건 치명적이야. 아무리 둘러대도 사실을 뒤집을 수는 없어. 사실이 뒤집히지 않는다면 나 자신을 의심할 수밖에 없지 않겠어?"

교헤이 차석 검사는 물론 우가 앞에서도 털어놓지 않은 본심이 미사키 앞에서는 술술 나왔다. 이상하게 마음도 편했다.

"처음에는 내가 그런 짓을 저질렀을 리 없다고 믿었는데 조사받는 동안 점점 자신이 없어졌어. 센가이에게 증오를 품고 있었던 것도 자각했고. 물증이 이만큼 갖춰져 있으면 방법이 없지."

"아모 씨다운 논리에 검사다운 견해가 섞인 느낌이네요. 아모 씨는 평소에도 과학 수사를 중시하셨군요."

"전과 다르게 자백이 증거의 제왕이라는 인식은 점점 옅어지고 있어. 그 대신 고개를 든 게 과학 수사로 밝혀지는 물증들이지. 인간은 거짓말을 할 수 있지만 사물은 거짓말을 하지 않잖아."

지금도 물론 현장에서는 자백 제일주의가 통하지만 원죄 사건이 하나둘 드러나면서 검찰도 최근에는 자백 조서를 전적으로 믿지 않게 됐다. 도입 당시에는 분석 능력이 의문시됐던 DNA 감정도 정확도가 높아져 오히려 재판에서 자백 조서보다 더 신뢰하는 경향도 있다.

검사로서는 지극히 당연한 자세라 생각했지만 미사키는 그다지 와닿지 않는 듯했다.

"뭔가 불만 있어 보이네. 혹시 너도 구시대적인 자백 제일 주의자였어?"

"검찰이 자백에 전적으로 의존하지 않게 된 건 다행이지만 아모 씨의 이야기를 들으면 증거의 제왕이 그저 자백에서 과학 수사로 옮겨갔을 뿐이라는 생각이 드네요."

"뭐야. 과학 수사도 못 믿겠다는 거야?"

"어디까지나 균형 문제예요. 눈에 보이는 것만을 과신하는 자세는 그다지 건전하지 않다고 봐요."

"그런가."

"하모니에 비유하면 아모 씨도 이해하시겠죠. 삼라만상까지는 아니어도 세상 대부분의 일에는 고유의 화음이 있어요."

"그야말로 피아니스트다운 표현이네."

"방법과 기회, 동기. 그로부터 도출된 용의자, 그리고 자백. 일련의 화음에서 부자연스러운 느낌이 든다면 그건 어딘가에 불협화음이 잠재돼 있다는 뜻이에요."

"벌써부터 불협화음을 찾아낸 듯한 말투인걸."

미사키는 고개를 흔들었다.

"귀에 거슬리는 정도고 아직 불협화음의 성분을 찾아낸 건 아니에요."

"공판 전 정리 절차까지 남은 시간이 그리 많지 않아. 내 변호를 맡아 줄 거면 얼른 변론을 준비해 줘."

그러자 미사키는 면목 없다는 듯이 고개를 숙였다.

"아모 씨, 잊으셨나요? 전 사법 연수원에서 중간에 퇴소했습니다. 변호사 자격이 없죠."

"하지만 날 도우러 와 줬잖아."

"변호 말고도 옆에서 도울 방법은 얼마든지 있어요. 듣자하니 아직 변호사를 선임하지 않으신 것 같은데."

"적임자가 없어서."

우가 사무관이 악전고투하고 있다고 설명하자 미사키는 예상이 맞았다는 것처럼 고개를 끄덕였다.

"그럴 것 같았습니다."

"왜?"

"사법 연수생 시절부터 아모 씨는 성실한 분이었어요. 주어진 커리큘럼과 교관님들이 내준 과제를 절대 게을리하지 않았죠. 지금도 분명 검사로서의 직무에 충실하실 거예요."

"그게 나쁘다고는 생각 안 해?"

"원래 직무에 충실한 사람일수록 적을 만들기 쉽습니다."

특정 누군가를 지칭하는 듯한 말투라 아모는 문득 궁금해졌다.

"설마 미사키 교혜이 차석 검사님을 지칭하는 건 아니지?"

"아뇨. 그냥 일반론이에요."

미사키는 그렇게 얼버무렸지만 예상이 아예 엇나가지는 않았을 것이다.

"저는 변호사 자격이 없지만 유능한 변호사를 모셔 올 수는 있을 거예요. 그러니 저에게 시간을 조금만 주세요."

미사키와 헤어진 후에도 여운이 남았다. 마음이 얼어 있다는 자각은 없었지만 모르는 사이에 열기가 식었던 듯하다. 그런 마음이 미사키와 대화하는 동안 원상태로 돌아왔다.

음악이 부족한 것을 통감했다.

아모는 구속되기 전 뭔가에 돌입할 때 준비 운동으로 음악을 들었다. 선율과 리듬을 흥얼거리며 심신의 평온을 유지하는 버릇이 있었다. 아마 철들 무렵부터 피아노와 가까웠던 영향일 것이다.

현행범으로 체포된 이후 귀에 들리는 악곡이라고는 아침에 눈을 뜰 때 나오는 빈 왈츠 정도고 그 밖에 소리라고는 간수의 지시와 바퀴벌레의 활주곡이다. 이런 상태로는 마음이 안정될 리 없다.

미사키의 목소리와 그가 선사하는 긍정적인 기운은 빈 왈츠에도 뒤지지 않는다. 바로 조금 전까지 가슴속에 가라앉아 있던 앙금이 조금은 풀린 느낌이었다.

미사키와 나눈 대화를 곱씹어 보니 상황은 점점 좋지 않은 방향으로 굴러갈 뿐 한 치도 나아질 기색이 없다. 그러나 미사키와 대화를 주고받은 것만으로 희망의 빛이 보였다. 이 역시 미사키가 가진 일종의 재능일 것이다.

음악이 압도적으로 부족한 것을 통감했다. NO MUSIC, NO LIFE. 역시 나에게는 음악이 필요하다. 절망과 통곡이 아닌, 희망과 환희의 노래가.

그렇다고 휴대용 오디오 반입을 허용하는 형사 시설 같은 곳이 존재할 리 없다. 음악 재생 장치를 손에 넣지 못한다면 머릿속에서 음악을 재생하는 수밖에 없다.

거기까지 떠올리다가 아모는 문득 웃음이 터졌다. 어젯밤까지만 해도 악몽에 시달렸는데 갑자기 이런 심경 변화는 뭘까.

독방으로 돌아간 아모는 머릿속으로 음악 재생을 시도해 봤다. 계속 조바심만 부리다가는 이길 재판도 못 이긴다.

특히 좋아하는 베토벤 피아노 협주곡을 첫 악장부터 재생하고 흥에 겨울 무렵 교도관의 목소리가 귀에 꽂혔다.

"아모 다카하루, 검찰 조사다."

피의자 소환 조사가 한 번으로 끝나리라는 법은 없다. 사건의 양상과 수사 검사의 방식에 따라 두세 번 하는 경우도 많다.

아모는 다다미에서 몸을 일으켰다.

고검에 도착해 다시 교헤이 차석 검사의 집무실로 이동했다. 아모의 얼굴을 빤히 들여다보던 교헤이는 뜻밖이라는 것처럼 말했다.

"안색이 좋아 보이는군."

안색이 좋아 보이면 안 되는 걸까. 그러고 보니 검사 시절에 두 번째 부른 피의자들은 늘 첫 번째 조사보다 초췌한 상태였던 것이 떠올랐다.

"구치소 밥이 잘 나와서일지도 모르겠네요."

아모는 직접 입에 담고도 '내게 이런 여유가 있었나' 하고 놀랐지만 교헤이는 더 놀란 듯했다.

"아무래도 자네를 과소평가했던 것 같군."

"무슨 뜻이죠?"

"엘리트라는 인간들은 독방에서 하룻밤만 지내도 기가 확 죽을 거라 생각했는데 말이야. 자네는 오히려 처음 만났을 때보다 혈색이 좋아졌어."

검사님 아들 덕분에 기운을 차렸다고 말하기엔 차마 입이 떨어지지 않았다.

그렇다고 해도 뭔가 신기했다.

교헤이 차석 검사와 미사키는 부모 자식 사이인데도 느낌이 사뭇 다르다. 한쪽은 검사, 한쪽은 음악가라는 직업적 차이 때문일지 몰라도 교헤이 검사는 노회하고 미사키는 천진난만한 인상을 준다.

　조금 전 아들을 만나고 왔다고 하면 교헤이는 놀랄 것이 분명하다. 문득 장난기가 일었지만 하지 않기로 했다. 나에게 미사키는 의지할 수 있는 밧줄이다. 적이 될 사람에게 굳이 알려 줄 이유는 없다.

　"혈색은 좋아졌을지 모르지만 수면 부족 상태입니다. 벌써 이틀이나 한잠도 못 잤습니다."

　"잠이 안 오는 게 혹시 양심의 가책 때문 아닌가?"

　이렇게 나오나.

　"전 원래 베개가 바뀌면 잠을 잘 못 자는 타입입니다."

　"유감이지만 그런 요청은 들어줄 수 없네. 지금 쓰고 있는 베개에 익숙해지도록 해."

　교헤이는 잡담을 이 정도로 해야겠다고 생각했는지 갑자기 눈빛이 달라졌다.

　"소환 조사가 한 번으로 끝나지 않는 게 어떤 경우인지 자네도 알고 있겠지."

　"피의자가 모든 것을 털어놓지 않았다고 검사가 판단했을 경우죠."

　"그래. 여전히 의식 불명 상태여서 자신이 무슨 짓을 했는지 기억 안 난다고 주장할 건가?"

　"의식이 없었던 게 사실이니까요."

"권총에는 자네 지문이 확실히 남아 있었어. 아무리 기억을 잃었다고 해도 무의식 상태에서 권총을 들어 상대 가슴에 조준하고 방아쇠를 당기는 동작이 가능할까?"

교헤이는 오른손으로 권총을 쥐는 시늉을 해 보였다.

"게다가 토카레프는 방아쇠가 의외로 무겁지. 힘을 어느 정도 줘야 누를 수 있어. 무의식 상태에서는 불가능하다는 뜻이야. 그러니 자네는 그때 의식이 있었다고 볼 수밖에 없어."

어린아이도 이해할 만한 삼단 논법이지만 그렇다고 인정할 수는 없다.

"의식이 없었습니다. 사실입니다. 그때 제가 위세척을 했으면 좋았을 텐데."

"거기에는 별 의미가 없을걸. 만약 자네 몸에서 수면 유도제 성분이 검출된다고 해도 범행 당시에 약효가 있었는지는 본인만 아는 거니까."

이렇게 짧은 대화만 나눠도 부자의 차이는 확연히 드러난다. 무슨 말을 해도 거칠게 들리는 아버지의 태도와 달리 아들은 늘 겸손하다. 아버지는 상대에게서 억지로 이야기를 끌어내려는 데 반해 아들에게는 상대가 직접 입을 열게 하는 흡입력이 있다. 얼굴도 아버지는 턱이 넙데데하지만 아들은 턱선이 가는 편이라 닮은 구석을 찾기 어렵다. 친아버지와 아들이 맞는지 의심될 지경이었다.

교혜이는 아모의 그런 속도 모르고 가차 없이 질문을 이어 갔다.

"이제 그만 살해 동기를 털어놓지 않겠나?"

"거듭 말씀드리지만 저는 센가이에게 살의를 느꼈던 적이 없습니다. 그 당시에는 수사 검사로서 오로지 그에게서 범행 당시 판단 능력이 있었다는 진술을 받아야 한다는 생각만 머릿속에 가득 차 있었습니다."

"자네는 남달리 정의감과 직업윤리 의식이 강하다고 들었네."

"그런 이야기는 어디서 들으셨죠?"

"물론 사이타마 지검발이지. 그런데 상대가 뻔뻔하게 범행을 계속 부인하면 정의감이 순식간에 분노로 뒤바뀔 수도 있었을 거야. 아닌가?"

교혜이는 아모로 하여금 자기 입으로 살의를 품었을 가능성을 털어놓게끔 교묘히 대화를 끌어가고 있다. 이는 첫 번째 조사 때도 마찬가지였지만 원래 매번 같은 질문을 퍼붓는 것이 검찰 조사의 방식이기도 하다.

"아닙니다. 전 철두철미하고 냉정하게 조사를 진행했고 사적인 감정에 휘둘린 적은 한 번도 없습니다."

자신이 생각해도 의연한 대답이라고 느꼈다. 산전수전을 겪은 교혜이 차석 검사를 상대로 맞서 싸우려면 엄청난 정신력이 필요하다. 이쪽이 조금이라도 빈틈을 보이면 철저히 파고들 것이다.

아모는 새삼 미사키에게 고마움을 느꼈다. 조사 직전에 그를 만난 덕에 마음이 안정돼 있다. 눈앞에 있는 적 또한 그의 아버지라는 관점에서 보면 긴장감이 사뭇 사라졌다.

교헤이도 아모의 여유를 느꼈는지 의아한 것처럼 한쪽 눈썹을 치켜세웠다.

"그럼 혹시 센가이를 위협하거나 그가 불안에 빠지도록 몰아붙이지 않았나?"

'상대를 불안에 빠뜨리려 하는 사람은 검사님 아닌가요?'라는 말이 목구멍까지 차올랐지만 물론 입 밖에 꺼내지는 않았다.

"당시 저와 센가이가 나눈 대화는 우가 사무관이 문서로 남겼습니다. 출력은 못 했지만 제 집무실에 있는 컴퓨터를 이미 압수하지 않았나요? 그 안에 있는 문서도 확인하셨을 텐데요."

"그래. 확인은 했지."

교헤이는 태연히 말했지만 짜증을 감추지 못했다.

"경찰서에서도 꼬치꼬치 캐묻던데 사기는커녕 본 기억도 없습니다. 애초에 제가 살면서 아웃도어용 칼을 쓸 일이 뭐가 있겠습니까? 어디 산에 들어가서 서바이벌 같은 걸 하는 취미가 있는 것도 아니고'. 조서는 이 부분에서 끝나더군. 질문한 사람이 피의자를 위협하는 내용은 없었지만 조서를 쓸

때 보통 질문 내용까지 기록하지는 않지. 그러니 작성을 마치지 않은 검면 조서는 증거물이 될 수 없네."

물론 아모도 알고 있었다. 하지만 교헤이의 질문에 대한 대답으로는 충분하다.

"차석 검사님은 피의자 진술만 봐도 질문 내용이 뭐였는지 감을 잡으실 겁니다. 반대로 말씀드려 제가 정말 센가이를 위협했다면 검찰에 더 유리한 진술을 받아내지 않았을까요?"

교헤이는 순간 쓴웃음을 지었지만 황급히 다시 무뚝뚝한 얼굴로 돌아갔다.

"첫 조사 때보다 훨씬 여유롭고 침착하군. 이틀이나 못 잤다는 건 거짓말이었나?"

"거짓말이 아니라 정말 못 잤습니다. 밤에 바퀴벌레가 기어다니는 소리까지 뜬눈으로 들었죠."

"그렇게 오래 깨어 있었다면 제대로 된 항변도 떠올렸겠지. 범행을 계속 부인하지만 권총에 자네 지문이 남아 있고 양복 소매에서 초연 반응이 나온 건 어떻게 설명할 건가?"

"물론 소환 조사 단계에서 반박하면 가장 좋겠지만 공판 전 정리 절차까지 반론을 준비하거나, 아무리 늦어도 공판에서 반증할 기회가 있습니다. 현 상태에서는 어쨌든 기억나지 않는다고 말씀드릴 수밖에 없습니다."

검찰이 자백 지상주의에서 벗어나고 있는 건 사실이지만

그렇다고 해서 진술 조서를 경시하지는 않는다. 아무리 사소한 사안이라도 불리한 진술은 기록되지 않게 주의해야 한다.

교헤이는 또다시 미심쩍은 것처럼 한쪽 눈썹을 치켜세웠다.

"이치에는 맞지만 그만큼 공판 절차가 번거로워질 거야."

"제게는 인생이 걸린 일입니다. 실례되는 말이지만 법원 사정에 오롯이 맞출 수는 없습니다."

"아모 검사."

교헤이는 아모를 정면에서 바라봤다.

"혹시 누가 옆에서 바람이라도 넣었나?"

"무슨 말씀이신지 잘 모르겠습니다만."

"첫 조사 때 보인 긴장감은 온데간데없고 이틀이나 못 잤다는데도 기운이 넘치고 있어. 구치소에 있으면 외부 정보가 끊길 텐데. 누가 자네한테 언질을 줬지?"

상대를 유심히 관찰할 줄 알고 눈치도 빠르다. 도쿄 고검의 차석 검사 직함을 허투루 따낸 게 아니라는 뜻일까.

미사키 요스케의 이름을 꺼내고 싶은 충동에 휩싸였지만 꾹 참았다. 교헤이의 말과 행동을 지켜보고 있으니 이 아버지는 아들이 귀국한 사실조차 모르는 듯했다.

"그건 검사님의 상상에 맡기겠습니다. 본의 아니게 피고인의 처지가 돼 버린 이상 헌법에 기초한 제 권리를 최대한 행사하고 싶을 뿐입니다."

"그건 어떤 사법 거래도 할 생각이 없다는 의사로 받아들여도 되겠나?"

"물론입니다. 거래해야 할 일을 저지른 것도 아니고요."

교헤이는 흐음 하고 감탄한 것처럼 신음했다.

"혹시 변호사가 귀띔해 줬나?"

"아뇨. 아직 선임도 하지 않았습니다."

"아직인가."

교헤이는 절반은 안도하고 절반은 낙심한 듯했다.

"일을 맡아 줄 변호사가 없는 건가?"

"사무관을 통해서 찾고는 있습니다."

우가가 동분서주하고 있다고 하자 교헤이는 이해가 된다는 것처럼 고개를 끄덕였다.

"안타깝기는 해도 그게 현실이지. 무엇보다 그들은 민간인이야. 개중에는 봉사하듯 일하는 우직한 변호사들도 있지만 그들 또한 경제 논리에서 자유롭지는 않지."

"경제 논리에 좌우되는 건 저도 마찬가지입니다. 유능한 변호사를 여러 명 고용해 변호인단을 꾸리면 가장 좋겠지만 저도 일개 공무원이니까요."

"진지하게 어떡할 생각인가? 변호사 없이 다툴 만한 안건은 아닌데."

일정 이상의 중대 사건에서는 변호인 없이 재판도 할 수 없게 돼 있다(필요적 변호 사건). 본인이 원하지 않는다고 해도 법원이 피의자 권리 보호를 위해 직권으로 국선 변호인을 선임한다.

"사무관이 열심히 뛰어다니고 있으니까요. 곧 실력 있는 변호사를 찾아 줄 거라 믿습니다."

속내를 털어놓자면 우가보다 더 믿음직한 사람이 와 주었다.

─유능한 변호사를 모셔 올 수는 있을 거예요. 그러니 저에게 시간을 조금만 주세요.

그토록 겸허하면서도 용기를 북돋는 말을 해 주는 사람은 지금껏 만나 보지 못했다.

"그래. 자네가 그렇게까지 말한다면 내가 굳이 참견할 것도 없겠지."

교혜이는 역시 절반은 낙심한 듯한 얼굴로 말했다. 아들은 속을 헤아릴 수도 없는 사람이지만 아버지 역시 단순한 성격은 아닌 듯 보였다.

2

"주문. 피고인을 징역 2년 4개월에 처한다. 미결 구류 일수 중 80일을 형에 포함한다."

재판장이 판결을 내리자 방청석에 앉아 있던 야마자키 다케미는 주먹을 불끈 쥐었다.

쓸데없는 짓 말고 가만있어라.

변호인석에 앉아 있는 미코시바 레이지가 눈빛을 보내자 야마자키는 손을 내리는 대신 혀를 내밀었다.

판사가 판결문을 낭독하는 동안 피고인석에 있는 구시로는 안도의 한숨을 내쉬고 있다. 반대로 정면에 앉은 검사는 오만상을 찌푸리고 있다. 그럴 만도 하다. 구시로는 경쟁 폭력 조직의 두목과 간부를 급습해서 반죽음으로 만들었다. 양쪽의 공멸을 노리는 검찰은 상해죄로 징역 10년을 구형했지만 결과는 그 4분의 1이다. 항소를 고려하겠지만 미코시바는 2심도 1심 판결을 지지할 거라 예상했다. 징역을 2년 4개월로 감형시킨 논거에는 그만한 설득력이 있었다.

"폐정합니다."

재판장의 목소리에 맞춰 방청석에 앉은 사람들이 몸을 일으켰다. 피고인 구시로는 야마자키 쪽을 돌아보더니 고개를 꾸벅 숙이고 법정에서 나갔다.

"선생님. 고생하셨습니다."

야마자키가 미코시바를 향해 쪼르르 달려갔다.

"대단하시군요. 이걸로 3연승입니다."

"이런 종류의 재판에서는 진 적이 없지."

"구형 10년이 무려 2년 4개월이라니. 거의 반의반 값 수준이네요. 초특가 할인 마트에서도 이렇게 가격을 후려치지는 못할 겁니다."

"지금 판결을 특가 할인 취급하나?"

"선생님이 변호를 맡으면 판사도 형을 깎을 수밖에 없을 거라는 말입니다."

야마자키는 희희낙락하며 말했다. 이 역시 당연하다면 당연한 반응이다. 이번에 기소된 구시로는 전국 단위 폭력 조직인 고류회의 하부 조직에서 조장을 맡고 있다. 장기형을 받으면 그만큼 조직 유지에 부담이 된다. 징역 2년 4개월은 조직의 존속에 크게 기여하는 판결일 것이다.

"그보다 눈치채셨습니까? 오늘 가나모리회 녀석들도 몇몇 방청석에 앉아 선생님을 째려보던데요."

과거에 무도한 범죄를 저지른 바 있는 미코시바는 방청석에서 쏟아지는 비난의 눈길에 이미 익숙했다. 타인의 악의에 일일이 반응하다가는 한도 끝도 없다.

"가나모리회 간부와 두목이 둘 다 반신불수. 똘마니들만 모여 봐야 힘을 못 쓰고 대가리들은 언제 퇴원할지도 모르는 조직이 잘 유지될 리 없죠. 그런데 이쪽은 고작 2년 4개월 살고 나오면 끝이니 이보다 좋은 일이 어딨겠습니까."

상대 조직원들이 노려봤다는 게 그런 이유였나.

상관없다. 폭력 조직과 NPO 법인 한두 개 사라지는 것을 일일이 신경 쓰다 보면 한도 끝도 없다.

"그런데 괜찮으십니까? 미코시바 선생님."

야마자키는 경계하듯 주변을 둘러봤다.

"질 나쁜 녀석들이 보복할 수도 있을 텐데. 당분간 저희 애들 몇 명 붙여 드릴까요?"

"됐어."

미코시바는 퉁명스럽게 말했다.

"그러지 않아도 과거가 폭로되는 바람에 일이 줄어든 상황인데 수상한 녀석들까지 들러붙으면 쓸데없는 헛소문만 퍼질 뿐."

"……뭐, 선생님의 정체를 알게 된 녀석들이 섣불리 달려들 거라 보지는 않습니다만."

가쓰시카구 고스게 2번지 보건 센터 근처 빌딩에 미코시바의 사무소가 있다. 도라노몬에 있던 사무소를 옮긴 건 일이 줄어서 비싼 월세를 감당하기 어려웠기 때문이다.

요란하게 덜컹거리는 엘리베이터를 타고 사무실로 올라간다. 사무원 구사카베 요코가 한창 재판 자료들을 확인하고 있었다.

"어서 오세요, 선생님. 바로 커피 끓여 드릴게요."

요코는 재빨리 일어나 탕비실로 달려갔다. 그녀의 책상 위에 쌓인 자료를 보고 이번 주에 아직 법정 변론이 남아 있다는 것을 깨달았다.

야마자키 앞에서는 지금도 여전히 어려운 것처럼 말했지만 실제로는 의뢰 건수가 조금씩 증가하고 있다. 범죄 경력이 있는 변호사에게 의뢰할 정도이니 절박한 처지에 내몰린 사람들이겠지만 그만큼 수임료는 비싸게 받을 수 있다. 단가가 높으니 의뢰인이 적어도 어떻게든 사무실을 꾸려 가는 것이다.

미코시바는 요코가 가져온 커피를 한 모금 마셨다. 제품과 설탕양 모두 평소와 같은 걸 느끼고 그제야 마음이 조금 놓였다.

"승소하셨나 봐요."

요코가 왠지 우울해 보이는 얼굴로 물었다.

"불만인가? 형량을 다투는 안건일수록 수임료가 비싸지. 가성비가 좋아."

"선생님이 도와주신 덕에 조폭들이 더 활개 치겠어요."

"다툼이 많을수록 변호사가 나설 기회도 생기는 법."

미코시바가 딱 잘라 말하자 요코는 항의 섞인 눈빛으로 미코시바를 봤다.

"반사회 세력들의 의뢰가 이어지고 있어요."

"돈에는 선악이 없지. 만 엔 지폐는 누구 지갑에 들어 있든 만 엔이야."

"조폭들의 의뢰만 받다 보면 제대로 된 의뢰인은 영영 찾아오지 않게 될 거예요. 전 떳떳한 의뢰인이 늘어나는 편이 좋다고 생각해요."

"떳떳한 의뢰인은 대부분 돈에 쪼들리지. 돈 없이 떳떳한 의뢰인과 돈 많은 조폭 의뢰인 중에 어느 쪽이 살림에 보탬이 될까?"

요코는 받아치지 못하고 분한 것처럼 대답을 머뭇거렸다. 사무실의 전반적인 경리 업무를 맡고 있는 요코에게는 돈 이야기가 가장 효과적이다. 애초에 돈 계산을 잘할 것 같아서 경리 일을 맡겼는데 지금은 안건을 고를 때 옆에서 말리는 역할까지 맡고 있다.

"……앞으로 사무소 형편이 나아지면 조금은 일을 골라서 받아 주세요."

"일을 골라서 받는 인간은 일을 골라도 괜찮은 인간들뿐이야. 자만하지 마."

또다시 요코가 부루퉁한 표정을 지었을 때 손님이 찾아온 것을 알리는 초인종이 울렸다.

"오늘 면담 약속이 있었나?"

"아뇨. 다른 일정은 없었는데요."

요코는 사무실 입구로 가서 문을 열었다. 안에 들어온 사람은 호리호리한 체격의 남자였다.

요즘은 거의 조폭들만 드나드는 사무실에 불쑥 모습을 드러낸 그는 사무실과 전혀 어울리지 않는 분위기를 발산했다. 문득 귀공자라는 단어가 머리에 떠올랐다. 진부하지만 법률 용어와 비속어만 가득한 미코시바의 사전에 그보다 어울리는 단어는 존재하지 않았다.

어디선가 본 적이 있는 얼굴이다. 신문이나 TV, 또는 인터넷에서 본 유명인일까.

귀공자는 미코시바의 책상을 향해 거침없이 다가왔다.

"미코시바 선생님이시죠? 미사키 요스케라고 합니다."

이름을 들은 순간 미코시바는 엉거주춤 허리를 일으켰다.

미사키 교헤이 차석 검사의 아들. 아니, 그 '5분간의 기적'으로 전 세계에 이름을 떨친 피아니스트라고 하는 게 더 알아듣기 쉬울 것이다. 미코시바는 그가 앞으로 내민 손을 무심코 맞잡았다. 일본인답지 않은 몸짓은 외국 생활이 긴 탓일 것이다.

놀란 건 요코도 마찬가지인지 그녀는 낯선 손님의 정체를 깨닫자마자 아연실색하며 두 사람이 악수하는 모습을 바라봤다.

"일본에는 언제 왔지? 귀국했다는 뉴스는 못 들었는데."

"오늘 아침에 왔습니다."

"내 사무실에 찾아온 목적은?"

"변호 의뢰를 하려고요. 궁지에 몰린 친구를 돕고 싶습니다."

"들어보지."

일단 미사키를 소파에 앉히고 이야기를 들어보기로 했다. 요코가 조심스럽지만 호기심을 감추지 못하며 가까이 다가왔다.

"녹차 드릴까요? 아니면 커피가 괜찮으세요?"

조폭의 방문에도 꿈쩍하지 않는 여자가 미사키 요스케를 앞에 두고는 긴장하며 목소리까지 떨고 있다. 미사키의 입에서 녹차라는 말을 듣자마자 서둘러 탕비실로 달려간다. 아마 평소에 거의 내지 않는 고급 차를 찾고 있을 것이다.

미사키는 곧바로 본론에 들어갔다.

"현직 검사가 피의자를 살해한 사건을 알고 계시나요?"

"알지. 요즘 신문 지면을 장식하는 사건 아닌가."

"그분의 변호를 의뢰하고 싶습니다."

"언론에 나오지 않은 사실이 있다면 듣고 싶군."

검사에서 한순간에 피고인이 돼 버린 아모 다카하루 1급 검사. 지금은 구치소에 있는 그에게 직접 들었는지 미사키가 알려 주는 정보는 상세하면서도 부족함이 없었다.

"깜빡 졸고 있는 사이에 피의자가 총에 맞았다고? 상황으로서는 최악이군. 피해자 외에는 자신밖에 없었던 데다가 현장은 밀실. 거기에 권총에 남은 지문과 초연 반응. 누군가의 덫에 걸렸다고 하기에도 지나치게 노골적인데."

"원인이 된 센가이 사건이 언론의 주목을 받기도 한 탓에 검찰은 제 식구 감싸기라는 비판을 피하려고 아모 검사에게 엄격한 태도로 임하고 있어요. 옆에서 보면 조금 너무하다고 느껴질 정도로요."

"꼭 직접 보고 온 것처럼 말하는군."

"수사 검사가 어떤 분인지 잘 아니까요."

"누구지?"

"도쿄 고검의 미사키 교헤이 차석 검사. 제 아버지입니다."

미코시바는 순간 말문이 막혔다.

"……아버지가 수사 검사를 맡는 안건을 아들이 변호하려는 이유가 뭐지?"

"아모 검사는 제 사법 연수원 시절 동기예요."

"그뿐인가?"

"그 밖에 더 어떤 이유가 필요하죠?"

미코시바는 속내를 살피려고 미사키의 눈을 빤히 들여다봤다. 외국인의 피가 섞였는지 다갈색의 깊은 눈동자다. 계속 보고 있으면 빨려들어 갈 것 같다. 눈빛으로 인간성을 가늠할 만큼 천박하지는 않지만 이렇게 맑은 눈을 가진 의뢰인은 처음이다. 어떤 사심이나 꾸밈도 없이 그저 인간의 가능성을 믿는 눈빛이다.

"오늘 아침 나리타에 도착해 도쿄 구치소에 가서 아모 검사를 면회했다. 면회는 오전 9시부터 시작되니 끝난 직후에 바로 이곳에 온 셈이군."

"네. 바로 왔습니다. 솔직히 말씀드리면 변호사님이 아닌 다른 분께 의뢰할 마음은 조금도 없었으니까요."

"왜지? 사무실이 구치소와 가장 가까워서?"

"미사키 교헤이 차석 검사를 두 번이나 무릎 꿇린 사람은 변호사님뿐이니까요."

"조사했나?"

"변호사 중에 아는 분이 있습니다. 그렇지만 첫 번째 사건은 저도 어느 정도 기억해요. 변호사님을 상대로 형편없이 지는 바람에 아버지는 절 데리고 기후 구검으로 좌천됐으니까요."

"이제 와서 날 원망하는 건가?"

"아뇨, 그럴 리 없죠."

미사키는 부드럽게 부인했다.

"이사 간 곳에서 좀처럼 얻기 힘든 교훈과 친구를 얻었거든요. 저로서는 오히려 변호사님께 감사해야 합니다."

"미사키 교혜이 차석 검사를 두 번이나 무릎 꿇렸으니 날 선택했다고 했나? 혹시 사이가 좋지 않은 아버지에게 앙갚음할 목적으로 날 고르는 거라면 사양하겠어. 부모 자식 간의 싸움에 끼고 싶지는 않으니."

"전 이번에 아버지가 아닌 실력 있는 검사를 상대한다고 생각하고 있습니다. 그저 앙갚음할 목적이라면 더 효과적인 방법이 있으니까요."

미코시바는 조금씩 이 의뢰인이 짜증스러워졌다.

"상황만 들어 보면 변호인이 압도적으로 불리한 사건인데."

"압도적으로 불리한 공판을 여러 번 뒤집은 경험이 있다고 들었습니다."

"나와 그 검사의 인연을 안다고 했나? 자네는 아버지를 상대하는 게 아니라고 했지만 변호인으로 날 고르면 두 사람 사이는 더 안 좋아질 텐데."

"그렇게 되리라는 것도 알지만 상관없습니다."

미코시바는 어느새 자신이 의뢰를 거절할 이유를 찾고 있는 것을 깨달았다. 애초에 미사키 교헤이 차석 검사와 세 번이나 맞붙어야 한다는 것 자체가 꺼림칙했다. 질 것 같지는 않지만 그의 집요하고도 완고한 직업윤리가 늘 눈에 거슬렸다. 아마 자신과 그 검사 사이의 몇 안 되는 공통점이기 때문일 것이다.

공통점이라면 이 아들 역시 마찬가지다. 외모와 말투는 전혀 닮지 않았지만 집요한 성격만큼은 아버지에게 물려받은 게 아닐까.

"검찰이 위신을 걸고 공판에 임한다는 건 알겠군. 고검의 차석 검사가 직접 수사를 맡는 것만 봐도 검찰이 이번 사건을 얼마나 심각하게 생각하는지가 느껴지지."

"저도 동의합니다."

"증거를 수집하고 증인을 찾는 데 애를 먹을 거야."

"그러니 변호사님께 부탁드리는 겁니다."

"그토록 어려워 보이는 사건을 자네는 그저 친구가 피의자라는 사소한 이유로 떠맡으려 하고 있어. 진짜 이유가 뭐지?"

그러자 미사키는 조금 생각하고서 입을 열었다.

"친구라서 맡는다는 게 가장 설득력 있는 이유라고 생각했습니다. 인간은 노력하면 세상 대부분의 것들을 손에 넣을 수 있지만 진정한 친구는 아무리 노력한다고 생기는 것이 아니죠. 우정은 인위적으로 만들 수 있는 게 아니니까요. 경제 사정이나 사회적 위치에 따른 우정 같은 건 진짜 우정이 아니라고 생각해요."

미코시바는 문득 의료 소년원 시절의 친구를 떠올렸다. 희한하게도 그와는 허물없이 대화를 나눴다. 장소가 장소이니 서로의 출생 환경이나 과거 범죄 이력을 아는데도 교류했다. 그러고 보니 의료 소년원을 퇴소한 이후에는 그 같은 친구를 만나지 못했다.

"저에게 속마음을 털어놓는 친구는 얼마 없습니다."

"그래. 왠지 알 것도 같군."

"그러니 어떻게든 그를 구하고 싶습니다. 아주 단순한 논리예요."

이 남자와 대화하고 있으면 마음이 영 진정되지 않는다. 평소라면 의뢰인의 거짓말이나 비밀을 꿰뚫어 보는 작업부터 시작하는데 이 미사키라는 남자는 너무 진솔한 탓에 오히려 묻는 쪽이 당황스러울 정도다.

"실은 아모 검사는 제 친구인 동시에 은인이기도 합니다."

"응? 그게 무슨 뜻이지?"

"10년 전만 해도 저에게 미래는 오직 세 가지 길밖에 없었습니다. 판사나 검사, 또는 변호사."

"사법 시험에 합격해서 사법 연수원에 입소했으니 당연하겠지."

"하지만 전 음악가라는 네 번째 선택지를 고를 수 있었습니다. 그 계기를 만들어 준 사람이 바로 아모 검사입니다."

"흥. 미담이었나."

"미담 같은 게 아닙니다. 단지 계기를 말씀드리는 것뿐이에요."

미사키는 태연하게 말했다.

"그 일은 정말로 제 인생을 뒤바꾼 계기였습니다."

삶이 바뀌는 건 타인과의 만남으로 촉발된다. 미코시바도 그걸 알고 있으니 반박할 수 없었다.

하나부터 열까지 이쪽의 페이스를 흐트러뜨리는 상대다. 역시나 지금껏 만나 본 적 없는 타입의 의뢰인이다. 상대를 전적으로 믿고, 설령 배신을 당해도 사람을 믿는다. 이 남자는 지금껏 그런 경험을 반복해 왔을 것이다.

음악가는 재능과의 싸움이 일상이다. 그리고 재능만큼 수상적은 것도 없다. 형태가 보이지 않을뿐더러 크기를 잴 수도 없으니 불안정하기 짝이 없다.

그러니 음악가는 반드시 뭔가를 믿어야 할 것이다. 오래전 괴물에 불과했던 미코시바에게 음악으로 인간이 될 계기를 선사해 준 우도 사유리라는 피아니스트도 그랬다. 그녀도 재능이 아닌 다른 뭔가를 믿었고, 믿었기 때문에 무너져 버렸다.

문득 미사키가 어떤 연주를 들려줄지 궁금해졌다. 의뢰인의 재능, 그중에서도 피아니즘에 관심이 생긴 건 이번이 처음이었다.

제기랄.

역시나 계속 페이스를 잃고 있다.

그렇다면 가장 중요한 이야기를 꺼내서 이 남자의 진정성을 파악해 볼까.

"날 아는 변호사에게 내 이야기를 들었다고 했나? 그럼 내 착수금과 보수가 비싸다는 것도 들었겠지."

"네."

"우선 착수금이 천만, 그리고 무죄 판결을 받으면 1억. 어때? 낼 수 있겠나?"

일부러 터무니없이 비싼 값을 불렀지만 예상과 달리 미사키는 안색 하나 바뀌지 않았다.

"알겠습니다."

너무도 순순히 알겠다고 하는 미사키를 보며 미코시바는 빈정거리듯 말했다.

"……원이나 루피아가 아니라 엔이다."

"현금이 아니어도 괜찮을까요?"

미사키는 그렇게 말하고 주머니에서 작은 수첩을 꺼냈다. 보아하니 대형 은행이 발행한 수첩으로 그 안에 종이 50장이 묶여 있다. 미사키는 익숙한 손놀림으로 금액란에 '금 일천만 엔'이라 적고 서명과 날짜를 덧붙인 후 수첩에서 떼어냈다.

"여기 있습니다."

미코시바는 미사키에게 종이를 받아 들고 기재 사항을 확인했다. 직업 관계상 수표에 대해서는 잘 알고 있다. 왼쪽 상단에 은행 이름이 들어간 엄연한 가계 수표다.

"피아니스트도 벌이가 쏠쏠한가 보군."

"각지에서 콘서트를 여니까요. 그만큼 여러 나라를 돌아다니고 있습니다."

미코시바는 수표를 받아든 뒤에야 자신의 어리석음을 깨달았다.

자신이 착수금을 제시하고 미사키는 그 금액을 수표에 적는다. 그리고 그것을 자신이 받아 든 시점에 이미 의뢰를 받아들인 거나 마찬가지다.

미사키도 분명 같은 생각을 떠올렸을 것이다.

"지금 바로 변호인 선임계를 준비해 주셨으면 합니다. 내일 아모 검사를 면회하러 아침 8시 30분에 가려고 합니다. 아, 맛있는 차 잘 마셨습니다."

미사키는 몸을 일으켜 고개를 숙이더니 뒤도 돌아보지 않고 사무실을 나갔다. 요코는 문 앞까지 나와 황송한 것처럼 그를 향해 여러 번 인사했다.

잠시 후 요코가 외쳤다.

"아차!"

"뭐지?"

"사인 받았어야 하는데."

"사인이라면 여기 있어."

미코시바가 수표를 흔들어 보이자 요코는 떨떠름한 얼굴로 미코시바의 책상 앞으로 돌아왔다.

"일단 은행에 조회해 봐. 위조 같지는 않지만 그래도 혹시 모르니까."

그러나 요코는 수표를 이리저리 살펴보기만 할 뿐 미코시바의 지시를 제대로 들었는지 알 수 없다.

"가게 수표의 진가를 아나?"

"수표에 그렇게 아무렇지 않게 천만 엔을 적는 사람을 본 건 이번이 세 번째예요. 처음은 부실시공으로 고소당한 건설업자, 두 번째는 학생의 개인 정보를 유출한 대형 학원."

"미사키 요스케가 여러 나라에서 콘서트를 연다는 건 나도 들은 적이 있어. 본인도 돈을 쓸어 담는다는 걸 부인하지 않더군."

"서양에는 예술이나 창작물에 돈을 쓰는 문화가 확립돼 있으니까요. 클래식 콘서트 하나에도 그쪽과 이쪽은 개최 규모와 횟수의 차원이 달라요."

그러다가 요코는 뭔가 떠올렸는지 갑자기 미소 지었다.

"그리고 오늘 처음 목격한 것도 있어요."

미코시바는 묻기도 귀찮아서 그냥 말없이 있었다.

"뭔 줄 아세요?"

"몰라."

"선생님이 의뢰인에게 제압당하는 모습이요."

대답하지 않았지만 굳이 부인하고 싶지 않았다. 그런 타입의 의뢰인은 지금껏 만나보지 못했으니 자신도 평소와 같은 태도를 취하지 못했을 뿐이다.

우도 사유리도 그렇고 미사키 요스케도 그렇고 아무래도 자신은 피아니스트라는 족속들에게 농락당하는 운명일지도 모르겠다고 생각했다.

"그런데 참 신기한 분이었어요."

요코는 질리지도 않게 미사키 요스케 이야기를 계속했다.

"미사키 요스케 씨를 사진이나 영상에서 본 적은 있어요. 그때는 섬세하다는 느낌만 받았는데 실제로 보니 훨씬 씩씩하고 굳센 느낌이더라고요. 건강한 몸에 건강한 정신이 깃든다고 해야 할까요. 저런 사람을 뭐라고 해야 할까요. 가냘픈 마초 스타일…… 은 아닌 것 같은데."

"모르겠나?"

미코시바는 대화를 빨리 끝내고 싶었다.

"그 녀석은 일종의 광신도야. 자신이 아닌 다른 뭔가를 신봉하며 살아가는 광신도."

다음 날 오전 8시 30분, 미코시바가 도쿄 구치소 면회 접수장에 가자 이미 미사키 요스케가 와 있었다.

"안녕하세요."

"꼭 이렇게 제일 일찍 와야 했나?"

"선임계가 수리되면 변호사 접견이 우선이죠. 기다리는 건 오늘까지입니다."

오전 9시가 되어 면회실에 들어갔다. 아크릴판 너머에 모습을 드러낸 사람이 아모 검사로 보인다. 그는 맞은편에 앉은 두 사람을 보고 어리둥절한 표정을 지었다.

"안녕하세요, 아모 검사님."

"응, 안녕은 안녕인데, 옆에 있는 분은 누구야?"

"아모 검사님의 변호인을 모셔 왔어요. 미코시바 레이지 선생님이에요."

"뭐라고?"

아모는 갑자기 낯빛이 싹 달라졌다.

"하필 미코시바 레이지 씨라니……. 저기, 미사키. 네가 귀국한 지 얼마 안 돼서 법조계 사정을 잘 모르는 것 같은데, 저분은."

"미코시바 선생님의 평판은 저도 잘 알고 있습니다."

"'시체 배달부'라는 별명으로 불린다는 것도?"

"인터넷에서 검색하니 맨 위에 그 별명이 뜨더군요."

"그걸 아는데도 대체 왜."

"미사키 교헤이 차석 검사님을 상대로 두 번이나 승리한 분이니까요."

미사키는 지극히 당연한 것처럼 대답했다.

"하지만 저분은 과거에 도덕적으로 여러 문제가……."

"선생님의 과거는 이번 사건의 변호와 아무 관련이 없습니다. 그런데 검사님들은 하나같이 미코시바 선생님을 싫어하시는 것 같더군요. 이유가 뭐죠?"

아모는 말문이 막혔다.

"변호하는 방식이 다소 거칠어서이기도 하겠지만 역시 가장 큰 이유는 선생님을 상대로 패배한 경험이 많아서겠죠. 검찰은 유죄율 99.9퍼센트를 자랑하는데 나머지 0.1퍼센트의 대부분이 미코시바 선생님한테 진 거니까요. 전 이제 법조인이 아니지만 아마추어의 눈으로 봐도 미코시바 선생님은 현역 최강의 변호사입니다."

바로 옆에서 칭찬을 듣고 있자니 미코시바는 엉덩이가 근질근질했다.

"최강이라니. 적어도 우리 검사들 사이에서는 최악의 변호사야."

"검사들에게 최악이라면 피고인에게는 최선 아닌가요?"

"억지야."

"아뇨."

미사키는 아모의 항의를 부드럽게 물리쳤다.

"아모 씨."

미사키가 갑자기 '씨'를 붙여 말하자 아모는 표정이 굳었다.

"이번에 아모 씨의 적은 고검과 미사키 교헤이 차석 검사님이에요. 지금껏 싸워 보지 못한 상대이고 법정에 서기 전부터 아모 씨는 이미 위축돼 있죠."

"어쩔 수 없잖아. 사법 연수원 시절부터 너희 아버지……그러니까 미사키 교헤이 차석 검사님은 유명인이었으니."

"새로운 적과 싸울 때는 지금껏 가장 강했던 적이 의지가되는 법이에요."

아모는 또다시 입을 다물었다. 그의 머릿속에서 감정과 논리가 맞부딪히는 게 훤히 보였다.

미코시바가 보기에 아모는 약한 타입이다. 지금까지 검찰에 유리한 안건만 맡으며 자신의 능력을 과신했을 것이다. 그다지 보기 드문 유형은 아니다.

"저기, 저분이 강적이라는 건 나도 알아. 그래도 내가 굳이저분을 선택지에서 제외한 데는 다른 이유도 있어."

"비싼 변호 비용 말인가요?"

아모는 선수를 빼앗기자 놀라서 입을 반쯤 벌렸다.

"그건 걱정하지 않으셔도 돼요."

"걱정하지 않아도 된다니."

"선생님은 이미 착수금을 받고 흔쾌히 승낙하셨으니까요."

흔쾌히 승낙했다니, 그게 무슨.

미코시바는 미사키를 향해 눈을 흘겼지만 미사키는 환하게 미소 짓고 기죽은 기색은 티끌만큼도 없었다.

"아모 씨. 아모 씨의 혐의를 풀기 위해서는 미코시바 선생님을 선임할 수밖에 없어요. 이제는 슬슬 각오해 주세요."

"하나만 물어도 돼?"

"뭐죠?"

"왜 이렇게까지 날 도와주는 거야? 10년 전 약속 때문에? 착수금만으로도 비용이 상당했을 거야. 상대가 제대로 기억하는지도 모를 과거의 약속 때문에 네가 이렇게까지 하는 게 잘 이해가 안 돼."

그러자 미사키는 갑자기 표정이 우울해졌다.

"아모 씨가 제게 얼마나 큰 걸 주셨는지 모르나 보네요."

"응. 정말 모르겠어."

"그럼 열심히 떠올려 주세요. 생각할 시간 많잖아요."

"이봐."

옆에서 이야기를 듣는 미코시바는 슬슬 인내심의 한계에 도달했다. 천만 엔이나 되는 착수금을 턱 하니 내놓은 주제에 미사키는 가장 중요한 이야기를 아모 앞에서 하지 않은 듯하다. 굳이 말할 필요성을 못 느껴서인지, 아니면 쑥스러워서인지는 모르겠지만 어느 쪽이든 미코시바는 이해할 수 없는 감정이었다.

"소개가 늦었습니다. 변호사 미코시바 레이지라고 합니다."

미코시바가 재차 이름을 대자 아모는 어색한 것처럼 고개를 숙였다.

"조금 전 이야기에 나온 것처럼 미사키 요스케 씨에게 착수금은 확실히 받았습니다. 당신이 선임을 거부해도 저는 착수금을 돌려드리지 않습니다. 그러니 순순히 선임계에 서명하는 게 좋을 겁니다."

"듣던 그대로의 분이라 오히려 안심이 되네요."

"어쨌든 미사키 교헤이 차석 검사가 사건을 맡은 시점에 당신에게 다른 선택지는 없었을 겁니다."

"화는 나지만 아무래도 그런 것 같네요."

"사건의 개요와 당신 주장에 대해서는 미사키 요스케 씨에게 들었습니다. 지금도 여전히 결백을 주장합니까?"

"물론입니다."

"일을 한번 맡은 이상 저는 당신이 누구든 최선을 다해 변호할 겁니다. 그러니 당신도 제게 모든 것을 숨김없이 털어놓아야 합니다. 이것이 제가 제시하는 유일한 조건입니다."

"알겠습니다."

"그럼 계약 성립. 변호사 선임계는 구치소를 통해 전달하기로 하죠. 혹시 질문 있습니까?"

"그럼 선생님께도 하나만. 그 오만할 정도의 자신감은 어디서 나오는 건가요?"

"무의미한 질문이군요."

미코시바가 딱 잘라 말하자 아모는 곧바로 고개를 숙였다.

"죄송합니다. 방금 제 말은 취소할게요."

의외로 고분고분해서 마음이 바뀌었다. 미사키는 이미 자기 할 일은 마쳤다는 것처럼 밖으로 나가고 있다.

"제게는 무의미해도 당신에게 의미가 있다면 대답하죠. 힌트는 당신의 친구입니다."

"미사키 말인가요?"

"그 역시 오만에 가까울 만큼 자신감이 넘치죠. 내가 생각하기에 그렇게 보이는 사람들에게는 공통점이 있습니다."

"어떤 공통점 말이죠?"

"그건 직접 생각해 보십시오. 생각할 시간 많지 않나요?"

미코시바도 발길을 돌려 출구로 향했다. 뒤에서 아모의 시선이 느껴지지만 알 바 아니다.

나와 미사키 요스케는 일종의 광신도다. 그러니 온 세상을 적으로 돌려도 싸울 수 있다.

믿는 신이 각자 다를 뿐이다.

3

9월 28일 오후 1시, 도쿄 고등 검찰청.

교헤이는 집무실에서 아모 사건의 수사 자료를 열심히 뒤지고 있었다. 그는 아직 변호사를 선임하지 않은 듯하지만 마지막에는 법원이 결국 직권으로 국선 변호인을 선임할 것이다. 그렇게 되면 공판 전 정리 절차까지 남은 시간이 이제 얼마 없다.

교헤이 옆에서는 시나세가 열심히 문서를 작성하고 있다. 그가 작성 중인 서류는 증명 예정 사실 기재서로 말 그대로 공판 기일에 검찰이 증명하려는 사실을 적은 문서다. 검찰은 이 문서를 제출함과 동시에 법원에 증거물 조사를 청구한다. 피고인 또는 변호인에게 청구 증거를 공개하고 상대의 요청에 근거해 일람표를 작성해야 한다.

한편 변호인은 검찰이 청구한 증거에 의견을 피력하는 동시에 공판 기일에 예정된 주장이 있을 경우 예정 주장 기재서를 제출하고 증거물 조사 청구를 해야 한다.

즉, 양쪽이 서로 손에 든 패를 보이는 절차고 어지간한 사유가 없는 이상 정리 절차 이후에는 예정되지 않은 증거물 제출에 제한이 있어서 그 단계에 이미 재판의 추세가 결정된다.

이번 사건의 경우 아모가 센가이를 살해한 사실을 증명할 물증은 이미 갖춰졌다. 그에 대한 변호인의 주장은 오로지 피의자에게 범행 당시 기억이 없다는 것뿐이다. 양쪽 기재서를 비교한 판사는 실소를 금치 못할 것이다.

그때 시나세가 갑자기 말을 걸었다.

"차석 검사님. 잠시 괜찮을까요?"

"뭐지?"

"조금 전부터 검사님과 제출 예정 서류들을 훑어보고 있는데, 외람되지만 이건 저 혼자 할 수 있는 일 아닌가요?"

"그래. 이미 존재하는 물증을 정리해 문서에 적기만 하면 되는 작업이지. 자네에게 맡기면 완벽하게 해 줄 거라 믿어 의심치 않네."

"그럼……."

"하지만 자네가 날 설령 일거리를 독차지하려는 무능한 상사라고 생각할지언정 모든 과정을 내 눈으로 직접 살피지 않으면 직성이 풀리지 않아서 말이야. 아모 검사에게도 실례고."

"왜죠?"

"우리는 지금 현직 검사를 피고인석에 세우려 하고 있어. 아모 검사도 생각하는 바가 있겠지. 적어도 그의 목을 베는 칼은 내 손으로 닦고 싶네."

스스로 말하면서도 위선의 극치라고 느껴져 말한 것을 후회했다. 그러나 시나세는 다른 감정을 받은 듯했다.

"검사님다운 사고방식이라 생각합니다만, 그런 모습을 보고 배울 후배는 그리 많지 않을 것 같습니다."

자신도 부검사, 그리고 언젠가는 특임 검사를 목표하고 있는 시나세에게 교헤이의 모습은 전근대적 유물처럼 보일 것이다. 애당초 사무 작업을 비롯한 잡무는 검찰 사무관이 할 일이고 교헤이에게 주어진 일은 진두지휘다. 피의자 소환 조사를 자처할 이유도, 더욱이 법정에 설 이유는 더더욱 없다. 합동 청사의 높은 층에 앉아 지시만 내리면 그만이다.

그러나 교헤이는 도저히 그럴 수 없었다. 아무리 피고인으로 전락한 상대여도 동료에게 칼날을 들이미는 공허함을 다른 사람과 공유하고 싶다고는 추호도 생각하지 않았다.

"후배라고 하지만 지금 젊은 검사들이 나보다 훨씬 유능할걸."

"과연 그럴까요."

시나세는 노골적으로 불만을 드러냈다. 자제심이 강한 사람이고 가끔 속마음을 털어놓는 것도 교헤이 앞뿐이어서 굳이 주의를 주지는 않는다.

"청사 안에 있으면 다른 검사님들에 대한 소문이 가만히 있어도 귀에 들어옵니다. 경쟁 논리가 그 어느 곳보다 돋보이는 직장이니까요."

시나세다운 점잖은 표현이라 생각했지만 그리 자랑할 일은 아니다. 한정된 자리를 노리며 서로를 견제하고, 틈만 나면 상대를 밀어 넘어뜨릴 기회를 재고 있다. 우등생이라는 자부심이 있으니 더 지위와 직함에 목을 맨다.

"실력이 뛰어난 검사에 대한 소문은 자연스레 퍼지더군요. 당연한 이치지만 실력이 뛰어나니 소문의 대상이 되는 거겠죠. 고검에 채용된 이후 저는 차석 검사님 말고 다른 검사의 소문을 들어본 적이 없습니다."

"똑똑한 사람은 모난 정이 돌 맞는다는 걸 알고 있지."

"하지만 너무 튀어나온 정은 차마 돌로 내려치지도 못하죠."

"그래. 너무 많이 튀어나온 정은 아예 뽑히기 마련이지."

시나세가 뭔가를 더 말하려고 입을 열었을 때였다.

교헤이의 스마트폰이 울렸다. 발신자는 도쿄 구치소 관계자였다.

두 번째 소환 조사 때 아모 검사의 대답과 태도에는 눈에 띄는 변화가 있었다. 그런 변화를 초래한 인물이 그를 면회하러 온 인물 중에 있을 것이다.

그래서 교헤이는 도쿄 구치소의 면회 창구에서 정보를 얻기로 했다. 면회를 원하는 사람은 창구에 신분증과 면회 목적을 제시해야 하니 누가 어떤 목적으로 아모 검사와 면회했는지 금방 드러난다.

"네. 미사키 교헤이입니다."

수화기 너머에서 곧장 최신 소식이 전해졌다.

그리고 면회인의 이름을 들은 순간, 교헤이는 벼락을 맞은 것처럼 온몸이 뻣뻣해졌다.

이게 대체 무슨 일인가.

심지어 오늘 면회인은 두 명이고 그중 한 명은 변호사라고 한다.

하필이면 왜 그가.

두 사람의 이름과 얼굴이 머릿속을 어지러이 오가느라 생각이 정리되지 않았다.

"협조해 주셔서 감사합니다."

감사를 전하고 전화를 끊은 뒤에도 충격은 가시지 않았다.

"검사님. 무슨 일이라도 있습니까?"

"최악의 조합이군."

교헤이는 감정 섞어 내뱉었다.

"오늘 아침 아모 검사를 면회한 사람이 두 명 있다고 해. 그중 한 명은 미코시바 레이지 변호사. 아모 검사의 변호인으로 선임됐다는군."

시나세도 놀라움을 감추지 못했다. 그러나 교헤이가 불쾌한 건 그 이상으로 화가 치미는 사실을 통보받았기 때문이다.

"면회 기록에 따르면 함께 면회 온 다른 한 명이 미코시바 변호사를 데려왔다고 해. 미사키 요스케. 바로 내 아들이지."

같은 날 오후 9시 15분, 교헤이는 도쿄 유라쿠초에 있는 유명 호텔을 찾아갔다. 사전에 문의해서 요스케가 이 시간에 돌아오는 것을 파악했다.

숙박 층으로 가기 위해 엘리베이터 홀에 들어섰을 때였다.

"오실 줄 알았어요."

등 뒤에서 목소리가 들렸다.

잊지 못할 목소리. 절대 잘못 들을 리 없는 목소리.

고개를 돌리니 눈앞에 요스케가 서 있었다.

어느새 아빠보다 키가 컸다. 이제는 앳된 느낌이 없고 타고나기를 뚜렷한 이목구비에 우아함까지 겸비했다.

"프런트에 제가 언제 오는지 물으셨다더군요."

그 한마디로 모든 것을 이해했다.

"내가 올 것을 예상해 일부러 프런트에 말해 뒀나 보군."

"고검의 수사력을 얕잡아 봐서는 안 되니까요. 나리타에서 입국 수속을 마치고 제가 어디 갔는지 파악하고 어디서 묵는지도 간단히 알아내셨겠죠."

"전화 한 통 했으면 이렇게 고생하지 않아도 됐을 텐데."

"전 만날 마음이 없었으니까요. 자, 가실까요?"

"어디로 말이지? 18층에 묵지 않나?"

"밖에 있는 카페를 예약해 놨어요."

프런트에서 바로 이어지는 호텔 밖 카페는 세련된 분위기라 커플들로 거의 만석이었다. 교헤이는 뒤늦게 미사키의 의도를 알아차렸다.

이런, 당했군.

이렇게 많은 사람이 모인 곳에서는 입씨름도 제대로 할 수 없다.

교헤이는 커피, 미사키는 생수를 주문했다.

"……오랜만에 만나는군."

"네. 10년 6개월 만이네요."

"그걸 기억하다니."

"와코에 있는 사법 연수원에 입소하기 직전 연수생의 마음 가짐을 가르쳐 주셨죠. 아버지는 이미 잊으셨겠지만."

온화한 목소리로 비아냥거리지만 잊고 있었던 게 사실이라 반박할 수 없다.

"6년 만에 귀국했는데 연락도 없나?"

"이렇게 만났으니 되지 않았나요."

교헤이의 머릿속에서 또 한 명의 자신이 '아니야' 하고 경고했다.

이런 말을 하고 싶은 게 아니다.

아들을 칭찬해 줄 말이 있을 것이다.

그러나 막상 입 밖으로 튀어나온 건 꾸지람이었다.

"쓸데없는 짓을 했더군."

"쓸데없는 짓이라는 게 혹시 아모 검사를 찾아간 것 말인가요? 아니면 미코시바 변호사님을 그의 변호인으로 소개해 준 것 말인가요?"

"둘 다. 날 방해하는 건 음악가의 길을 막은 나를 향한 복수인가?"

"왜 그렇게 생각하시죠?"

미사키는 어이없다는 듯이 말했다.

"아버지와는 상관없습니다. 그저 옛 친구가 궁지에 몰렸으니 구해 주고 싶은 거예요."

"하지만 실제로는 내 앞길을 막아서고 있지. 심지어 네가 소개해 준 변호사는 나의 철천지원수고."

"오로지 승률만을 생각했습니다. 아버지를 두 번이나 격파한 사람은 미코시바 선생님뿐이니까요."

"그에게는 '시체 배달부'라는 과거가 있어."

"저도 알고 있습니다. 하지만 그게 무슨 문제인가요? 미코시바 선생님께 변호사 자격을 부여한 건 검찰의 감독관청인 법무성이에요."

"잘도 둘러대는군."

"법조계에서 살아가려면 잘 둘러대야 한다. 그렇게 가르쳐 주신 건 아버지세요."

"억지 부리지 마라."

"전 음악적 재능은 어머니, 변론적인 재능은 아버지에게 물려받았다고 생각해요."

"오랜만에 귀국해서 정작 하는 일이 아버지를 방해하는 거라니."

"제가 귀국한 건 친구를 돕기 위해서지 아버지를 방해하기 위해서가 아닙니다."

문득 정신을 차리니 주변 손님들이 비난하는 눈초리로 이쪽을 째려보고 있다. 최대한 침착하려 했지만 자기도 모르게 목소리가 커진 듯하다.

요스케는 별일 없다는 듯이 잔에 따른 생수를 입에 가져갔다.

말을 주고받을수록 요스케의 술수에 빠져들고 있다. 그러나 가만히 있으면 이쪽의 생각이 전해지지 않고, 전하려고 하면 주변의 비난이 쏟아진다. 요스케는 아마 처음부터 아버지와 대화할 마음 따위 없었을 것이다. 그저 아버지의 잔소리를 무력화하기 위해 날 이곳에 부른 게 틀림없었다.

"요스케. 이번 일에서 손을 떼라."

"싫습니다."

"미코시바 변호사가 변호를 맡게 된 건 이제 와서 되돌릴 수 없겠지. 이렇게 된 이상 나도 전력을 다해 싸울 생각이야. 하지만 네가 그 사건과 계속 엮여서 득 될 거라도 있나? 넌 변호인과 검찰에 모두 방해되는 존재에 불과해."

"검찰에 방해되는 존재라면 변호인에게는 유익하겠죠."

"아빠 말 좀 들어라."

"전 아버지 말씀을 듣고 사법 시험을 봐서 연수원에 들어갔습니다. 당시 저에게는 최대의 양보였죠. 그걸로 아들로서

도리는 다하지 않았을까요?"

"도리니 양보니, 넌 대체 아빠를 뭘로 보는 거냐?"

"아버지는 아들을 뭘로 보시나요? 같은 미사키 성을 쓰기는 하지만 아버지와 저는 전혀 다른 존재예요. 아버지가 사법 세계에서 인정받는 것처럼 저도 한 명의 피아니스트로서 음악 세계에서 인정받고 있습니다. 더 이상 아들을 자신의 분신처럼 생각하지 말아 주세요."

요스케가 냉정해질수록 이쪽은 분노가 들끓는다. 머릿속에서 또 다른 나 자신이 계속 좋지 않은 조짐이라 경고하지만 쉽게 자제되지는 않았다.

"분신이라고 생각 안 해. 하지만 아빠 얼굴에 먹칠할 만한 짓을 꼭 해야겠냐? 세상과 언론이 이 일을 알아차리면 어떻게 될까? 그러지 않아도 과열 기미인 아모 검사 사건에 부모 자식 간의 갈등과 피아니스트 개입설 같은 게 퍼지면 무책임한 제삼자들의 관심만 늘어날 뿐이야."

"지는 게 두려우신가요?"

"뭐라고?"

"아버지는 미코시바 선생님께 두 번이나 지셨어요. 그러니 이번에도 질까 봐 두려우시겠죠."

"모든 건 삼세판이라는 말이 있어. 이번에도 질 것 같으냐?"

"두 번 일어난 일은 세 번 일어난다는 말도 있죠. 아버지.

전 체면이나 고집 때문에 이 일을 하는 게 아닙니다. 그저 아모 씨가 무고하다는 걸 증명하고 싶을 뿐이에요."

요스케의 눈에 떠오른 빛을 보고 교헤이는 발끈했다.

나이 든 사람, 약해진 사람을 바라보는 연민의 눈빛이었다.

"저는 이달 말부터 예정된 콘서트를 모두 취소하고 귀국했습니다. 그게 무슨 뜻인지 아시나요?"

음악에 무지한 교헤이도 그 정도 지식은 있다. 콘서트의 주인공이 일방적으로 출연을 취소하면 위약금이 발생한다.

"외국의 쇼 비즈니스 세계는 계약을 중시합니다. 일본과는 비할 수도 없을 만큼 엄격하죠. 지금쯤이면 아마 여러 프로모터들이 저주 섞어 제 이름을 외치고 있을 거예요. 지금 제 귀에 그들의 원한의 코러스가 들리는 것 같네요."

"위약금이 얼마나 되지?"

"글쎄요. 지금쯤 제 매니저님이 관계자들과 협상하고 있겠죠."

"네가 피아니스트라는 직업에 집착한다면 오히려 돌아가야 하는 것 아닌가?"

"피아니스트이기 전에 한 명의 인간입니다. 친구가 곤경에 처해 있을 때 아무것도 하지 않고 건반만 두드렸다가는 그런 저 자신을 평생 용서하지 못할 거예요."

어느새 생수가 담긴 잔이 비었다. 요스케는 입가를 쓱 닦고 천천히 몸을 일으켰다.

"아무리 온 세상이 저를 적으로 돌린다고 해도 저는 그를 보호할 겁니다. 그럼 편히 쉬세요."

"요스케."

등 뒤에서 말을 걸어도 아들은 돌아봐 주지 않았다.

주변에 있는 사람들이 즐겁게 담소를 나누고 있지만 교혜이의 귀에는 그들이 꼭 자신을 비웃는 것처럼 들렸다.

IV *Presto-Allegro assai*
휘몰아치듯 빠르고 거칠게

I

9월 29일 이른 아침, 고테가와가 현경 본부에 출근하자 형사부실에 이미 와타세가 와 있었다.

오늘은 평소보다 일찍 집에서 나왔는데도 역시 선수를 빼앗겼다. 지금까지도 여러 번 아침 일찍 출근했지만 아직 한 번도 이겨 본 적이 없다. 이 상사는 대체 언제 잠을 잘까. 아니, 그걸 넘어 잠을 자기나 할까.

"좋은 아침입니다."

"그래."

아침 인사 정도는 제대로 해 달라고 하고 싶지만, 그런 말을 했다가는 열 배로 돌려받을 것이기에 입 밖에 내지는 않았다.

와타세 뒤를 지나갈 때 그가 보고 있는 모니터 화면이 눈에 들어왔다.

아모 사건의 진척 상황을 보도하는 인터넷 뉴스 기사였다.

고테가와는 사건 당일을 떠올렸다. 9월 22일 오후 사이타마 지검에서 사건 발생 소식을 처음 들었을 때 와타세 반 형사들은 다른 사건 현장에 있었다. 초동 대응을 맡은 건 우연히 그때 경찰서에 남아 있던 세오 반이었다. 그러나 세오 반이 한 일은 검시와 감식 작업뿐이고 관계자와 피의자 조사는 지검이 맡았다고 들었다. 자신들의 구역에서 발생한 사건이니 직접 처리하고 싶을 것이다.

애초에 하나부터 열까지 이례적인 사건이었다. 피해자는 '헤이세이 최악의 흉악범'이고 용의자는 사건의 담당 검사, 게다가 범행 현장은 무려 검사의 집무실이다. 용의자 체포 이후 여론과 언론의 관심이 쏟아지는 것도 당연했다.

고테가와가 몸싸움 끝에 체포한 센가이 후히토는 그 뒤 고작 이틀 만에 살해되고 말았다. 처음 소식을 들었을 때는 놀라움과 함께 허탈감에 사로잡혔다.

상사인 와타세는 늘 범인 체포까지가 경찰의 업무라고 강조했다. 제아무리 분노하고 정의를 구현하고 싶어도 피의자를 고소하는 건 검사, 피의자를 벌하는 건 판사의 영역이라했다. 굳이 사법 시스템의 원활한 작동을 운운할 것도 없이 순리에 맞는 조언이다.

그러나 정식 절차를 거치지 않고 범인이 처벌받는다면 고테가와는 불만을 토로하지 않을 수 없었다. 누구에게 어떤 말을 해야 할지 모르겠지만 어쨌든 지금 불만을 제기할 상대는 아모 검사가 될 터다.

조사 단계부터 센가이가 형법 39조 적용을 노리고 있다는 건 깨달았다. 검찰 송치 이후 담당 검사가 고생할 것도 예상했다. 여론과 언론이 그토록 센가이에게 엄벌을 요구하는 상황에서 불기소나 무죄 판결이 떨어지면 관계자 중 몇 명은 틀림없이 책임을 추궁당했을 것이다.

그러나 그것이 검사가 직접 사적 제재를 가할 이유는 되지 않는다. 생각은 대부분 엇비슷한지 센가이의 사망 소식이 처음 전해졌을 때 수사1과 분위기가 가라앉은 것도 그런 이유일 것이다.

수사에서 손을 뗀 고테가와는 아모 검사가 어떤 마음으로 센가이를 쐈을지 추측할 수밖에 없다. 허락된다면 당사자와 얼굴을 마주하고 캐묻고 싶지만 상대는 현재 도쿄 구치소에 있다.

무엇보다 아쉬운 건 센가이의 사망으로 그가 저지른 사건이 흐지부지 끝날 거라는 점이었다. 조사 당시부터 그의 진술에는 허점이 많았고 심신 상실 운운하는 대목에 이르러서는 수상한 느낌이 정점에 달했다. 검사 조사에서 기소, 그리고 공판으로 단계가 바뀌면서 몇 가지 진실이 밝혀졌을 거라 생각하자 분하기 그지없었다.

"조금 전부터 뭘 그렇게 멍하니 있나?"

느닷없이 와타세가 물었다. 이 상사는 가끔 이렇게 허를 찌르니 방심할 수 없다.

"얼마 전에 죽은 센가이를 떠올리고 있었습니다. 아모 검사가 조금만 참았다면 그 녀석이 아이들을 죽인 동기나 배후 관계도 드러났을 텐데요."

"그 검사가 범인이라고 생각하나?"

평소처럼 이쪽을 시험하는 듯한 말투다.

"반장님은 아니라고 보시는 겁니까? 그 상황에서는 아모 검사 외에 다른 사람이 범인일 수는 없지 않나요? 현장에 투입된 세오 반 녀석들에게 물으니 집무실에 둘만 남았을 때 총이 발사됐다더군요. 하나 있는 출입구는 경찰 두 명이 지키고 있었고요. 심지어 권총에서는 검사의 지문, 양복에서는 초연 반응이 나왔다고 합니다. 어디를 어떻게 봐도 그 검사가 총을 쐈다고 볼 수밖에 없는 상황입니다."

"사건 당시 검사 본인은 의식 불명 상태였다고 진술했어. 권총에 남은 지문과 양복의 초연 반응도 자기는 모르는 일이라 했고."

와타세는 어디서 수사 정보를 얻었는지 벌써부터 사건에 대한 상세한 내용을 파악하고 있는 듯했다.

"의식 불명 상태였다니. 그럼 센가이의 주장과 똑같지 않습니까."

"찻잔에서는 수면 유도제가 검출됐지만 사건 발생 당시 약효가 있었는지는 본인밖에 모를 일이지. 그 역시 센가이와 같은 상황이니 아이러니할 뿐."

고테가와는 취조실에서 만났던 센가이를 떠올렸다. 누가 봐도 그의 범행이지만 그는 여유롭게 자신에게 책임 능력을 물을 수 없을 거라 호언장담했다. 예전의 고테가와였다면 아무리 조사 중이어도 멱살을 잡았을 것이다.

그러나 이번에는 그렇게 호언장담하는 사람이 현직 검사다. 조사를 맡는 검사는 얼마나 곤혹스러울까.

"저도 도쿄 고검 검사장의 회견을 봤습니다. 전대미문의 사고이니 엄격하게 대처하겠다더군요."

"애초에 계기가 된 센가이 사건부터가 사람들의 이목을 끌었지. 이번 아모 검사 사건을 어떻게 처리할지는 고검만의 문제가 아니야. 대검, 더 나아가 법무성 인사까지 얽힐 테니."

"아모 검사를 조사하는 사람이 누구죠? 검찰의 위신이 걸렸으니 실력이 확실한 사람을 붙여야 할 텐데요."

그러자 와타세가 아주 잠깐 대답을 망설였다.

"도쿄 고검의 미사키 교헤이 차석 검사라더군."

검찰 인사에 어두운 고테가와도 그 이름 정도는 알고 있다. 수사 현장에서 발로 뛰는 실무형 검사라는 게 대부분의 평판이다.

"반장님도 아시는 분 아닌가요? 다행이군요."

"뭐가 다행이지?"

와타세가 언짢은 목소리로 되물었다. 오랫동안 이 상사 밑에서 일했지만 어디에 지뢰가 묻혀 있을지는 지금도 알기 어렵다.

"도쿄 고검의 도사카 검사장은 수사 현장보다 법무성 근무 기간이 긴 전형적인 법무 관료다. 현장에서 발로 뛴 교헤이 검사에게 이번 사건을 일임한 데는 수사의 득실도 따졌겠지만 재판 결과에 따라 그에게 모든 책임을 떠넘길 속셈도 있겠지."

"아직 재판이 시작되지도 않았는데 총알받이를 마련해 둔 겁니까?"

"관료들은 원래 업무 하나를 처리할 때는 한 세월이나 걸리면서 도망칠 때는 빛의 속도로 도망치지. 그전에 도망칠 포석을 깔아 두는 것도 잊지 않고. 총알받이도 그중 하나 아니겠나."

와타세는 감정 섞어 말했지만 도사카 검사장이나 법무성 관료들에 대한 반감이라기보다 미사키 교헤이 차석 검사를 향한 동정으로 해석하는 게 타당할 것이다.

고테가와는 뒤늦게 깨달았다.

와타세가 이른 아침부터 인터넷 뉴스를 뒤지고 있었던 건 사건에 미사키 교헤이 차석 검사가 엮여 있기 때문이다. 그러나 와타세는 그를 뛰어난 실무형 검사로 평가한다. 당사자를 그렇게 신뢰하는데도 뉴스를 뒤지는 건 모순되지 않을까.

"반장님. 그 사건, 혹시 검찰 쪽에 뭔가 다른 불안 요인이라도 있는 겁니까?"

고테가와가 묻자 와타세는 못마땅한 얼굴로 고테가와를 노려봤다.

"있지. 형법 39조보다 더 성가신 불안 요인이. 아모 검사의 변호인으로 선임된 사람이 바로 미코시바 레이지다."

그제야 와타세의 표정이 이해가 됐다.

미코시바 레이지는 형사와 검사들에게 천적 같은 존재다. 터무니없이 비싼 보수를 받지만 한번 맡은 재판에서는 지지 않고 반드시 무죄나 감형을 받아낸다. 그뿐만이 아니라 그는 어린 시절에 여자아이를 살해한 과거가 있다. 소년법에 의해 처벌을 피했고 타고난 머리가 똑똑했는지 성장해서 변호사 자격을 취득하기에 이르렀다. 이런 경력이 법조계 관계자들의 눈에 거슬리는 것이다.

고테가와 자신도 미코시바와 몇 번인가 만난 적이 있다. 사야마시에서 일어난 프리랜서 기자 살인 사건. 그 용의자가 바로 미코시바였다.

미코시바라는 사람을 한마디로 정의하기는 어려울 것이다. 극악무도한 변호사임은 틀림없지만 한편으로 돈도 되지 않는 국선 변호도 순순히 맡는다. 또 의료 교도소에 수감돼 있던, 고테가와가 잊으려야 잊을 수 없는 피고인의 신원 인수인이기도 하다. 옳고 그름으로 재단할 수 없는 복잡한 남자다.

그러나 앞서 말했듯 변호사로서의 실력은 일류다. 흰색을 검은색으로 바꾸는 건 그에게 일도 아니다. 그 남자의 세 치혀에 사로잡히면 해가 서쪽에서 뜬다는 말도 믿게 되지 않을까.

그런 사람이 아모 검사의 변호를 맡는다면 검찰에는 가장큰 위협이 될 것이다. 교혜이 차석 검사와 친분 있는 와타세는 분명 우려할 만한 상황이다.

"그건 그렇고 미코시바를 선임하다니, 아모 검사도 대단하네요. 검사들이 가장 싫어하는 변호사 아닙니까?"

"싫어하는 건 실력이 뛰어나기 때문이지. 아군으로 삼으면그보다 더 믿음직한 변호사는 없을걸. 그런데 나도 잘 이해는 안 돼."

"뭐가 말이죠?"

"잊었나? 그는 기본적으로 고액 보수를 받지 못할 안건은맡지 않아. 검사라고 해 봐야 고작 1급 검사인데 그에게 억단위 돈이 있을 리 없지. 검찰이 총력을 기울여 유죄로 몰고가려는 안건이다. 승산이 있든 없든 한 번 일에 착수하면 검찰청, 더 나아가서는 법무성을 적으로 돌려야 해. 리스크만높고 떨어질 건 없는 안건을 대체 왜 맡았을까?"

자문하는 듯하지만 고테가와에게 묻고 싶기도 할 것이다.

고테가와가 생각에 잠겨 있을 때 탁상 위 전화기가 울렸다. 내선 번호로 걸려 온 전화치고 제대로 된 전화는 없다. 고테가와는 역겨운 식재료를 보는 눈빛으로 수화기를 집어 들었다.

"네. 수사1과입……."

―안녕하세요. 수고하십니다.

1층 접수처 여직원의 목소리가 들렸다.

―혹시 다카사고 유치원 습격 사건의 담당 형사님 자리에 계신가요?

"네. 와타세 반장님과 제가 맡고 있습니다."

―지금 접수처에 수사 담당자를 만나고 싶다는 분이 찾아오셔서요.

"사건 관계자인가요?"

―사건 관계자는 아니라고 하는데, 미사키라는 분이에요.

"미사키?"

무심코 목소리가 커졌다. 호랑이도 제 말 하면 온다고 설마 고검의 차석 검사가 여기까지 찾아온 걸까.

아니, 잠깐. 고검의 차석 검사라면 직함부터 알리지 않았을까.

고테가와가 잠시 판단을 망설이는 동안 옆에서 와타세가 손을 뻗었다.

"줘 봐."

그는 다짜고짜 수화기를 빼앗았다.

"와타세다. 이름이 미사키라고 했다고?"

상대의 대답을 듣는 와타세의 얼굴에서 놀라는 기색이 느껴졌다. 와타세가 놀라는 얼굴은 오랜만에 보는 듯하다.

"응접실에서 기다리라고 해."

와타세는 수화기를 내려놓고 곧장 의자에서 몸을 일으켰다. 고테가와에게 따라오라고 하지는 않는다. 그러나 따라오지 말라고 한 것도 아니니 고테가와는 그를 쫓아갔다.

"고검의 차석 검사님이 직접 행차하실 줄은."

"아니야."

와타세는 고테가와를 보지 않고 대답했다.

"아들이지. 미사키 요스케. 사법 시험을 수석 합격했는데도 피아니스트의 길을 선택한 별종."

와타세의 설명을 듣고서야 떠올렸다.

고테가와는 어떤 사건을 계기로 클래식 팬이 되었다. 그중 특히 피아노곡을 좋아해 국내외 피아니스트들의 이름은 대략 알고 있다. 미사키 요스케는 2010년 개최된 쇼팽 콩쿠르에서 결선에 올랐고 지금은 전설이 된 녹턴 연주로 전 세계를 매료시킨 피아니스트다.

별종은커녕 세계적인 유명인 아닌가. 미사키 교헤이 차석 검사의 아들이라는 사실도 놀랍지만 당사자가 직접 현경 본부를 찾아온 것도 놀라웠다.

1층 구석에 있는 응접실에 급히 뛰어들자 그 안에는 마른 체격의 청년이 기다리고 있었다.

"안녕하세요. 처음 뵙겠습니다. 미사키 요스케라고 합니다."

여성 팬이 많은 게 수긍 가는 외모지만 고테가와는 그중에서도 그의 손에 주목했다. 키에 비해 손이 크다. 활짝 펼치면 두 옥타브는 닿지 않을까.

와타세는 그와 명함을 교환하고 미사키의 얼굴을 빤히 쳐다봤다.

"아버지와 몇 번인가 함께 일한 적이 있지. 그런데 별로 닮지 않았군."

"네. 어머니 쪽을 닮았습니다."

자세히 보니 눈동자가 일본인치고는 보기 드문 다갈색이다. 가까운 윗대에 외국인의 피가 섞였을까.

"유럽을 돌아다닌다고 들었는데."

"이틀 전에 막 귀국했습니다."

"귀국 이유는 혹시 아모 검사 사건과 관련됐나?"

"예리하시네요."

"자네는 아모 검사와 같은 사법 연수원 60기라더군. 그런 이야기를 듣고 눈치 못 채면 형사로서 실격이겠지."

"저는 전혀 몰랐는데……."

"넌 조용히 있어라. 내가 대화 중이니."

말투를 통해서 알 수 있었다.

와타세는 평소와 다르게 동요하고 있다.

"미리 말해 두지. 아무리 유명한 피아니스트여도 수사 정보를 쉽게 던져 줄 멍청이는 여기 없다. 설마 아모 검사의 지인이라는 이유만으로 여길 찾아왔나?"

"아모 씨 사건과 관련되기는 하지만 오늘 제가 찾아뵌 건 그의 지인이 아닌 변호인의 대리인으로 찾아왔습니다."

"뭐? 설마."

"네. 미코시바 레이지 선생님을 대신해 찾아왔습니다."

미사키는 탁자 위에 서류 한 장을 내려놓았다. 미코시바 레이지의 서명이 적힌 위임장이다.

"법적으로는 아무 구속력이 없는 서류입니다. 다만 미코시바 선생님이 어떤 변호사인지 아는 분께는 합당한 의미를 가진 서류겠죠."

"……변호사 비용을 대주기로 한 게 자네였나?"

와타세는 손으로 이마를 짚었다. 이 역시 평소 와타세에게서는 보기 드문 몸짓이다.

"거기까지 꿰뚫어 보시다니 대단하시네요."

"공무원 벌이로는 고용할 수 있는 변호사가 아니니까. 그런데 왜 다카사고 유치원 습격 사건을 알아보고 다니지? 아모 검사 사건이 본질 아닌가?"

"시작은 유치원 사건이니까요. 와타세 형사님도 센가이 후히토 씨 사건과 아모 씨 사건이 아예 관련 없다고 생각하지는 않으실 겁니다."

"수사 정보야. 함부로 알려 줄 수는 없어."

"센가이 씨가 사망해 사건은 피의자 사망 형태로 기소되겠지만 재판받을 당사자가 없으면 결국 공소를 취하해야 합니다. 그 시점에 보호해야 할 수사 정보로써 가치를 잃죠."

"자넨 그냥 일반인이야."

"피의자에게 선임된 변호인도 수사권이 있는 건 아닙니다. 와타세 경부님은 아모 씨 사건에 관여하시나요?"

"아니. 관여 따위 안 해."

"이미 피의자가 사망한 사건, 그리고 자신이 관여하지 않는 사건으로 피의자의 변호인이 정보를 수집하고 있습니다. 협조해 주시지 않겠습니까?"

"우리 반은 관여하지 않지만 같은 구역에 있는 동료들이 손을 담갔지. 무작정 돕겠다고 하기는 어렵지 않겠나?"

"물론 현장에는 가셨겠지만 아마 수사1과에서 하는 일은 검시와 감식 작업에 그쳤을 겁니다. 그건 피의자 조사를 고검 담당자가 맡았다는 점에서도 확실합니다. 손을 담갔다고 하시는 건 조금 과장된 표현 같습니다만."

"그 고검 담당자가 누군지 알고서 하는 소린가?"

"네. 미사키 교헤이 차석 검사님이시죠. 말이 나온 김에 말씀드리면 수사뿐 아니라 공판도 담당하신다고 합니다."

"아버지와 미코시바 사이에 그동안 무슨 일이 있었는지 모르지는 않을 텐데."

"네. 미사키 교헤이 차석 검사님을 상대로 두 번이나 승리한 사람은 미코시바 선생님뿐이죠. 그런 실적을 고려해서 선임했습니다."

와타세는 어처구니가 없다는 듯이 미사키를 바라봤다.

"부모 자식 사이가 좋지 않다고는 들었지만 설마 이 지경일 줄이야."

"이건 부모 자식 사이의 문제가 아닙니다."

미사키는 얼굴에서 미소를 지우지 않았다.

"무고한 사람을 돕느냐 방치하느냐의 문제죠."

"무고라는 단어를 그렇게 쉽게 쓰지 않는 편이 좋을 텐데."

"당사자가 범행을 부인하는 이상 어떤 사건이든 원죄 가능성은 있습니다."

"아모 검사 본인에게 직접 이야기를 들었나?"

"네. 이틀 전에 면회했습니다. 권총에서 그의 지문, 그리고 양복 소매에서 초연 반응이 나왔다고 하더군요."

"그렇게 증거가 갖춰졌는데도 무죄를 주장하나?"

"언젠가 원죄 사건을 연구한 보고서를 읽은 적이 있습니다. 캘리포니아 대학교 어바인 캠퍼스에서 진행한 전미 원죄 등록 프로젝트의 발표 내용입니다만, 1989년 이후 발생한 2천 건이 넘는 원죄 사건의 원인 4분의 1 정도가 잘못된 과학 수사에 의한 것이었습니다. 인간은 아무리 똑똑하건, 그리고 어떤 시대건 간에 반드시 실수를 저지릅니다."

와타세는 뭔가 떠오르기라도 했는지 당장에라도 미사키에게 주먹을 날릴 것처럼 난폭한 얼굴 그대로 굳어 있다.

"여러 가지로 실례되는 말씀을 드렸네요. 죄송합니다."

미사키는 와타세의 얼굴을 보고도 겁먹은 기색이 없고 말투도 전혀 달라지지 않았다.

"원죄를 꺼리는 건 두 형사님도 마찬가지시겠지요. 그러니 신뢰할 만한 물증보다 친구의 호소를 중시하는 사람을 모조록 문전 박대하지 않아 주시기를 부탁드립니다."

"문전 박대는 안 해. 이야기는 끝까지 들어주지. 하지만 정보를 자네에게 제공하느냐는 다른 문제야."

와타세의 반격이 시작됐다.

"그래. 열의 하나는 대단해 보이는군. 원죄에 대한 의견도 개인적으로는 동의할 지점이 있고. 하지만 아모 검사를 무죄로 만들 수 있는 근거는 오로지 당사자의 말뿐이다. 하물며 범행 당시에 본인은 의식을 잃기도 했지. 그런 상황에서 물증보다 그의 증언을 믿으라는 건가?"

"그 부분을 지적하시면 반론하기는 어렵겠죠. 제가 믿는 근거와 와타세 형사님이 믿는 근거는 다를 테니까요."

"네가 믿는 근거는 아모 검사의 품성에 기반한 것 아닌가? 10년이면 강산도 바뀌는데 사람도 변하지 않겠나?"

"부인하지는 않겠습니다. 하지만 사람에게는 변하지 않는 것도 있습니다. 전 그런 부분에서 아모 씨를 믿고 있고요."

"그게 뭐지?"

"말씀드려 봐야 소용없을 겁니다. 와타세 형사님. 무슨 일이 있어도 제게 정보를 제공하지 않으실 건가요?"

미사키가 거듭 묻자 와타세는 표정이 어두워졌다.

"수사 정보와 개인 정보에 저촉되지 않는 범위라면."

"감사합니다."

"감사할 만한 정보는 아닐걸. 센가이에게 살해된 사람은 유치원 교사 두 명과 아이 세 명이지만 그들과 센가이 사이에 친족 관계는 없었지. 출신지와 학교도 달랐고. 그런데 가장 납득이 안 되는 건 우리가 그 이상 조사를 이어 갈 수 없었다는 거야."

"센가이가 사망한 시점에 수사 필요성이 사라져서겠죠."

"수사1과는 만성적인 인력 부족에 시달리고 있지. 사건 하나에 수사 인력을 계속 투입할 수 없는 게 사실이고."

"이해합니다."

"이해하지 않아도 돼. 필요한 부서에 필요한 만큼의 비용과 인력을 투입 못하는 관리직은 어디에나 있으니까."

"센가이 후히토의 출생 환경이나 배경 같은 것도 조사가 중단된 건가요?"

"센가이는 부모를 일찍 여읜 천애 고아였다. 하지만 이 역시 호적을 조사하는 단계에 수사가 중단됐지."

묵묵히 옆에서 듣고 있는 고테가와는 위화감이 들었다. 와타세가 설명하는 수사 진척 상황에 거짓은 없다. 센가이에게 가족이라 부를 사람이 있었다면 부검을 마친 시신을 벌써 인도했을 것이다.

위화감의 원인은 와타세가 허점을 고스란히 드러내고 있다는 점이다. 다른 경찰관이라면 조직의 부실을 가급적 숨기려 하지만 와타세는 망설임 없이 털어놓고 있다. 물론 평소에도 조직과 무능한 상사를 가차 없이 비판하는 사람이지만 외부인 앞에서도 그런 모습을 보일 만큼 어리석은 사람은 아니다.

조금 떠올리고서야 그럴싸한 해답에 도달했다. 와타세가 수사 중단을 거듭 강조하는 건 수사가 재개되면 어떤 성과가 나올 거라고 상대에게 암시하는 것이다.

"센가이 후히토에 대해 자네에게 전달할 수 있는 정보는 여기까지야."

신문에 보도된 것보다 약간 자세한 수준의 내용이다. 일부러 현경 본부까지 찾아온 사람이 이 정도로 납득할 리 없다. 그러나 미사키는 실망하거나 항의하지 않고 온화한 표정을 지우지 않았다.

"살해된 분들의 유족은 얼마나 원통하실까요."

"지금도 현경 본부에 청원과 항의 전화가 걸려 오고 있지.

우리 아이의 마지막 모습이 어땠는지 알고 싶다고. 제발 알려 달라고."

와타세가 유족의 호소를 무시하고 태연할 리 만무하다. 그러고 보니 와타세는 지금 유족의 목소리를 전달하는 형태로 자신의 본심을 드러내고 있다.

"센가이 후히토 씨의 시신은 어디 보관돼 있죠?"

와타세는 엄지를 아래로 향했다.

"지하 영안실."

센가이의 시신은 현경 본부의 짐이 되어 있다. 인수자가 없는 시신은 사망한 곳의 지자체장이 화장 또는 매장해야 한다. 현경 본부는 시신 처리 문제로 우라와구에 문의했지만 구청장에게 아직 연락은 없다.

"저도 시신을 확인할 수 있을까요?"

부검 결과가 나왔고 인수인도 없다. 미사키의 부탁을 거절할 이유는 떠오르지 않았다.

"따라와라."

세 사람은 함께 영안실로 이동했다.

경찰서 영안실이라는 곳은 대부분 비슷하지만 살풍경하기 그지없다. 소회의실 정도 되는 공간에 시신을 수납한 캐비닛이 나란히 있고 그 한구석에 간신히 구색만 갖춘 제단이 설치돼 있다.

와타세가 캐비닛 중 한 곳을 열어 미사키 앞으로 잡아당겼다. 냉동 보관돼 있어도 부패 진행을 완전히 막을 수는 없다. 시신은 온몸이 검붉게 변했고 부검 당시 절개한 부분에서 부패 가스가 새어 나왔는지 구역질이 날 정도로 악취를 내뿜었다.

그러나 미사키는 한 치의 망설임도 없이 시신의 복부에 얼굴을 가져갔다.

시신은 정중선*을 따라 목부터 하복부까지 일직선으로 절개돼 있다. 이른바 I자 절개다. 평소 방문하는 법의학 교실에서 Y자 절개를 자주 본 고테가와의 눈에는 약간 이질적으로 비쳤다.

"집도의가 누구시죠?"

"사이타마 의치과 대학 법의학 교실의 마나베 교수."

I자 절개이기는 하지만 메스 자국이 완전한 직선을 그리지는 않았다. 인체에 굴곡이 있으니 어쩔 수 없지만 고테가와가 잘 아는 그 노교수라면 자로 잰 듯한 직선을 그었을 것이 분명하다.

그 노교수가 말하기를 I자 절개는 목에서 하복부까지를 단숨에 절개하는 만큼 시야가 넓어져 체내를 검사하기도 수월하다고 했다. 다만 목에 상처가 남기 때문에 장례식 때 유족들이 당황하는 경우가 적지 않다. 고테가와의 사적인 견해지

---

* 신체의 앞뒷면의 중앙을 수직으로 지나는 선.

만 목에 상처를 남기지 않는 Y자 절개에서는 죽은 자와 유족에 대한 경의가 느껴졌다.

가슴에 생긴 총상은 송곳이나 우산 끝부분 같은 것으로 찌른 듯한 형태였다. 대상에서 떨어진 지점에서 총에 맞았을 경우 사입구는 이런 모양이 된다. 반대로 총구를 피부에 밀착해서 쏘면 사입구가 크게 파열돼 별 모양이 된다.

"사진을 찍어도 될까요?"

"그러든지."

미사키는 주머니에서 디지털카메라를 꺼내 다양한 각도로 시신을 촬영하기 시작했다. 부패 진행 중인 시신을 앞에 두고도 전혀 겁먹은 기색 없는 모습은 피아니스트라기보다 베테랑 검시관처럼 보였다.

"감사합니다."

미사키는 촬영을 마치고 미련 없이 출구 쪽으로 향했다.

"이제는 직성이 풀렸나?"

"네."

계단으로 올라가는 도중에 미사키가 고테가와를 향해 말을 걸었다.

"고테가와 형사님은 부검에 자주 입회하시나요?"

"되도록 입회하려고 하지."

"형사님이 신뢰하는 부검 위탁처는 어딘가요?"

"우라와 의대 법의학 교실. 그곳에는 산 사람보다 죽은 사람을 믿는 괴짜 부검의와 시신을 세끼 밥보다 좋아하는 미국인, 그리고 시체의 악취에도 아랑곳하지 않는 열성 조교가 있어."

"훌륭한 환경이네요."

1층에 있는 정문 현관에 도착하자 미사키는 고개를 꾸벅 숙였다.

"여러모로 폐를 끼쳤습니다. 그럼 다음에 또 뵙겠습니다."

또 오려고?

고테가와가 그렇게 묻기도 전에 미사키는 발길을 돌려 청사에서 나갔다.

와타세는 여전히 못마땅한 표정을 짓고 있었다.

2

상황이 움직이기 시작한 건 그날 정오가 지나서였다.

고테가와의 스마트폰에 우라와 의대 법의학 교실의 쓰가노 마코토 조교에게 전화가 걸려 왔다.

—현경 본부에 센가이 후히토라는 피의자의 시신이 보관돼 있죠?

"어, 있지. 왜?"

—미쓰자키 교수님이 부검해야 한다고 하셔서요.

느닷없는 말에 대답이 한 박자 늦었다.

"뭐야? 이야기가 왜 또 그렇게 됐어? 이미 부검을 마친 시신인데."

—저도 부검하고 싶은 건 아니에요.

마코토는 항의하듯 말했다.

"대체 무슨 소린지 도통 모르겠지만 아무튼 나 혼자 결정할 수 있는 일은 아니야."

—고테가와 형사님의 상사에게 전하라고 하셔서…….

"잠깐만. 정리 좀 할게. 센가이 후히토의 시신은 마나베 교수가 부검을 마쳤어. 그건 알고 있지?"

—지금 제 손에 부검 보고서가 있어요.

그런 게 왜 거기 있느냐는 질문은 일단 집어삼켰다.

"인수인이 없는 시신이라 유족을 고려할 필요가 없기는 하지만 부검 비용은? 미리 말해 두는데 본부에서는 한 푼도 안 나올걸. 현경의 주머니 사정이 어떤지는 마코토 선생도 알지 않아?"

—비용에 대해서는 걱정 말고 자네는 시신만 가져오면 된다고…….

아무래도 지금 마코토의 등 뒤에서 그 괴팍한 부검의가 지시 중인 듯하다.

"알겠어. 반장님께 여쭤볼게."

—……교수님이 전하라고 하시네요. 됐어. 내가 와타세 경부와 직접 상의하지. 자네는 시신을 옮길 준비나 해.

무심코 스마트폰을 바닥에 내동댕이칠 뻔했다.

형사부실에 돌아가자 아니나 다를까 와타세가 얼굴을 찌푸리고 있었다.

"센가이의 시신을 우라와 의대로 보내라."

"괜찮을까요? 형사부장님이 뭐라고 하지 않을까요?"

"미쓰자키 교수에게 밉보이면 향후 검안 요청에 차질이 생긴다. 이미 부검 보고서가 제출된 안건이니 상관없을 거라고 하더군."

형사부장이 평소 힘 앞에서 쉽게 굴복하는 타입이라 다행이었다.

"역시 저희는 외압에 약하네요."

"쓸데없는 소리 말고 빨리 옮기기나 해."

우라와 의대에 도착한 고테가와가 법의학 교실로 시신을 운구하고 있을 때 또다시 그를 만났다.

"아까는 실례했습니다."

미사키는 얌전히 의자에 앉아 있었다. 마코토와 캐시 펜들턴 조교수가 그를 둘러싼 채 수상쩍은 눈길로 내려다보고 있다.

"다음에 또 보자고 하고 고작 몇 시간 후에 다시 만나다니."

"형사님께 미쓰자키 교수님 이야기를 듣고 곧장 찾아와 사건에 대해 설명드렸습니다. 교수님은 영안실에서 찍은 사진과 부검 보고서를 보시자마자 와타세 형사님께 부검을 신청하시더군요."

"그렇군. 부검 비용은 네가 부담하는 건가?"

"필요 경비니까요."

미쓰자키가 부검을 결정한 건 부검 보고서와 시신 사진이 서로 다른 사실을 나타내기 때문이 틀림없다. 그것은 미사키도 눈치챘을 것이다.

"고테가와 형사님. 설명이 필요합니다."

캐시가 흥미진진해하는 눈빛으로 고테가와에게 말했다.

"저로서는 비용을 걱정하지 않고 부검할 수 있어서 대단히 웰컴이지만 역시 설명을 들으면 좋을 것 같습니다."

특별히 비밀 엄수 의무에 저촉될 만한 건 없다. 고테가와는 미사키가 현경 본부에 찾아온 후 일어난 일들을 설명했다.

"So that's it. 피고인이 된 친구의 무죄를 밝히려는 거군요. 그런데 저는 잘 모르지만 피아니스트들은 원래 이렇게 씀씀이가 큰가요? 시신 한 구에 부검 비용으로 25만 엔이 든다고 설명해도 미사키 씨는 즉시 하겠다고 하더군요."

"이 사람은 평범한 피아니스트가 아닙니다. 쇼팽 콩쿠르 결선 진출자고 원래라면 지금쯤 유럽을 돌아다니며 공연해야 하는데 친구를 위해 급히 귀국했죠. 게다가 아버지는 무려 도쿄 고검의 차석 검사시고요."

비아냥거림을 담아 설명하자 미사키는 갑자기 불쾌한 표

정을 지었다. 대조적으로 캐시는 환하게 미소 지었다.

"WOW! 미사키 씨는 부검에 관심 있습니까? 법의학 교실의 스폰서가 돼 보는 건……."

그냥 내버려 두면 이야기가 다른 곳으로 샐 것 같아 고테가와는 캐시의 말을 도중에 잘랐다.

"스폰서를 구하기 전에 먼저 눈앞에 있는 일부터 처리해 주시죠."

"Oh? 제가 다른 사람도 아닌 고테가와 형사님께 옐로카드를 받을 줄은."

말은 이렇게 해도 캐시의 직업적 사명감은 믿을 만하다. 캐시는 마코토와 함께 시신을 부검실로 옮겼다.

뒤에서 그 모습을 지켜보는 미사키는 어느새 웃는 얼굴로 돌아가 있었다.

"'시신을 세끼 밥보다 좋아하는 미국인과 시체 악취에도 아랑곳하지 않는 조교가 있다'. 역시 훌륭한 환경이네요."

"아까 나 때문에 화났다면 미안. 다른 뜻은 없었어."

"전문가들이 일하는 모습은 보기만 해도 기분이 좋아져요."

"뭐? 잠깐."

미사키가 아무렇지 않게 던진 말이 불현듯 마음에 걸렸다.

"설마 부검에 입회하려는 건 아니지?"

"형사님은 되도록 입회한다고 하셨죠? 그럼 부검 비용을 낸 제가 입회하지 않을 수 없지 않을까요."

"……난 직업 관계상 익숙하지만 세계적인 피아니스트가 무리하게 지켜볼 만한 작업은 아니야. 냄새가 머리카락과 옷에 스며드는 것으로 모자라 인간의 몸이 그저 물건에 불과하다는 현실도 알게 될 거고."

"시취도 풍기지 않는 안전지대에 혼자 얌전히 있고 싶지는 않습니다."

"지금 뭐 하고 있지?"

뒤에서 두 사람의 대화에 불쑥 끼어든 사람은 우라와 의대 법의학 교실의 주인, 미쓰자키 교수였다.

"입회한다고? 그럼 한가하게 있지 말고 가서 5분 안에 부검복으로 갈아입고 오게."

고테가와와 미사키는 부랴부랴 옷을 갈아입고 미쓰자키를 뒤따라 부검실에 들어갔다. 마코토와 캐시가 부검대 위에 있는 시신 앞에서 미쓰자키를 기다리고 있었다.

외부인인 고테가와와 미사키는 부검대 옆에 서서 법의학 교실 팀의 움직임을 옆에서 관찰했다. 미사키는 얼굴에서 미소를 지우고 엄숙한 눈빛으로 그들의 모습을 지켜봤다.

시신의 표면, 안구, 시반, 경직도를 꼼꼼히 살핀다. 미쓰자키가 특히 집중해서 관찰한 곳은 총상이었다.

미쓰자키가 천천히 입을 열었다.

"그럼 부검을 시작한다. 시신은 30대 남성, 몸 표면에 관통

총상이 앞가슴부와 등에 하나씩. 앞서 제출된 보고서에서는 관통성 심장 외상으로 진단했다."

미쓰자키는 봉합부에 박힌 스테이플러를 하나씩 조심스럽게 떼었다.

피부 봉합용 스테이플러는 봉합 방법으로 간단하고 특별한 기술이 필요 없다. 그러나 일직선으로 박히지 않았을뿐더러 간격이 제각각이라 별로 보기 좋지 않다. 게다가 절개 자국이 일그러져 있어 스테이플러를 모두 떼어낸 모습이 더 깨끗해 보이는 게 아이러니했다.

미쓰자키의 두 손이 시신을 열어 장기를 하나씩 꺼낸다. 앞선 부검 때 제대로 돌려놓지 않았는지 장기는 별 어려움 없이 쉽게 분리됐다.

그러다가 심장을 꺼낼 때 미쓰자키의 손이 멈칫했다. 고테가와의 눈에도 표층에 있는 열상이 보였는데 앞선 부검 때 공기와 접촉해서인지 갈색으로 변해 있다.

법의학 교실에서 부검을 참관하다 보면 지극히 당연한 진리를 깨닫게 된다. 선한 인간이든 센가이 같은 흉악범이든 죽으면 모두 똑같은 취급을 받는다는 냉엄한 현실이다.

"사진."

디지털카메라를 든 캐시가 스테인리스판에 담긴 심장을 여러 방향에서 찍었다.

다음으로 미쓰자키는 앞가슴의 총상 부위를 절제해 플레

이트 위에 내려놓았다.

미사키를 보니 그 역시 과학자 같은 냉정한 눈빛으로 각 부위의 상태를 관찰하고 있다. 법의학 교실 팀과 자신은 그렇다 쳐도 시신에 익숙하지 않을 미사키가 어떻게 이렇게 태연할 수 있는지 고테가와는 의아했다.

두피를 벗겨내 귀 뒤에서 메스를 집어넣는다. 마나베 교수는 개복만 하고 머리는 열지 않은 듯했다. 아무리 사인이 확실해도 온몸을 구석구석 확인해야 하지 않을까.

"스트라이커."

전기톱이 이마에서 가지런한 선을 그린다. 잠시 후 두개골 절단을 마치자 뼛조각이 분리됐다.

겉에 드러낸 경막을 미쓰자키의 메스가 정밀 기계처럼 잘라 나간다. 경막의 아슬아슬한 밑부분까지 메스가 들어가기 때문에 피는 거의 나지 않는다.

뇌가 노출되자 캐시의 카메라가 전체를 촬영했다.

고테가와는 문득 몽상에 잠겼다. 지금 단계에서는 아무리 미쓰자키의 실력이 탁월하고 뇌과학이 발달했어도 센가이가 유치원을 습격한 시점에 마약이 뇌에 작용했는지 판단할 수는 없다. 당사자가 형법 39조에 해당하는 심신 상실 또는 심신 쇠약 상태였는지 뇌를 관찰해도 확인할 수 없다. 그저 감정의의 진단에 맡길 뿐이다.

모든 장기와 뇌를 적출해 다시 원위치로 돌린다. 배를 닫을 때는 스테이플러를 쓰지 않고 미쓰자키가 직접 정중히 꿰맸다. 생전에 인간으로서 용서받지 못할 짓을 저지른 센가이가 이 꿰복 작업으로 용서받은 듯한 느낌이 들었다.

"이번에 부검을 요청한 게 자네인가?"

미쓰자키가 갑자기 미사키를 돌아봤다.

"나중에 부검 보고서는 작성하겠지만 지금 바로 소견을 듣고 싶나?"

"네. 부탁드립니다."

"결론부터 말하지. 저번 부검 보고서를 쓴 녀석은 형편없는 돌팔이다."

미사키와 함께 소견을 들은 고테가와는 적잖은 충격을 받았다. 미쓰자키의 설명을 믿는다면 마나베 교수는 분명 돌팔이 의사였다.

현경 본부로 돌아가는 차 안에는 미사키와 둘뿐이라 거리낌 없이 대화를 나눴다.

"검시 보고서와 현장 상황에 현혹됐을 수도 있습니다. 사이타마 지검도 바로 코앞에서 사건이 일어난 탓에 부검을 급하게 진행했겠죠."

"넌 이런 상황을 예측했나?"

그러자 미사키는 당치도 않다는 듯이 고개를 흔들었다.

"그럴 리가요. 일단 부딪쳐 봤을 뿐이에요."

"만약 이번 부검이 헛수고로 끝난다면 시간과 비용, 그리고 어쩌면 네 평판까지 추락했을 텐데."

"무대라는 곳은 신기합니다."

미사키가 갑자기 다른 화제를 꺼내 고테가와는 당황했다.

"열심히 연습해야 하는 건 당연하지만 아무리 준비가 철저해도 정작 무대 위에서 어이없는 실수를 연발할 때가 있죠. 반대로 컨디션이 좋지 않아서 제대로 연습을 못 해도 무대 위에서는 예상 밖의 실력을 보여 줄 때도 있습니다."

"넌 무대 체질이 일상이 됐나 보군. 그건 그렇고 현경 본부에서 센가이의 시신을 보자마자 우라와 의대에 연락할 줄이야. 한 치의 망설임도 없었나?"

"최전선에서 뛰는 형사님이 믿는 분을 문외한인 제가 믿지 않을 도리가 있을까요?"

그 짧은 대화만으로 자신을 믿어 줬다면 기쁜 일이다.

"미쓰자키 교수님의 집도를 옆에서 보고 제 판단이 옳았다고 확신했습니다. 교수님께서 들으면 달가워하지 않으실지도 모르지만 그분은 일종의 예술가더군요. 부검 내내 제 시선은 교수님의 손가락에 꽂혀 있었습니다."

모든 부위를 냉정하게 관찰하는 줄 알았는데 그저 미쓰자키의 손길을 따라가고 있었던 건가. 또 과학자 같은 눈빛이 아니라 같은 예술가로서 노교수를 바라보고 있었다.

"예술가라. 분명 그럴지도. 하지만 너도 봤다시피 성격이

꼬장꼬장해서 주변에 적도 많아.”

“적이든 아군이든 신경 쓰지 않을 겁니다. 특히 교수님 같은 전문가분들은요.”

“그럼 대체 신경 쓰는 게 뭐지?”

“전문가에게 필요한 건 기술과 열정이죠. 기술이 뛰어나도 열정이 없으면 세계가 넓어지지 않습니다. 반대로 열정이 있어도 기술이 동반되지 않으면 헛바퀴를 돌기 마련이죠. 그건 어떤 분야든 마찬가지 아닌가요?”

듣고 보니 맞는 말이다. 괴팍한 미쓰자키는 시신에 이상하리만큼 집착을 보이고, 와타세 반장도 범인을 쫓는 열정은 도베르만 수준이다. 고테가와가 우러러보는 사람은 누구나 기술과 열정을 겸비했다.

옆에 앉아 있는 피아니스트도 마찬가지일 것이다. 예술의 세계에서 밥을 벌어먹고 사는 게 얼마나 힘든지는 과거 사건으로 알게 된 이들에게서 귀에 못이 박히도록 들었다.

“나도 이해해. 그런데 말이지. 기술과 열정을 갖추고도 성공하지 못하는 사람도 있어. 전에 어떤 사건을 통해서 우도라는 피아노 강사를 만났는데.”

“우도 사유리 씨 말인가요?”

깜짝 놀라서 하마터면 브레이크를 밟을 뻔했다.

“그 여자를 알아?”

“고등학교 1학년 때까지 어느 피아노 선생님께 사사했는데 그때 같은 교실에 그분이 있었습니다. 그전까지 자기 식으로만 피아노를 쳤는데 제대로 된 수업을 받으며 다시 배우고 싶다고 했죠."

미사키의 이야기를 듣고 고테가와는 심장이 뛰었다. 설마 미사키의 입에서 사유리의 과거를 듣게 될 줄은 상상도 못했다.

"하지만 전 자기 식대로 연주해도 괜찮지 않을까 생각했습니다. 우도 씨의 연주는 거칠었지만 그 안에서 엄청난 열정이 느껴졌거든요. 특히 그분이 연주한 〈비창〉과 〈열정〉은 소름이 끼칠 정도였습니다. 그런데 그분은 지금 어디서 뭘 하고 계실까요? 고테가와 형사님은 아시나요?"

현경 본부로 돌아간 고테가와는 미쓰자키의 부검 소견을 그대로 와타세에게 전달했다. 조금은 놀랄 것으로 예상했지만 와타세는 언짢은 듯이 나직이 신음할 뿐이었다.

"어떡할까요, 반장님? 세오 반에도 전할까요?"

세오 반은 검시와 감식 작업만 맡았고 사법 해부는 사이타마 지검이 마나베 교수에게 의뢰했다. 마나베 교수의 부검 보고서에 오류가 있다고 해도 당장 수사1과가 책임질 사안은 아니다.

드러난 사실을 숨기고 있을 수는 없다. 그러나 이는 미사키를 비롯한 변호인 쪽에 유리하고 검찰에는 뼈아픈 카드가 될 것이다. 미사키 교헤이 차석 검사와 친분 있는 와타세가 어떤 지시를 내릴지 고테가와는 불안했다.

"세오에게 이야기해 봐야 뭐가 달라지지는 않겠지."

와타세는 탄식 섞어 대답했다.

"그쪽은 사법 해부에 관여하지 않았으니까. 그 녀석은 '아, 그런가요.' 하고 끝날걸."

"그럼 일단 비밀로 할까요?"

"비밀이고 뭐고 그저 부검 보고서에 오류가 있었던 게 판명됐을 뿐이다. 그것만으로 범인이 바뀔 거라고는 미사키 주니어도 생각하지 않을걸."

"저, 그 주니어라는 명칭은 삼가 주세요."

고테가와 옆에 서 있던 미사키가 조용히 항의했다.

"요스케라고 불러 주시면 됩니다."

"자비로 우라와 의대 법의학 교실에 부검을 의뢰한 건 자네야. 그러니 이 정보는 재판이 열리기 전까지는 자네에게 사용권이 있겠지."

"감사합니다."

그야말로 와타세다운 결정이라고 생각했다.

"그래서, 앞으로도 조사를 이어 갈 건가?"

"와타세 형사님이 말씀하신 대로 이것만으로는 공판을 치를 수 없으니까요."

"우리한테 정보를 공유해 준 건 의리 때문인가?"

"고테가와 형사님께서 미쓰자키 교수님을 소개해 주셨죠."

"이상한 부분에서 의리를 지키는 건 아버지를 닮았군."

미사키가 또다시 항의하려 하자 와타세는 한 손을 들어 제지했다.

"센가이 사건을 쫓고 있다고 했지. 어차피 피의자가 사망하는 바람에 이쪽 수사는 중단된 상태야. 마음대로 움직여도 돼."

"감사합니다. 그럼 또 뵙겠습니다."

미사키는 가볍게 고개를 숙이고 형사부실을 나갔다. 처음부터 끝까지 정중한 미사키를 보며 고테가와가 감탄하고 있자 와타세가 미사키의 뒷모습을 향해 턱짓했다.

"따라가지 않아도 되겠나?"

"……괜찮을까요?"

"센가이 사건 수사가 중단된 상태로 있으면 우리도 불편하지. 그리고 미사키 주니어가 자칫 폭주해서 사건 관계자들과 트러블을 일으키지 않으리라는 보장도 없고. 감시 겸 가서 정보를 물어 와."

번거로운 지시지만 어쩔 수 없다. 교헤이 차석 검사를 두둔하려면 미쓰자키의 부검 소견을 없었던 것으로 해야 하고, 요스케에게 협력하면 미코시바를 돕는 격이 된다. 와타세 입장에서 딜레마를 회피할 명분은 이것밖에 없다.

그나저나 폭주를 걱정한다면 그보다 부하인 나를 더 걱정해야 하지 않을까.

모순투성이 명분이지만 명분이 없으면 움직이지 않는 게 관료들이다. 고테가와는 알겠다고 짧게 대답하고 미사키를 뒤쫓았다.

청사 정문을 나가자 그 앞에 미사키가 서 있었다.

"고생하셨습니다."

"꼭 날 기다렸던 것처럼 말하는군."

"네. 실제로도 기다렸으니까요."

고테가와가 경찰차가 주차된 곳으로 걸어가자 미사키도 마음먹은 듯이 뒤따라왔다.

"내가 동행할 것도 미리 예상했나?"

"수사의 걸림돌이 되지 않게 잘 지켜봐라. 와타세 형사님 이라면 분명 그렇게 지시하셨을 테고 그렇다면 미행보다는 동행이 낫겠죠."

"하나부터 열까지 내다보는 건가. 반장님이 알면 탄식하거 나 화를 내거나 둘 중 하나겠군."

"와타세 형사님이라면 제가 알아챌 것도 당연히 예상하셨 을 겁니다."

"여우와 너구리 같군."

고테가와가 자신은 도저히 이런 위인들이 못 될 거라 생각 하고 있을 때 미사키가 마크 X 앞을 지나쳐 갔다.

"어디 가지? 지금부터 관계자를 만나러 가는 것 아닌가?"

"첫 번째 방문지는 바로 저곳입니다."

미사키는 옆 부지에 있는 법무 종합 청사를 가리켰다.

사이타마 지검 접수창구에서 방문 목적을 알리자 잠시 후 우가 마사미 사무관이 모습을 드러냈다.

"센가이 사건의 수사를 재개하신다고요. 그런데 이분은 누구시죠? 미사키라는 이름은 어디서 들어본 적 있는 것 같은데."

지긋지긋해하는 미사키의 표정을 보고 고테가와가 대신 대답했다.

"도쿄 고검 미사키 교헤이 차석 검사님의 아들입니다."

그러자 우가는 갑자기 당황하기 시작했다.

"대단히 실례했습니다."

"아뇨. 이분은 그런 반응을 싫어합니다. 아무튼 이야기를 좀 듣고 싶습니다만."

"별실로 가시죠."

법무 종합 청사에는 이미 여러 번 와서 익숙하다. 우가가 안내한 곳도 전에 들어가 본 적이 있는 방이라 긴장하지 않았다.

우가가 발걸음을 떼자마자 미사키가 입을 열었다.

"죄송합니다. 어차피 다른 곳으로 가실 거면 아모 검사님의 집무실로 안내해 주실 수 있을까요?"

순간 우가는 당혹스러워 보였지만 곧 고개를 끄덕였다.

집무실에 들어서자 미사키는 내부를 둘러보고 말했다.

"아, 책상 배치가 그때 그대로네요. 반가운 풍경이에요."

"반갑다니……. 전에도 여기 와 보신 건가요?"

"사법 연수생 시절 첫 실무 연수 장소가 이곳이었습니다. 정확히 10년 뒤에 다시 찾으리라고는 꿈에도 몰랐네요."

"그러고 보니 아모 검사님도 전에 비슷한 말씀을 하셨던 것 같아요. 검사님과 동기신가요?"

"우가 사무관님."

미사키는 우가를 정면에서 바라봤다.

"전 아모 검사를 변호하는 쪽에 있는 사람입니다. 사무관님은 그분의 결백을 믿으시나요?"

"……믿고 싶습니다."

"솔직한 말씀 감사합니다. 아무쪼록 그가 혐의를 벗을 수 있게 협력 부탁드립니다."

그렇게 말하더니 아주 자연스럽게 우가의 두 손을 붙잡는다. 우가는 뺨이 살짝 붉어졌다. 본인에게 그런 의도가 없다고 해도 이 미사키라는 남자는 바람둥이의 기질을 타고났을지도 모른다.

"우선 사건 당시 집무실 내부 배치를 알려 주세요."

우가는 자기 책상 앞에 앉아 당시 아모 검사와 센가이가 있던 곳을 손으로 가리켰다.

"고테가와 형사님. 센가이 씨가 앉았다는 곳에 앉아 주시겠어요?"

미사키가 아모 검사 자리, 고테가와가 집무 책상을 사이에 두고 그의 정면에 앉는다. 두 의자 높이가 거의 비슷해서 미사키와 머리 위치가 수평이 됐다.

"사무관님은 아모 검사 옆에서 조사 내용을 기록하고 계셨죠? 그때 책상 위에는 컴퓨터와 IC 녹음기뿐이었나요?"

"각자 자리에 찻잔도 있었습니다."

"그리고 아모 검사 앞에는 수사 자료 파일. 그 밖에는."

"없었습니다. 아시겠지만 피의자가 난동을 부려도 피해가 최소화되도록 소환 조사 때 집무실에 무기가 될 만한 것들은 모두 치웁니다."

"그런데도 토카레프는 반입됐다. 상자째로 증거품 보관고에 있던 것을 누군가가 몰래 빼돌렸겠군요. 그럴 수 있는 분이 있었나요?"

"가와구치 편의점 강도 사건의 증거물이 송치되는 날을 알고 있던 직원 전부겠죠. 직원이라면 IC 칩이 달린 직원증으로 보관고에 들어갈 수 있으니까요."

"하지만 이 집무실에 그걸 가져올 수 있는 사람은 아모 검사와 사무관님 둘뿐이었겠죠."

"한 가지 다른 가능성도 생각해 볼 수 있습니다."

"그게 뭐죠?"

"그날 센가이의 조사를 앞두고 검사님은 점심에 잠시 자리를 비우셨습니다. 평소에는 거의 도시락으로 식사를 해결하지만 그날은 특별히 든든한 걸 먹어야겠다고 하며 밖에 나가셨죠. 그동안 집무실은 비어 있었을 겁니다."

"평소에 문을 잠그지 않나요?"

"실무 연수를 하셨으니 아시겠지만, 피의자 소환 조사 중에는 문 위에 달린 램프에 불이 켜집니다. 그리고 규정상 불이 켜져 있을 때는 다른 직원도 들어가지 못하게 돼 있어서 잠금장치가 특별히 의무화된 건 아닙니다."

"사무관님이 몸이 안 좋다고 하시고 집무실을 나간 직후에 총소리가 들렸다. 그 즉시 사무관님과 경찰 두 분이 집무실에 뛰어들었다고 하는데 그때 집무실 안에 뭔가 달라진 점은 없었나요?"

"일단 제 책상은 그대로였습니다."

"컴퓨터와 IC 녹음기도?"

"기록이 지워지지 않게 문서 파일은 덮어쓰기 저장을 했고, 녹음기도 직전까지의 내용이 기록된 것을 확인하고 정지했습니다. 물론 경찰분들이 지켜보는 앞에서요."

미사키는 우가에게서 시선을 떼고 눈앞에 있는 책상을 바라봤다.

그리고 고테가와를 보며 천천히 몸을 일으켰다.

"잘 알겠습니다."

3

다음 날인 30일, 미사키와 고테가와는 현청 제2청사 앞에서 만나 이번에는 주차장에 세워진 마크 X에 올라탔다.

"자, 제일 먼저 어디를 가면 되지?"

"센가이 사건의 피해자 유족을 만나보고 싶습니다. 다들 사이타마 시내에 사시죠?"

"아이들은 그렇지만 교사 중 한 명은 본가가 히가시도코로자와였어."

"그럼 히가시도코로자와를 마지막에 가죠."

"괜찮다면 네가 운전해 볼래? 일본 도로를 운전하는 건 오랜만 아닌가?"

"죄송하지만 아직 장롱 면허라서요. 예전에 인도로 달린 적이 있습니다."

"내가 할게."

가속 페달을 밟자 마크 X는 타이어 마찰음을 울리며 현청 부지를 달리기 시작했다.

"부드럽게 부탁드립니다."

"장롱 면허한테 그런 말 듣고 싶지 않은데."

"혹시 제가 뭔가 형사님이 화나실 만한 말을 했나요?"

"설마 내가 미코시바 편에 설 날이 오리라고는 생각도 못했어. 어제의 적은 오늘의 친구 같은 소리는 하지 마. 그런 녀석과는 하루도 친구가 되기 싫으니까."

"이럴 때 쓰는 아주 좋은 말이 있죠."

"뭐지?"

"오월동주*예요."

피해 아동 중 한 명인 다카하타 신이치의 집은 다카사고의 한적한 주택가에 있었다. 자료를 보니 다른 아이들의 집도 같은 지역에 있다.

다카하타의 집 안에서는 향내가 감돌았다. 남편 다카하타 마사히토는 후생성에서 근무하는 공무원, 아내 사나에는 전업주부. 신이치는 외아들이었다고 했다.

"아모 검사님을 변호해 주신다고요?"

사나에는 두 사람이 누군지 알게 되자 깊숙이 고개를 숙였다.

"제발 검사님을 구해 주세요. 저희 유족들의 마음을 대변해 주신 분이에요."

질문은 미사키가 맡기로 사전에 입을 맞췄다.

"남편분께서는 직장에?"

"네. 경조 휴가가 끝나서 오늘부터 출근이에요."

"관공서에서 근무하기 힘드시겠네요."

---

* 吳越同舟. 오나라와 월나라가 한배를 탔다는 뜻으로 미워하는 사이라도 어려운 상황에는 서로 돕고 마음을 함께 한다는 말.

"아뇨, 전 부러운걸요."

사나에는 얄미운 것처럼 말했다.

"남편도 아들을 끔찍이 사랑한 만큼 신이치의 시신을 처음 봤을 때 무너지고 말았죠……. 결혼한 지 10년 동안 그렇게 괴로워하는 모습은 처음 봤어요. 상을 마치자마자 곧바로 출근한 것도 직장에서는 아들 생각을 하지 않을 수 있어서라고 하더군요. 도피처가 있으니 부러운 거예요."

전업주부라면 하루 종일 죽은 아들의 추억과 마주해야 한다. 마음이 편치 않을 수밖에 없다.

사나에의 권유에 두 사람은 불단 앞으로 갔다. 불단에는 신이치의 영정이 있었고 초콜릿 과자들이 주변을 장식하고 있다. 달콤한 냄새와 향내가 뒤섞여서 고테가와는 가슴이 미어지는 듯했다.

"아들이 제일 좋아하는 과자였어요."

고테가와는 미사키와 나란히 서서 두 손을 모았다.

영정 사진을 보고 있으니 속이 더 상했다. 그동안 수많은 잔인한 사건들을 봐 왔지만 어린아이가 희생되는 사건에는 여전히 익숙지 않다. 비단 생명뿐만 아니라 찬란한 미래와 내일을 밝힐 희망도 송두리째 빼앗긴 느낌이 들기 때문이다.

"혹시 범인인 센가이 후히토를 전에도 알고 계셨나요?"

"아뇨. 그 사람은 남구에 살고 있었다죠. 그 근처 편의점에서 일했고요. 우리 가족과는 아무런 접점이 없답니다. 남편에게도 확인해 봤는데 센가이라는 이름은 듣도 보도 못했다고 했어요."

센가이라는 성은 분명 보기 드문 성이다. 게다가 후히토라는 이름은 더 희귀해서 한 번 접하면 좀처럼 잊기 어려울 것이다.

"저는 지금도 그 사람이 원망스러워서 밤에 잠을 못 이룬답니다. 처음으로 사람을 죽이고 싶다고 생각했어요."

사나에는 몸 깊숙한 곳에서 목소리를 쥐어짜는 듯했다.

"전 임신이 잘 되지 않는 체질이라 4년이나 고생을 했어요. 불임 치료를 하며 여러 검사를 받고 약을 먹고 타이밍 법 같은 것도 시도했죠. 그렇게 4년이라는 시간을 들여 간신히 얻은 아이예요. 그런 아이를 그놈은 별 이유도 없이……."

사나에의 원망은 그 뒤로 20분 동안 이어졌고 미사키는 말없이 귀를 기울였다.

두 번째 피해 아동인 노미 히나타의 집은 바로 근처에 있었다. 다카하타의 집과 마찬가지로 주택 현관문에 '상중'이라는 종이가 붙어 있다.

"이번에는 내가 물을게."

다카하타의 집에서는 미사키 혼자 어머니를 상대했다. 옆에서 지켜보고만 있어도 가시방석에 앉은 느낌이었다. 미사키는 잘 참는 듯했지만 이런 힘든 일을 미사키에게만 맡길 수는 없다.

아버지 노미 고타로는 생선 도매 업체를 운영하고 있었다. 직원 수가 85명 규모라고 하니 중소기업 중에서도 큰 축에 속할 것이다.

"고생 많으십니다."

두 사람이 방문 목적을 알리고 거실에 들어가자 노미는 깊숙이 고개를 숙였다.

"상태가 이 모양이라 면목이 없군요."

머리는 자다 막 일어난 사람처럼 부스스하고 덥수룩하게 자란 턱수염이 눈에 띈다. 갑작스러운 손님을 피하고 싶었겠지만 경찰을 상대로 마냥 없는 척할 수도 없었을 것이다.

"아이 장례식이 끝났는데 아직 몸과 마음이 예전 같지 않습니다. 다행히 회사는 전무들이 제 몫까지 열심히 뛰어 주고 있어서 의지하고 있습니다."

"두 분 사이에 다른 자녀가 있다고 들었습니다만."

"네. 히나타에게는 두 살 위 언니가 있는데 사건 이후 큰 충격을 받아서…… 요즘은 엄마랑 같이 정신과에 다니고 있습니다."

아버지 혼자 집을 지키고 있는 게 그래서였나.

"이럴 때일수록 남은 가족이 서로를 보듬으며 힘내야 한다는 건 압니다. 하지만 가족들이 모두 충격에서 아직 벗어나지 못해서 힘을 낼 상황이 아니네요. 상처가 아물려면 더 시간이 필요할 것 같습니다."

고테가와는 초췌한 그의 모습을 보며 동정을 금할 수 없었다.

그래서 무심코 말이 터져 나왔다.

"체포 당시에 제가 센가이의 손을 있는 힘껏 걷어찼습니다. 별건 아니지만 그 부분이 며칠 동안 부어 있더군요."

"형사님이 체포해 주셨나요? 감사합니다. 정말 감사합니다."

노미는 깊숙이 고개를 숙였다.

잠깐. 그런 말을 들으려고 한 건 아니야. 난 그저 조금이나마 위로가 됐으면 해서.

고테가와는 서둘러 질문을 바꿨다.

"혹시 센가이 후히토를 전에 어디서 만나거나 이름을 들어 보신 적이 있습니까?"

그러자 노미는 힘없이 고개를 흔들었다.

"사건이 일어난 후에 혹시나 해서 퇴직자 명단과 채용 면접자 명단을 과거 10년 치까지 전부 뒤져 봤습니다. 저희 회사에 원한을 품고 범행을 저질렀을 수도 있으니까요. 하지만 결과는……."

"그런 사람은 없었나 보군요."

"명단에 적혀 있는 4백 명이 넘는 사람 중에 센가이라는 성을 가진 사람은 한 명도 없더군요. 없다고 판명된 시점에 온

몸에서 힘이 쭉 빠졌습니다. 부끄러운 이야기지만 그 자리에서 무릎이 풀려 주저앉고 말았죠."

노미는 자조하듯 웃었다.

"센가이의 범행 동기가 저나 제 회사에 대한 보복이었다면 그나마 납득할 수는 있었을 겁니다. 하지만 그런 것도 없이 단순히 마약을 한 상태에서 저지른 묻지 마 살인이라니. 어떻게 그럴 수가 있습니까."

노미가 어떤 심정일지 대략 이해가 됐다. 그는 사랑하는 딸이 죽어야 했던 이유를 찾고 싶은 것이다. 심지어 그 이유가 자신에게 귀결한다고 해도.

"실은 피해자 유족 모임을 결성하자는 움직임도 있었습니다. 가세사키 미유의 아버지 되는 분이 대표를 맡아 검찰과 법원에 센가이의 엄벌을 촉구하고자 했죠. 그러나 그 제안이 구체화되기 직전에 아모 검사님이 저희의 의사를 대행해 주셨습니다."

"센가이를 법정에 세우면 범행 동기가 밝혀졌을 수도 있을 텐데요."

"뭐가 그를 그렇게 만들었는지도 중요합니다만 그 이상으로 놈을 죽이고 싶었습니다. 가능하면 제 손으로요. 그러지 못하니 검찰과 법원에 역할을 넘긴 거죠. 하지만 그놈이 유치원을 습격했을 때 심신 상실 상태였다면 놈을 벌하지 못할 거라고 누군가가 알려 주더군요. 그게 말이나 됩니까? 사람을 다섯 명이나 죽인 인간쓰레기가 무죄라뇨. 정말로 그런 판결이 나온다면 누가 그런 엉망진창인 법을 믿고 따르겠습니까? 그렇게 안절부절못하는 상황에서 아모 검사님이 놈을 총으로 쏴서 죽여 주셨습니다. 저희 유족에게 그분은 정의의 수호자입니다."

노미는 마치 큰절을 하듯 상반신을 앞으로 기울였다.

"두 분은 아모 검사님의 변호를 맡아 유족들의 집을 방문 중이라 들었습니다. 부디 부탁드립니다. 검사님이 무죄 또는 감형을 받을 수 있게 재판에서 이겨 주십시오. 그걸 위해서라면 저희 유족들도 협력을 아끼지 않겠습니다."

뒤통수가 보일 만큼 고개를 숙이는 노미를 보며 고테가와는 질문 역할을 교대한 것을 뒤늦게 후회했다.

집을 나선 고테가와는 지친 듯이 한숨을 내쉬었다.

"사법 연수원 시절에 실무 연수를 받았다고 했지? 그때 이렇게 피해자 유족과 면회할 기회도 있었나?"

"아뇨, 없었습니다. 만약 커리큘럼에 그런 게 있었다면 연수생 중 몇 퍼센트는 좌절하고 중도 포기했겠죠."

"유족들의 원통함을 받아들이되 결코 감정에 휩쓸리지 마라. 머리를 식혀라. 불태우는 건 열정으로 충분하다. 우리 반장님이 입버릇처럼 하는 말이야."

"와타세 형사님이 하실 만한 말씀이네요."

"반장님은 항상 어려운 것만 시키지."

"시련은 원래 그걸 극복할 수 있는 사람에게만 주어집니다."

고테가와는 미사키의 옆얼굴을 빤히 쳐다봤다. 자신보다 두세 살은 어려 보이는데 속은 훨씬 성숙하다. 이렇게 대화하다 보면 가끔 미사키 쪽이 인생 선배처럼 느껴질 때가 있었다.

세 번째 집도 역시 걸어서 갈 수 있는 거리에 있었다. 이 일대는 주택가 중에서도 부촌인지 모든 집의 부지 면적이 크고 건물도 세련됐다.

그중에서도 가세사키의 집은 유독 번듯해서 주변 집들을 압도했다. 집에 사는 가족들은 편하겠지만 근처 이웃들은 어떤 심정일지 알 수 없다.

그러나 어떤 집에 살든 자식을 빼앗긴 부모의 마음은 같기 마련이다. 센가이의 손에 살해된 미유의 아버지도 역시 초연해 보이지는 않았다.

"고생하십니다."

가세사키 가네히로는 대형 은행 본점에 근무하고 있었다. 업무 시스템 개발을 맡고 있어 주로 집에서 재택근무를 한다고 했다.

"아내는 지금 친정에 가서…… 변변한 대접을 못 해 드려서 죄송합니다."

"아뇨. 저희야말로 바쁘신 와중에 죄송합니다."

난잡한 거실 모습과 소파 위에 쌓인 먼지에서 아내의 부재가 확연히 느껴졌다. 손님이 느낄 정도이니 사는 사람이 모를 리 없다. 가세사키는 면목 없는 것처럼 두 사람에게 소파를 권했다.

"미유가 떠나 버린 뒤로 아내는 항상 신경이 곤두서 있습니다. 그래서 당분간 친정에 가 있는 게 낫겠다고 판단했죠. 미유는 저희에게 첫 아이였습니다. 이 집에 있으면 미유와의 추억에 짓눌려 저도 가끔 숨이 가쁠 지경입니다."

"노미 씨에게 들었습니다만, 피해자 모임을 결성하실 계획이었다고."

"네. 어떻게든 아이들과 선생님의 한을 풀어 주고 싶었죠. 그 뒤로 얼마 되지 않아 센가이가 죽어서 계획은 흐지부지됐습니다만."

가세사키는 잠시 말을 끊고 복받쳐 오르는 감정을 필사적으로 억누르는 듯했다.

"일단은 그렇게 중단된 상태지만 조만간 다시 유족들에게 제안할 생각입니다."

"왜죠?"

"센가이에게는 천벌이 내려졌습니다. 이제 다음으로 아모 검사님을 구해야죠. 현재 사카마 선생님의 어머님의 주도로 서명 운동을 하고 계십니다만, 아직 조직의 형태를 이룬 건 아닙니다. 앞으로 다카사고 유치원의 관리 체제에 대해 민사 소송을 제기할 가능성도 있으니 변호인단도 구성해야 합니다. 제대로 된 피해자 유족 모임을 꾸리고 아모 검사님의 탄원 운동에 언론을 끌어들이지 않으면 용두사미가 되고 말 겁니다."

담담하게 말하지만 내용은 확고했다. 감정에 치우치지 않고 유치원 측의 관리 책임을 묻는 것까지 염두에 두고 있다는 건 다카하타나 노미에게서는 듣지 못한 이야기였다.

"그럴 경우에도 가세사키 씨께서 대표를 맡으시나요?"

그러자 가세사키가 갑자기 말을 머뭇거렸다.

"아뇨…… 발기인 중 한 사람으로 이름을 올리긴 하겠지만 대표는 다른 분께 부탁드리려 합니다."

"은행에서 근무하는 분이 집단 소송의 얼굴이 되는 건 역시 조금 꺼려져서일까요?"

"아뇨. 그런 건 아닙니다."

약간 도발적으로 느낄 수 있는 질문에도 가세사키는 조심스럽게 부인했다.

"제 이름을 앞세우면 다른 유족분들께 괜한 폐를 끼칠 수도 있어서요. 이런 유족 모임 같은 건 외부 압력에 매우 약하기 마련입니다. 속된 말로 돈이나 명예 같은 게 얽히는 순간 내부에서 갈등이 생기고 분열되기도 쉽죠. 세상을 뜬 다섯 명과 유족들의 한을 풀고 관계자들의 명예를 지키기 위해서라도 이 모임만큼은 절대 그렇게 돼서는 안 됩니다."

"가세사키 씨의 이름을 앞세우는 게 왜 폐가 되는 걸까요?"

"엄밀히 말하면 저 자신이 아니라 가세사키라는 성에 괜한 오해를 가질 분들이 있기 때문입니다. 이 성은 흔치 않아서 기억력이 좋은 분들은 금세 알아챌 테니까요."

"죄송합니다. 전 기억력이 좋지 않은 편이라 조금 더 자세히 설명해 주실 수 있을까요?"

가세사키는 묵은 상처를 건드리기라도 한 것처럼 얼굴을 찌푸렸다.

"도쿄 오타구에서 일어난 크레인 충돌 사고 말입니다."

사건의 이름을 듣자마자 기억이 되살아나는 건 형사의 직업병일까.

"아, 예. 기억나네요. 그때 차를 운전한 분의 성함이 분명⋯⋯."

"저희 아버지십니다. 지금은 조용히 살고 계시지만 사건 당시에는 정말 고생했죠. 어디서 듣고 왔는지 제 일터에까지 악질적인 전화가 시도 때도 없이 걸려 왔으니까요. 본가가 어땠는지는 굳이 말씀드리지 않아도 되겠죠. 당시 저는 해외 주재 중이어서 그나마 피해가 적은 편이었습니다."

"그 사고를 연상시키는 이름이라면 분명 지장이 생길 수도 있겠군요."

"네. 그래서 전 뒤에서 조용히 돕는 게 낫다고 판단했습니다. 제가 미유에게 해줄 수 있는 건 이제 그뿐입니다."

가세사키의 집에서 나가자 미사키가 물었다.

"오타구 크레인 충돌 사고가 어떤 사고였나요?"

"뭐야. 네 기억력도 나와 별 차이 없나 보군. 조금 된 사건
이지. 오타구에 있는 공사 현장에서 크레인이 철골을 나르고
있을 때 승용차가 뒤에서 돌진해서 크레인을 들이받았다고
해. 그 후 크레인이 균형을 잃으면서 직진했고 그때 하필이
면 맞은편 차선에서 오던 관광버스 정면에 철골이 부딪친 거
야. 승객 중 몇 명이 사망했는데 당시 크레인을 들이받은 승
용차를 운전한 사람이 가세사키라는 성을 가진 경제 산업성
공무원이었어."

"언제 일어난 사고죠?"

"동일본 대지진이 일어나기 한 해 전이니 2010년 10월 무
렵일걸."

그러자 미사키는 "아아" 하고 납득한 것처럼 고개를 끄덕
였다.

"그래서군요. 그때는 한창 쇼핑 콩쿠르가 열릴 때였죠."

그렇다면 결선까지 진출해 그 뒤로는 유럽을 전전하던 미
사키가 알 리 없다. 머리는 똑똑할지 몰라도 미사키에게는 6
년의 공백이 있는 것이다.

잠시 침묵하던 미사키가 불현듯 고테가와에게 고개를 돌
렸다.

"고테가와 형사님. 현경 본부로 돌아가 주시겠어요?"

"응? 갑자기 왜?"

"철근 낙하 사고에 대한 자세한 기록이 경찰 데이터베이스에 남아 있겠죠?"

"당시에는 운전자의 형사 책임을 둘러싸고 상당히 시끄러웠고 무엇보다 많은 사망자가 나왔어. 데이터베이스에 남아 있을 거야."

"사고 경위와 희생자 명단, 그리고 수사를 담당한 분의 성함을 알고 싶습니다."

"교사 두 명의 집에 아직 못 갔는데."

"이 일의 우선순위가 더 높아요."

현경 본부에 돌아가자 고테가와는 곧장 컴퓨터를 켜서 사건 기록 데이터베이스에 접속했다.

'2010년 10월 4일, 도쿄도 오타구 오모리니시에 있는 공사 현장에서 H형강을 운반 중이던 크레인에 뒤따르던 승용차가 충돌, 균형을 잃은 크레인은 맞은편 차선을 달리던 관광버스(정원 60명) 옆을 지나치던 순간 H형강을 놓치고 말았다.

당시 관광버스 승무원 2명과 승객 56명 중 사망자 15명, 부상자 29명. 또 크레인을 운전하던 작업원 노무라 히사요시(33세)도 사고에 휘말려 사망.

관광버스는 여행사 '신제도 투어리스트'의 전세 버스로

당시 승객은 하코네 온천 2박 3일 특가 투어의 참가자들이었다.

승용차를 운전한 사람은 전 경제 산업성 산업 기술 환경국에서 근무하던 가세사키 헤이조(73세). 경시청 수사1과는 가세사키를 과실 운전 치사 혐의로 도쿄 지검에 송치, 불기소 처분.'

사건을 담당한 수사관들의 이름이 적혀 있고 그중에는 고테가와가 아는 사람도 있어서 놀랐다.

"이 내용만 보면 사건이 뭔가 어중간하게 끝난 느낌이네요."

미사키의 목소리는 약간 흥분한 것처럼 들렸다.

"이 형사님을 직접 만나 이야기를 들어 보고 싶습니다."

직접 만나 이야기를 듣자는 제안에 고테가와도 동의했다.

담당 수사관 중에 '이누카이 하야토'라는 이름이 있었기 때문이다.

다음 날인 10월 1일, 미사키와 고테가와는 경시청 수사1과를 찾아갔다.

"오, 얼굴이 좋아 보이는군."

이누카이는 허물없이 두 사람을 맞았다. 여전히 남자답고 시원시원하지만 지금껏 이혼을 두 번 겪고 혼자 산다고 들었다.

이누카이와는 예전에 경시청과 사이타마 현경 합동 수사 때 한 팀으로 움직였던 적이 있다. 세상에는 '헤이세이 살인마 잭 사건'으로 알려진 사건인데, 그 사건을 해결하는 데 이누카이 덕이 컸다고 고테가와는 평가하고 있다.

"그래서, 그 옆에 있는 미남은 누구지?"

고테가와가 미사키를 소개할 겸 찾아온 목적을 알리자 이누카이는 곧장 곤란해하는 표정을 지었다.

"아모 검사 사건은 물론 알고 있지만 변호인으로 미코시바가 선임된 것으로 모자라 미사키 교헤이 차석 검사의 아들이 그쪽에 붙을 줄이야. 뭔가 너무 뒤죽박죽돼서 어디서부터 지적해야 할지 모르겠군."

이누카이는 곤혹스러운 듯이 두 사람을 바라봤다.

"그리고 자네는 자네대로 미코시바의 조사를 돕는다니. 그 변호사를 도와줘 봐야 득 될 건 없을 텐데."

"오월동주입니다."

고테가와가 그렇게 대답하자 옆에 앉은 미사키가 한순간 미소 지었다.

"피의자가 사망하기는 했어도 센가이 사건은 아직 끝나지 않았다는 게 저희 반장님 견해입니다."

"미사키 요스케 군이라고 했나? 자네도 자네로군. 아버지를 상대로 하필 그 미코시바를 들이밀다니. 아버지랑 원수라도 졌나?"

"아모 검사를 구하려면 최적의 선택이라고 생각했습니다. 다른 뜻은 없습니다."

"미코시바를 선임한 시점에 누구도 그렇게 생각 안 할걸. 나도 예전에 그를 한 번 상대한 적이 있는데 정말 어디로 튈 지 모르는 사람이었지."

"그런 분을 아군으로 끌어들이면 의지가 되겠죠."

"뭐 일리는 있군. 핵무기는 상대 손에 넘기는 것보다 내가 가지고 있는 편이 안심할 수 있을 테니. 자, 우리 셋 다 한가 한 몸은 아니니 슬슬 본론으로 들어가 볼까. 오타구에서 일 어난 크레인 충돌 사건이라고 했나?"

"경찰의 공식 발표가 아닌 다른 정보들을 알고 싶습니다."

"내가 수사1과에 들어온 지 얼마 안 돼 발생한 사건이라 기 억해. 지금은 사고라고 부르지만 사고가 일어났을 때만 해도 사건이라 불렸지. 승용차를 운전한 가세사키 헤이조라는 사 람이 일련의 비극을 일으킨 장본인으로 지목됐고."

"기록에는 과실 운전 치사 혐의로 검찰에 송치됐다고 적혀 있더군요."

"사건 당시 73세. 특별한 지병은 없었지만 노화에 의한 판 단력과 반사 신경 저하로 핸들을 잘못 조작했을 거라는 게 현장을 분석한 사람들의 결론이었어. 핸들을 잘못 움직이자 더 큰 혼란에 빠졌고 그때 차를 멈췄어야 했는데 그대로 돌 진해 철골을 운반 중이던 크레인에 충돌했지. 문제는 그다음

인데."

이누카이의 표정이 심각해졌다.

"당시 크레인을 운전하던 작업원 노무라 씨는 면허를 취득한 지 얼마 안 된 상태였어. 가세사키 씨의 차가 부딪치자 그도 역시 패닉에 빠져 차도에 진입해 30미터 정도를 달렸지. 그때 마침 맞은편 차선에서 관광버스가 달려왔고 노무라 씨가 운전하던 크레인은 그대로 중앙선을 넘어 운반 중이던 철골을 버스 정면에 충돌시킨 후 옆으로 쓰러지고 말았어. 사고로 버스 기사와 노무라 씨는 그 자리에서 즉사, 버스 승객 중 44명이 죽고 다친 대형 참사였지. 그런데 사고를 낸 관계자 중 크레인과 버스 기사가 모두 사망하는 바람에 당시 승용차를 운전한 가세사키 씨만 남게 됐는데, 그럼 이 대형 참사의 책임을 가세사키 씨 한 사람에게 물어야 하느냐를 두고 수사본부에서 갑론을박이 일어났어. 가세사키 씨의 과실은 크레인 충돌까지고 그 이후 일어난 일은 크레인을 운전한 노무라 씨의 책임이 되기 때문이야."

이누카이는 탁자 위에서 손가락을 움직이며 당시 차량의 위치를 설명했다. 미사키는 그의 손가락에서 한 치도 눈을 떼지 않았다.

"개별적으로 보면 단순한 접촉 사고지만 그렇게 넘어갈 수는 없었어. 단순한 접촉 사고로 끝내기에는 희생자가 너무 많았거든. 거기에 가세사키 씨에 대한 수사 당국의 초기 대응에 비난까지 쏟아졌지. 그가 고령이고 도망칠 염려도 없다고 보고 현행범으로 체포하지 않았는데 그게 여론과 언론의 불평을 산 거야. 게다가 가세사키 씨의 당시 사회적 지위도 좋지 않은 영향을 끼쳤어. 전직 경제 산업성 산업 기술 환경국 차장이라 관방 장관과 절친한 사이였거든. 호사가들은 사법 당국이 정부 여당의 눈치를 보느라 가세사키를 체포하지 않았다고 비난하기 시작했지."

"정말 눈치를 본 건가요?"

"적어도 수사 단계에 그런 건 없었어. 다만 조금 전 말했다시피 단순한 접촉 사고로 마무리 지을 수 있는 상황이 아니라 수사본부에서는 가세사키 씨의 운전 미숙이 크레인과 관광버스 충돌을 초래했다고 결론 내리고 그를 과실 운전 치사 혐의로 검찰에 송치했어."

"상당히 무리한 결론을 내린 것처럼 보이네요."

미사키가 지적하자 이누카이는 한 손을 들어 보였다.

"무리하다는 건 누구나 알고 있었어. 그런데 그렇게 하지 않으면 세상과 언론이 가만있었을까? 사건을 넘겨받은 도쿄 지검 담당자는 얼마나 곤혹스러웠을지 예상이 돼. 기소해 봐야 법원이 과실 운전 치사죄를 인정할 리 없는 안건이었으니. 그렇다고 무죄 판결이 나오면 도쿄 지검은 개망신을 당하고 여론의 비난도 쏟아질 상황. 그러니까 한마디로 비난의 화살이 수사본부에서 지검으로 옮겨 갔을 뿐이라는 소리야.

결국 지검이 입을 타격을 최소한으로 줄이려면 불기소 처분으로 하는 수밖에 없었어. 그리고 그 불기소 처분을 결정한 수사 검사가 바로 당시 도쿄 지검에 들어온 지 4년 차였던 아모 다카하루 검사였고."

V　합창
오, 나의 벗이여,
이런 소리가 아니라네

I

10월 14일 오전 10시, 사이타마 지방 법원.

미코시바는 법원 대기실에서 두 명의 남자와 마주 보고 있었다. 한 명은 후루야 넨지 판사, 다른 한 명은 도쿄 고검의 미사키 교헤이 차석 검사다.

아모 검사 사건의 첫 번째 공판 전 정리 절차는 시작부터 험악한 분위기를 발산했다. 누가 입을 열기도 전에 교헤이가 미코시바를 노려보고 있었기 때문이다.

교헤이 검사와 이번이 세 번째 법정 공방이지만 지난 두 번은 첫 상견례부터 이렇게 적개심을 고스란히 드러내지는 않았다. 법정에서 슬쩍 감정을 내비치는 순간도 있었지만 기본적으로 자신을 통제할 줄 아는 검사라고 생각했다.

그러나 이번에는 아무래도 사정이 달라 보인다. 후루야 판사의 설명을 듣는 동안에도 교혜이는 시종일관 미코시바에게 점액질처럼 끈적한 눈빛을 보냈다.

"그럼 변호인. 검찰의 청구 증거 서면은 확인했습니까?"

"네. 증명 예정 사실 기재 서면, 체포 수속서, 검시 보고서, 부검 보고서, 감식 결과 보고서, 피의자 진술 조서, 수사 과정에서 수집 및 작성한 자료 일곱 점을 확인했습니다."

"그것으로 충분하나요?"

"충분합니다."

"변호인은 증거 청구를 할 계획이 있습니까?"

"네. 부검 보고서를 청구하겠습니다."

그러자 후루야는 이맛살을 찌푸렸다.

"두 가지 부검 보고서가 있는 건가요?"

"검찰에서 청구한 건 사이타마 의치과 대학 법의학 교실의 마나베 교수가 작성한 부검 보고서입니다. 저희 쪽에서 청구하는 건 우라와 의대 법의학 교실의 미쓰자키 도지로 교수가 작성한 부검 보고서입니다."

"차이가 있습니까?"

"그건 법정에서 밝히고자 합니다."

"그 밖에는?"

"현재는 없습니다."

"미코시바 선생님."

후루야는 노골적으로 비난 섞인 눈빛을 보냈다.

"이건 미사키 교혜이 검사님께도 하고 싶은 말입니다만, 이번 건은 현직 검사의 살인이라는 지극히 이례적인 사안입니다. 여론의 관심이 높지만 사법 체계에 대한 불안감이 고조된 측면도 있죠. 시민 감정에 영합해서는 안 되지만 그렇다고 공판이 장기화되는 건 바람직하지 않다고 생각합니다. 가능하면 정리 수속 절차도 이번 한 번으로 끝내고 싶습니다."

후루야의 말을 들으며 미코시바는 그의 등 뒤에서 법무성의 그림자를 느꼈다. 현직 검사의 범죄는 그 자체가 사법 체계의 기반을 흔들 수밖에 없는 불안 요소다. 감독관청인 법무성으로서는 하루빨리 이번 사안을 마무리 짓고 싶을 것이다.

"과거 미코시바 선생님이 하신 것처럼 청구 추가는 삼가셨으면 합니다."

"취지는 이해합니다만 변호인은 피고인의 이익을 지키기 위해 최선을 다할 따름입니다. 재판소법에 규정된 범위 안의 증거 청구는 인정해 주셨으면 합니다."

처음부터 자신의 요구가 재판소법 취지에 반한다는 걸 알고 있었을 것이다. 후루야는 얼굴을 찌푸리고 미코시바에게 눈을 흘겼다.

"그럼 첫 번째 공판은 10월 21일로 하겠습니다. 두 분 다 잘 부탁드립니다."

수속 절차는 정오가 돼서야 끝났다. 오후에는 가야 할 곳이 있다. 미코시바는 시간을 낭비하고 싶지 않아서 현청 지하에 있는 직원 식당으로 향했다. 쇼와* 시절의 분위기가 물씬 느껴지는 곳이지만 맛은 괜찮은 편이라 급할 때 자주 이용하고 있다.

파스타 런치를 주문하고 기다리고 있을 때 누군가 미코시바 앞을 가로막고 섰다.

예상대로 미사키 교헤이였다.

"잠깐 괜찮겠나?"

"거절하면 물러날 건가?"

교헤이는 허락도 받지 않고 맞은편 자리에 앉았다.

"지난번에도 이렇게 만났지. 하고 싶은 말이 있으면 판사 앞에서 하면 될 것을."

"갑 12호증과 13호증, 그리고 20호증은 잘 받았나?"

"그래. 확실히 받았지."

이번 사안은 이례적인 만큼 검찰의 대응 또한 이례적이었다. 공판 전 정리 절차 전에 미코시바는 상대가 꺼릴 걸 알면서도 법원에 증거물 대출을 의뢰했다. 검찰 제출 전 변호인이 먼저 증거물을 감정하는 경우는 거의 없다. 보통 때 같으면 난색을 표하겠지만 이번에는 순순히 요청에 응해 주었다.

---

* 1926년부터 1989년까지의 일본 연호.

"이쪽 요청에 응해 줬으니 의심하고 싶지 않지만 이상하게 일 처리가 빠른 느낌이군. 혹시 뭐 다른 꿍꿍이라도 있나?"

"법원에서 채택되는 건 대부분 검찰이 제출하는 감정서지. 그래서 요즘은 법원이 검찰에 편중됐다는 목소리도 나오고 있고. 시범적으로 운용해 보자는 판단이야. 고마워할 필요는 없네."

"그건 나도 동감이야."

검사 중에는 거짓말을 잘 못 하는 사람이 많다. 미코시바는 새삼 그런 느낌을 받았다. 유죄율 99.9퍼센트라는 숫자가 그들에게 거짓말할 필요성 자체를 빼앗고 있는 것이다.

거짓말에 서투른 건 미사키 교헤이 역시 예외가 아니다. 증거물 대출을 허가한 건 교헤이 자신도 어느 지점에서 아모 검사의 범행을 의심해서가 아닐까. 감식 이외의 감정에서 양쪽을 대조하려는 속셈 아닐까.

"고마워할 필요는 없지만 하나만 대답해 주게."

"뭐지?"

"요스케가 뭐라고 부추겼나?"

예상한 질문이었다.

"내가 그런 꼬맹이를 부추겼으면 모를까, 부추겨질 사람이라고 보나?"

"자네는 돈만 주면 흰색도 검은색이라고 주장할 사람이야. 그 철부지가 자네한테 뭘 제시했지?"

교헤이의 태도를 보고 미코시바는 그제야 모든 것을 이해했다.

공판 전 정리 절차 자리에서 교헤이가 미코시바에게 퍼부었던 눈빛은 증오가 아니다.

질투다.

아들과 사이가 멀어진 지 오래인 아버지가 자기 아들과 친하게 지내는 사람에게 보내는 질투인 것이다.

미코시바는 갑자기 모든 게 우스워져서 직원이 가져온 파스타에 손을 뻗었다.

"바쁜 관계로 먹으면서 대답하지. 하나, 그 꼬맹이에게는 어떤 지시도 받지 않았어. 둘, 내 의뢰인은 아모 검사고 그 꼬맹이가 아니니 지시를 받을 이유도 없지. 셋, 제삼자의 지시로 내 변호 방침이 바뀌는 일은 없어. 넷."

"더 있나?"

"그 꼬맹이는 댁이 생각하는 것보다 훨씬 진솔하면서도 노련하더군. 진솔하거나 노련한 검사는 지금까지 여러 번 봤지만 두 자질을 다 갖춘 녀석은 거의 보지 못했지. 그런 인재를 왜 내팽개치고 있나?"

교헤이의 표정이 시간이 갈수록 험해졌다.

좋아. 조금 더 흔들어 주지.

"처음에는 흔한 부모 자식 사이 갈등 같은 거로 봤지만 아무래도 섣불렀던 것 같군. 그 꼬맹이는 댁과 법조계에 일방적으로 버림받았을 뿐이야. 아닌가?"

"그 녀석은 아직 철이 덜 들었어."

"그건 나도 동의해. 고작 사법 연수원 시절 지인을 구하려고 막대한 위약금이 발생하는데도 귀국했지. 나로서는 있을 수 없는 선택이야. 그런데 그런 선택을 존중하는 어리석은 자들도 있더군."

"무슨 뜻이지?"

"세상을 바꾸는 건 늘 그런 어리석은 자들이었어. 보아하니 댁 아들 주변에는 어리석은 자들이 모이는 것 같더군. 그런 녀석들의 힘을 얕보지 마. 큰코다칠 테니까."

미코시바는 교헤이를 무시하고 파스타를 입에 가져갔다.

교헤이는 낮게 신음하더니 자리를 떠났다.

아버지라는 작자들은 정말 성가시다고 생각했다.

점심 식사를 급히 마친 미코시바는 도쿄 분쿄구 유시마 1번지로 향했다. 목적지는 '우지이에 감정 센터'다.

세련된 상가 건물 2층으로 올라간다. 엘리베이터 문이 열리자 눈앞에 센터 연구실이 보였다.

미코시바가 안에 들어가도 가운데 책상에 진을 치고 있는 연구원들은 저마다 분석에 열중하느라 눈길도 주지 않았다. 그대로 기다리고 있자 안쪽 방에서 센터 주인이 모습을 드러냈다.

"여어, 미코시바 선생님. 어서 오십시오."

우지이에 교타로. 전에는 과학 수사 연구소에서 장래를 촉망받는 인재였지만 승진 직전에 퇴직해 민간 감정 센터를 연 사나이다.

검찰에서 제시한 증거를 법원을 통해 과학 수사 연구소에 의뢰하면 검찰과 같은 정보를 얻을 수 있다. 그러나 미코시바는 늘 우지이에에게 감정을 맡겼다.

"감정은 끝냈습니다. 지금 바로 분석 결과를 확인하시겠습니까?"

"부탁합니다."

"그럼 이쪽으로."

우지이에의 안내를 받아 별실로 이동했다. 삼면이 전문 서적과 분석 기기로 둘러싸인 좁은 방이다. 우지이에는 스테인리스 탁자 위에 비닐봉지에 밀폐된 양복과 와이셔츠를 내려놓았다. 두 가지 다 사건 당시 아모 검사가 착용했던 옷이다.

갑 12호증과 13호증이란 바로 이 양복과 와이셔츠를 가리킨다. 특히 양복은 소매에서 초연 반응이 나와서 아모 검사 범인설의 가장 유력한 증거물 중 하나가 되었다.

"1차 감정은 사이타마 현경 과학 수사 연구소에서 맡았다죠?"

"그렇습니다."

"분석을 서두르지는 않았습니까?"

"자세한 이야기는 못 들었지만 제 식구가 살인 현행범으로 체포된 사안이니 검찰청도 평소처럼 냉정하게 대응하기는 어려웠겠죠."

"모든 현경의 과학 수사 연구소는 예나 지금이나 예산과 인력 부족에 시달리고 있습니다. 사이타마 현경도 예외는 아닌 것 같네요."

"분석 결과가 엉터리로 나온 건가요?"

"엉터리라기보다는 충분치가 않더군요. 예를 들자면 분석을 끝내기는 했지만 실증 실험이 이뤄지지 않았습니다."

"실증 실험이 필요합니까?"

"피의자가 범행을 부인하는 사건은 더욱 그렇지만, 그걸 떠나 분석 결과를 보완하는 재료로 매우 효과적이라고 봅니다. 경험치가 부족한 배심원들을 설득할 때도 차이가 생기고요."

사상 초유의 불상사에 사이타마 지검이 우왕좌왕했을 것은 상상하기 어렵지 않다. 분석 작업을 서두른 결과 과학 수사 연구소 또한 실증 실험에까지 미처 손길을 뻗지 못했을 것이다.

"초연 반응 하나에도 분석이 어중간합니다. 시간을 들이면 더 정밀한 결과를 얻을 수 있었을 텐데 초연 반응 확인에 그쳤더군요. 이런 상태로는 과학 수사가 오히려 원죄를 만드는 토양이 될 수 있습니다. 심각한 문제예요."

우지이에는 온화하게 말하면서도 과학 수사 연구소에 대한 비판을 숨기지 않았다. 퇴직해서가 아니라 그곳 일원이었을 때부터 이런 입장은 변하지 않았다고 하니 윗선에서는 오죽 눈엣가시였을까.

　"소장님. 갑 20호증은 어땠습니까?"

　미코시바가 묻자 우지이에는 파일을 열어 해당 부분을 펼쳤다. 권총 손잡이와 방아쇠, 슬라이드에 묻은 지문 사진으로 갑 20호 번호가 붙었다.

　"이것도 마찬가지로 분석이 충분치 않습니다. 피의자의 것과 일치하는 지문이 검출된 수준에 만족하고 실증 실험에 이르지는 않았죠. 실증을 했다면 당연히 더 생각해 볼 여지가 나왔을 텐데요."

　"법정에서 실증 실험을 할 수 있을까요?"

　"허가만 나온다면."

　조금 전 후루야 판사에게 주의를 들었지만 우지이에의 재판 참석을 위해 추가 증인 신청을 해야 할 것으로 보인다. 후루야가 오만상을 짓는 얼굴이 떠올랐지만 알 바 아니다.

　미코시바는 갑자기 흥미가 생겼다.

　"우지이에 소장님. 소장님은 왜 연구소에서 퇴직한 겁니까? 승진 직전에 그만뒀다고 들은 것 같은데."

　"여러 요인이 겹쳤지만 가장 큰 원인은 연구소 분위기가 제게 맞지 않았다는 거겠죠."

"그뿐인가요?"

"저에게는 가장 중요한 요소였습니다."

미코시바는 고맙다고 인사하고 센터를 뒤로했다.

뭐야.

어리석은 자가 여기에도 있었군.

2

10월 21일, 아모 검사 사건 첫 번째 공판.

이날 지방 법원 현관 앞은 18석의 방청석을 확보하려는 사람들로 장사진을 이루고 있었다. 미코시바는 그들을 곁눈질하며 청사에 들어갔다. 줄이 너무 길어 몇 명인지 셀 엄두도 나지 않았다.

언론 관계자도 많을 것이다. 사이타마 지방 법원 현관은 아담한 편인데 마이크와 카메라를 든 기자들이 벌떼처럼 몰려와 있어서 더 비좁게 느껴졌다.

"네. 지금 이곳은 사이타마 지방 법원 앞입니다. 보이십니까? 첫 재판의 무대가 될 법정에는 방청석이 열여덟 석에 불과합니다만 지금 선착순 정리권을 받기 위해 무려 5백 명이 넘는 사람이 줄을 서 있습니다. 이번 사건에 얼마나 큰 관심이 쏟아지고 있는지 보여 주는 증거라 할 수 있습니다."

"사이타마 지방 법원 현장입니다. 개정까지 앞으로 30분

정도 남았습니다만 법원 앞은 이미 인산인해를 이루고 있습니다. 그 '헤이세이 최악의 흉악범' 센가이 후히토 용의자를 조사 중 살해한 현직 검사 아모 다카하루 피고의 첫 재판이 지금 막 열리려 하고 있습니다."

"리포터 미야사토입니다. 저는 지금 사이타마 지방 법원 정문 앞에 와 있습니다. 이 줄이 보이시나요? 현직 검사가 용의자를 살해한 전대미문 사건의 첫 재판이 이제 곧 시작됩니다만, 검찰 측의 구형에 이목이 집중되고 있습니다. 세간에서는 '헤이세이 최악의 흉악범'이 형법 제39조를 악용해 처벌을 피하는 상황을 막기 위해 아모 다카하루 피고가 그를 직접 총살형했다는 의견도 나오고 있습니다만, 그런 현대의 사업인*을 법이 어떻게 판가름할지가 관건입니다."

변호사 대기실에 들어가자 L자 모양 방 안에서 미사키 요스케가 의자에 앉아 있었다.

"안녕하세요. 좋은 아침입니다."

"용케도 여기까지 들어왔군."

"접수처에서 미코시바 선생님의 위임장을 제시했습니다."

"위임장 따위로 입실을 허가할 줄이야. 접수처가 왜 존재하는지 모르겠군."

"죄송합니다. 개정 전까지 있을 만한 곳이 없더군요."

---

* 일본 인기 드라마 〈필살 사업인〉의 주인공으로 약자의 한을 풀어 주기 위해 대신 악인을 처단하는 사람.

그걸 이제 알았나. 미코시바는 어이가 없었다. 귀국 전까지 세계 각지를 돌아다닌 피아니스트다. 지방 법원 정문 앞에서 서성거리고 있으면 얼굴을 알아보는 사람이 나타나 소란을 부렸을 것이다.

"시끄러워지는 게 싫은 거면 법정에 오지 않으면 돼."

"가만히 있을 수도 없어서요."

미사키는 면목 없는 것처럼 방청권을 내밀었다. 일반 방청권과 달리 사건 관계자에게 배포되는 방청권이다.

"저는 재판을 지켜볼 의무가 있습니다."

"네가 있든 없든 심리는 진행되고 판결은 나와."

"그 말씀이 맞습니다만 방청석에 아는 사람이 있으면 힘이 될 수도 있을 거예요."

"피고인을 피아니스트 취급하나?"

"피아니스트는 청중에게 평가받고, 피고인은 법관에게 평가받죠. 법조인분들께는 불손하게 들릴지 모르지만 비슷하다고 생각합니다."

"……정말 불손하군."

오전 10시 5분 전, A동 404호 법정.

미코시바가 입정하자 방청석이 조금 술렁거렸다. 힐끗 곁눈질하니 방청석 뒤쪽에 미사키 요스케의 모습이 보였다.

교헤이 차석 검사는 이미 자리에 앉아 있었다. 미코시바가 들어올 때 잠깐 시선을 향했지만 곧 다시 고개를 돌렸다. 그가 눈길을 준 곳은 예상대로 미사키 요스케 쪽이었다.

앞으로 이 좁은 법정에서 검찰과 변호인뿐만 아니라 아버지와 아들의 대결이 펼쳐진다. 정말 기묘하고 바보 같은 일이라 생각했다.

다음으로 법정에 들어온 사람은 아모 피고인이었다. 수갑과 포승줄에 묶인 모습이 당사자에게는 더없는 굴욕일 것이다.

그러나 굳어 있던 아모의 얼굴이 방청석에 있는 미사키를 본 순간 사르르 풀어졌다. 방청석에 아는 얼굴이 있으면 힘이 된다는 게 이런 뜻이었나.

10시 2분에 서기관이 들어왔다.

"재판관이 입정합니다. 모두 기립해 주십시오."

재판관석 뒤쪽 문이 열리더니 후루야를 비롯한 판사 세 명과 배심원 여섯 명이 들어왔다. 배심원 구성은 남자 셋과 여자 셋. 모두 예외 없이 긴장하고 있지만 미코시바를 보더니 표정에 두려움이 더해졌다. 준비 단계에서 미코시바의 프로필을 들었을 테니 다소 겁먹는 게 당연하다.

"개정. 2016년 (와) 제2045호 사건의 심리를 시작합니다. 피고인은 앞으로 나오세요."

후루야의 지시에 아모가 앞으로 나갔다.

"피고인은 성명과 생년월일, 본적, 주소, 직업을 말하세요."

"아모 다카하루, 37세. 생년월일 1980년 6월 12일, 본적도치기현 아시카가시 혼조 3번지 O-O, 주소는 사이타마현 사이타마시 우라와구 다카사고 3번지 우라와 1호 숙사. 직업은 검사입니다."

피고인이 검사라는 직업을 입에 담는 장면은 흔치 않다. 재판관석에 앉은 이들도 묘하게 침착하지 못한 모습이었다.

"검사. 기소장에 적힌 공소 사실을 말하세요."

교헤이가 천천히 몸을 일으켰다. 새삼 다시 봐도 땅딸막한 체구라 아들과 공통점을 찾기 어렵다.

"금년 9월 22일 피고인 아모 다카하루는 사이타마 지검 집무실에서 조사 중이던 다른 사건의 피의자 센가이 후히토를 몰래 숨기고 있던 권총으로 살해. 살해 동기는 센가이가 상습 마약 사범이라 기소해도 형법 제39조가 적용돼 무죄를 받을 가능성이 크다고 보고 초조함과 분노 때문에 사적 제재를 결심했다. 죄명, 살인죄. 형법 제199조."

"변호인. 지금 검사가 낭독한 공소 사실에 해명이 필요합니까?"

"필요 없습니다."

"그럼 죄상 인부를 시작합니다. 피고인. 지금부터 피고인이 법정에서 하는 말은 모두 증거로 채택됩니다. 따라서 스스로 불리하다고 생각되는 사안에는 묵비할 권리가 있습니다. 알겠습니까?"

"네."

아모의 목소리는 약간 들떠 있다. 그동안 검찰 입장에서 수없이 들은 주의 사항을 지금은 피고인석에서 듣고 있다. 이 역시 견디기 어려운 굴욕일 것이다.

"그럼 묻겠습니다. 방금 검사가 낭독한 기소장 내용이 사실입니까?"

"아뇨. 전 센가이 피의자를 살해하지 않았습니다. 전 무고합니다."

아모는 교헤이의 정면에 서서 눈을 조금 내리깔았다. 무고하다고 주장하지만 피고인석에 선 자신을 수치스러워하는 몸짓이다.

"변호인. 의견 있습니까?"

"본 변호인은 피고인의 주장대로 이번 사안을 오인 체포로 판단하고 앞으로 그것을 입증해 나갈 생각입니다."

"알겠습니다. 피고인은 제자리로 돌아가세요."

고발하는 쪽과 고발당한 쪽 모두 현직 검사라는 어색하고 진기한 분위기가 뒤섞여 법정 안에 감돌고 있다.

"그럼 검사. 모두 진술을 시작하세요."

"피고인 아모 다카하루는 2007년에 검찰청에 입청, 도쿄 지검을 시작으로 도쿄 고등 검찰청 관내를 전근, 2013년부터는 사이타마 지검에서 근무했습니다. 검찰관 정기 심사 기록을 참고하면 근무 태도는 매우 성실했고 동기 검사들과 비교해도 불기소 건수가 적어 좋은 평가를 받았음을 알 수 있습니다. 또 피고인 본인도 이를 자각했고 동료들에게 무죄 판결과 불기소는 검찰의 불명예라고 공언했습니다. 이는 바꿔 말해 무죄 판결과 불기소 처분은 피의자에게 금기시되는 것이었다는 뜻이 되기도 합니다."

아모의 뺨이 살짝 꿈틀거렸다. 검찰청에 대한 충성심을 칭찬한 직후 공격이 들어올 줄은 몰랐을 것이다.

한편 교헤이가 제시한 논리 역전은 진부하지만 효과적인 변론이라 평가할 수 있다. 그 자신도 검사이니 유죄율에 집착할수록 문제가 생길 수 있다는 걸 잘 알고 있다. 직무에 충실한 나머지 사회 윤리를 일탈하는 심리를 배심원들에게 설명하고 있다.

"금년 9월 20일, 우라와구 다카사고 유치원에서 센가이 후히토가 동 유치원을 습격, 소지하고 있던 칼로 유치원 교사두 명과 유치원생 세 명을 살해하는 안타까운 사건이 발생했고 센가이 후히토는 범행 후 도주하다가 경찰에 신병이 확보됐습니다. 이틀이 지난 22일에는 센가이 후히토의 신병이 사이타마 지검에 송치됐고 동일 오후 3시 동 지검 내 집무실에서 검찰의 피의자 소환 조사가 진행되었습니다. 한편 그이틀 동안 센가이 후히토의 잔악무도한 범행에 대해 국내에서 엄벌을 요구하는 목소리가 높아진 사실이 있습니다. 검찰이 국민의 여망에 반드시 호응할 이유는 없다고 해도 국민의 관심이 검찰 대응과 재판의 행방에 쏠려 있었던 것은 사실입니다."

교헤이의 변론을 듣는 건 이번이 세 번째인데 사실과 그렇지 않은 것들을 교묘하게 뒤섞어 듣는 이들을 현혹하는 수법은 여전하다. 국민의 여망 같은 모호한 정보가 센가이의 범행이라는 구체적인 사례를 제시함으로써 마치 사실인 것처럼 전해지는 것이다.

"센가이 후히토는 체포 직전에도 마약을 주사하는 등 상습 마약 사범이라는 인식이 강했습니다. 기소 전 감정을 하기 전이었지만 변호인의 정신 감정에 응했을 경우 심신 상실로 진단될 가능성이 다분히 있었습니다. 그것은 검찰의 피의자 소환 조사가 중단되기 전까지의 센가이 본인의 진술과 대조해도 명백합니다. 센가이 후히토는 자신이 상습 마약 사범이라는 사실을 방패 삼아 형법 제39조 적용을 노리고 있었습니다. 평소에 무죄 판결이나 불기소는 검찰의 불명예라 공언하고, 한편에서는 엄벌을 요구하는 국민의 목소리를 들은 피의자로서는 센가이 후히토의 계획을 무슨 일이 있어도 막아야 했습니다."

아모는 입술을 꾹 깨물고 있다. 교헤이의 진술 내용이 얼마나 정곡을 찌르는지는 본인만 알겠지만 전적으로 허구가 아닌 것은 안색이 말해 주고 있다.

"이날 가와구치 시내에서 발생한 편의점 강도 사건의 증거물이 검찰에 전달됐고 그 안에는 범행에 쓰인 토카레프와 탄

환도 포함돼 있었습니다. 증거물이 담긴 상자는 이날 오전 중 피의자의 집무실에 놓여 있었고 피의자에게는 언제든 권총과 탄환을 몰래 가져갈 기회가 있었습니다. 센가이 후히토의 소환 조사에 임하기 전부터 피의자는 권총을 마련할 수 있었던 것입니다. 또 피의자는 수면 유도제를 준비하는 것도 잊지 않았습니다. 소환 조사 시 집무실에 있는 사람은 검사와 피의자, 그리고 사무관뿐입니다. 만약 범행을 저지른다면 사무관은 방해되는 존재이므로 움직임을 봉쇄할 필요가 생깁니다. 수면 유도제는 그것을 위한 수단이었습니다. 피의자는 자신과 사무관의 녹차에 전부 수면 유도제를 넣어 사무관을 인사불성에 빠뜨리는 동시에 그 자신도 의식을 잃은 것처럼 위장했습니다. 센가이 후히토의 진술을 들으며 무죄 판결 또는 불기소 처분이 불가피하다고 판단한 피의자는 점차 분노와 초조감에 휩싸였고, 잠시 후 사무관이 컨디션 불량을 호소하며 집무실을 나간 기회를 놓치지 않고 미리 감춰 둔 토카레프로 센가이 후히토를 살해했습니다.”

이 진술 역시 사실과 그렇지 않은 것들이 뒤섞여 있다. 특히 거의 검찰의 창작이라 할 수 있는 뒷부분은 초반부에 제시된 사실에 자연스럽게 녹아들고 있다.

“이상 말씀드린 대로 본 안건은 형법 제39조 적용을 획책한 살인범을 사적으로 벌하고자 한 피고인의 계획 살인입니다. 검찰은 그 사실을 입증할 증거로 을 1호증부터 18호증,

갑 1호증부터 34호증까지를 이미 제출했습니다."

교헤이는 진술을 마치고 가볍게 숨을 내쉬었다. 고검의 차석 검사라면 오랫동안 법정에 서지 않았겠지만 변론 진행 방식은 조금도 녹슬지 않았다. 역시 현장을 열심히 뛰어다닌 실무형 검사의 전형이다.

"변호인. 방금 검사의 모두 진술에서 제시된 을호증과 갑호증을 증거로 삼는 것에 동의합니까?"

"본 변호인은 갑 12호증과 갑 20호증, 그리고 24호증에 대해서는 동의하지 않습니다. 갑 12호증은 사건 당시 피의자가 착용한 양복, 갑 20호증은 토카레프에 묻은 피의자의 지문으로 양쪽 모두 피의자가 센가이 후히토 살해에 관여한 증거로서 제출됐습니다만, 변호인은 이 물증들을 기망으로 판단하고 있습니다. 또한 갑 24호증은 센가이 후히토의 부검 보고서입니다만 해당 보고서의 내용에 대해 오류 가능성을 주장하는 바입니다."

양복의 초연 반응과 권총 지문이 쟁점이 될 것은 공판 전 정리 절차부터 이미 예고되었다. 맞은편에 앉은 교헤이는 미코시바에게 시선을 고정한 채 한순간도 떼지 않았다.

"변호인. 두 증거물이 기망인 근거를 설명할 수 있습니까?"

"그것은 공판을 통해 밝힐 예정입니다."

"그럼 변호인은 다음 공판까지 변론을 준비해 주세요."

반론 재료는 이미 우지이에가 마련해 놓았다. 문제는 반증

타이밍이다. 검찰 측 주장을 철저히 분쇄하려면 가장 효과적인 순간을 노려야 한다.

"검사. 논고를 시작하세요."

"검찰은 피고인에게 징역 16년을 구형합니다."

그러자 방청석에서 놀라움 섞인 탄식이 터져 나왔다. 사람을 한 명 살해하고 징역 16년은 상당히 무거운 형량이다. 살해된 사람이 센가이 같은 묻지 마 살인범이니 그런 느낌은 더 강할 것이다. 그러나 사적인 감정에 기반한 사적 제재를 금지하는 한편으로 사법 체계의 기반을 확고히 다지는 구형이라 해석하면 이해가 된다. 한마디로 일벌백계인 것이다.

"변호인의 의견은 어떻습니까?"

"본 변호인은 피고인의 무죄를 주장합니다."

"지금 바로 피고인 질문을 시작하겠습니까?"

"아뇨."

"그럼 다음 공판까지 준비해 주세요. 다음 공판 기일은 10월 22일로 하겠습니다. 폐정합니다."

판사들이 퇴정하기를 기다렸다가 방청인들이 연이어 자리에서 일어났다. 일반 방청인 중 몇 명은 언론 관계자인지 출구 쪽으로 쏜살같이 달려갔다.

아모는 미련 가득한 눈빛으로 교헤이를 바라보다가 처음 들어온 출입구로 다시 연행돼 갔다.

미사키는 그가 법정에서 사라지는 것까지 확인하고 천천

히 자리에서 일어섰다. 그리고 아버지를 향해 가볍게 고개를 숙이고 법정에서 나갔다.

마지막으로 남은 교헤이는 미코시바를 힐끗 노려봤다.

"뭐 하고 싶은 말이라도 있나 보군, 미코시바 선생."

"실은 나 스스로 좀 놀라고 있어."

"뭐가 놀랍지? 무슨 일이라도 있었나?"

"어느샌가 내가 댁을 동정하고 있더군."

청사 현관에는 많은 보도진이 기다리고 있었다.

"미코시바 선생님. 첫 재판은 어땠습니까?"

"역시 무죄를 주장하셨나요?"

"승산이 있다고 보십니까?"

"아모 검사는 현대의 사업인이라는 주장에 대해 어떻게 생각하시나요?"

"한 말씀 부탁합니다."

우르르 몰려와 앞을 막아서는 바람에 걸어갈 수가 없다. 주변을 향해 날카롭게 눈을 한 번 흘기자 앞을 가로막은 마이크와 IC 녹음기가 뒤로 빠진다. 오래전 악행이 폭로되는 바람에 고객이 줄었지만 꼭 나쁘다고는 할 수 없다. 이럴 때만큼은 제법 효과적이다.

"물러서 주시죠."

낮은 목소리로 말하자 앞쪽의 인파가 두 갈래로 갈라져 길이 생겼다. 마치 모세가 된 기분이다. 그러나 나는 십계명의 대부분을 어겼다. 신의 이름을 함부로 부르지 않는 것과 간음을 하지 않는 것만 지킬 뿐이다.

맞은편에 주차장이 시야에 들어왔을 때였다.

"미코시바앗!"

갑자기 차 뒤에서 누군가 휙 튀어나왔다.

앞으로 뻗은 손에 총이 쥐어져 있는 것을 인식했을 때는 이미 늦었다.

탕.

샴페인을 터뜨리는 것보다 조금 작은 소리가 들린 다음 순간, 미코시바는 가슴에서 극심한 통증을 느꼈다.

당했다.

통증이 느껴지는 부분에서 조금씩 힘이 빠진다. 가슴에 댄 손을 보니 피범벅이었다.

미코시바는 더 이상 서 있지 못하고 무릎을 꿇었다.

"총소리야."

"미코시바 변호사가 총에 맞았어!"

"경찰 불러!"

"구급차!"

시야가 흐려지고 구경꾼들의 목소리가 점차 멀어져 간다.

제기랄.

잠시 후 미코시바는 의식을 잃었다.

정신을 차리고 보니 병원 침대 위에 있었다.

"정말 죄송합니다."

야마자키는 뒤통수가 보일 만큼 깊숙이 고개를 숙였다. 그 옆에는 미사키 요스케의 모습도 보인다.

"선생님이 거부하셔도 역시 조직원 한 명을 옆에 붙여 둬야 했어요. 완전한 제 판단 미스네요."

습격 장소가 사이타마 현경 본부 바로 코앞이라는 점도 있어 미코시바에게 총을 쏜 범인은 도주 직후 체포됐다. 범인은 가나모리회의 준구성원으로 지난달 판결에서 고류회 조직원 구시로의 감형을 받아낸 미코시바를 노려 범행을 저질렀다.

다행히 총알은 급소를 빗나갔지만 장기 일부를 파괴했고 출혈도 적지 않았다. 의사는 목숨에 지장이 없다고 해도 앞으로 몇 주 동안은 서거나 걸으면 안 된다고 단단히 주의했다.

"선생님을 쏜 자식은 붙잡혔지만 지시한 녀석은 아직 본부에서 희희낙락하고 있겠죠. 이대로는 고개를 들고 다닐 수 없습니다. 두고 보십시오. 선생님의 복수는 저희가……."

"무슨 짓을 할 생각이지?"

"그러니까, 선생님을 애도하는 의미에서 맞대결 신청을."

"난 아직 살아 있어. 너희끼리 말썽을 일으키는 건 알 바 아니지만 적어도 내가 퇴원한 뒤에 했으면 하는군."

"이번에는 또 왜……."

"너희가 싸운 구실로 내가 벌어먹을 수 있으니."

야마자키가 거듭 머리를 조아리며 병실에서 나가자 미사키만 남았다.

"어쨌든 무사하셔서 다행입니다."

"원래 악당일수록 오래 사는 법. 늘 이곳저곳에서 위험에 빠지지만 목숨만은 질기지."

"선생님의 도움이 필요한 분들도 아직 있을 테니까요."

"너도 알지 않나? 난 과거에 사람을 죽였어."

"그분의 몫까지 살라는 뜻 아닐까요?"

미코시바는 할 말을 잃었다. 자신보다 열두 살은 어릴 텐데 어떻게 이런 말을 이렇게 아무렇지 않게 할 수 있을까. 그 고집 셌던 예전 지도 교관을 쏙 빼닮은 모습이다.

"하지만 앞으로 절대 안정을 취해야 한다고 하니 아쉽습니다. 내일부터 열릴 재판을 연기하고 다른 선생님을 찾아야겠지만 미코시바 선생님을 대신할 분은 찾기 어려울 테니까요."

"나를 대신할 사람이라면 떠오르는 사람이 한 명 있기는 한데."

"그게 누구죠?"

미코시바는 손가락으로 미사키를 가리켰다.

그러자 그의 반응이 걸작이었다. 웬만한 일로는 눈 하나 까딱하지 않을 줄 알았는데 그때만큼은 허를 찔린 것처럼 당황하기 시작했다.

"네가 법정에 서는 거야."

"말도 안 됩니다. 선생님도 아시지 않나요? 전 사법 연수생 시절을 거쳤지만 2차 시험 직전에 연수원을 나왔습니다. 변호사 자격이 없어요."

"사법 시험을 수석으로 합격한 수재가 새삼스럽군. 내가 그런 걸 모르겠나? 지방 법원에 한해서는 법원의 허가만 있으면 변호사 자격이 없어도 특별 변호인으로 선임할 수 있지."

형사소송법 제31조 1항 '변호인은 원칙상 변호사 중에서 선임해야 한다'. 그러나 뒤이은 2항은 '특정한 상황에서는 변호인 이외의 사람을 변호인으로 선임할 수 있다'이다.

그 조항을 떠올렸는지 미사키는 당황하는 눈치였다.

"왜? 탐탁지 않나?"

"전 지금껏 여러 번 사법을 모멸해 왔습니다. 2차 시험을 포기한 것으로 모자라 어떤 사람이 죄를 저지른 걸 알면서도 고발하지 않았죠."

"하찮은 일이군."

미코시바는 딱 잘라 말했다.

"과거에 죄를 저질렀으니 현재가 있다. 조금 전 네가 한 말이 그런 뜻 아니었나?"

"하지만."

"막대한 위약금이 발생하는데도 넌 친구를 위해 바다를 건너왔어. 그렇게 소중한 친구를 구할 수 있는 사람은 이제 너뿐이지. 그래도 도망칠 건가?"

미사키는 입을 다물었다.

그것이 각오를 다지기 위한 침묵인 것은 미코시바가 보기에도 확실했다.

3

예정돼 있던 두 번째 공판은 10월 24일에 열리게 되었다. 변호인 미코비사 레이지의 결석에 따라 특별 변호인 선임에만 하루가 걸렸기 때문이다.

미코시바가 총에 맞아 긴급 입원했다는 소식을 들었을 때 교헤이는 동요했다. 원수를 걱정해 그를 이기기 전까지는 데려가지 말라고 신을 향해 기도했을 정도다. 그러나 미코시바의 뒤이어 선임된 특별 변호인의 이름을 들었을 때 기도는 저주로 바뀌었다.

미사키 요스케가, 아들이 법정에 선다.

청천벽력이란 정확히 이런 순간을 뜻할 것이다. 법원의 결정을 들었을 때는 분노로 온몸이 덜덜 떨렸다. 지금까지도 여러 번 아버지의 뜻을 거스른 아들이지만 이번에는 도를 넘었다. 이제는 아버지에 대한 앙갚음으로밖에 생각되지 않았다.

정보통에 따르면 법원이 요스케를 특별 변호인으로 선임한 데는 무엇보다 사법 연수원 시절의 성적이 반영된 것 같다고 했다. 그 점만큼은 교헤이도 간신히 납득했지만 역시 분이 가시지 않았다.

그러나 법원이 이미 결정해 버린 이상 어쩔 수 없다.

10월 24일 사이타마 지방 법원. 아모 검사 사건 두 번째 공판. 첫 번째와 마찬가지로 오전 10시에 404호 법정이 열렸다.

교헤이는 변호인석에 앉아 있는 요스케를 매섭게 쏘아봤다. 정작 요스케는 무표정한 얼굴로 얌전히 있고 피고인석에 앉은 아모는 깜짝 선물을 받은 어린아이 같은 표정을 하고 있다. 후루야를 비롯한 재판관들은 어떤 얼굴로 있어야 좋을지 모르는 모습이었다.

그뿐만이 아니다. 방청석에는 사이타마 현경 본부 수사1과의 와타세 경부, 그의 부하인 고테가와 형사의 얼굴도 보였다.

"개정합니다. 심리에 들어가기에 앞서 특별 변호인 선임의 경위를 설명하겠습니다."

후루야는 미코시바가 결석한 사유와 미사키 요스케를 특별 선임한 경위를 직접 설명했다. 어제 하루 만에 결정된 것은 바꿔 말해 별문제가 없었다는 뜻이다.

"그럼 심리에 들어가겠습니다. 지난 공판 때 변호인은 검찰이 제시한 갑 12호증과 갑 20호증, 갑 24호증을 인정하지 않겠다는 뜻을 밝혔습니다만, 그 근거를 제시해 주세요."

요스케는 몸을 벌떡 일으켰다. 무대에 익숙해서인지 허리를 꼿꼿이 세운 모습이 당당해 보인다.

교헤이는 속으로 이를 갈았다.

요스케. 네가 있어야 할 곳은 거기가 아니잖나.

왜 이쪽에는 서려고 하지 않는 거냐.

"우선 갑 12호증인 양복에 대해 설명하겠습니다. 모두 진술에서 나왔듯이 사건 당시 피고인은 해당 양복을 입고 있었습니다. 그 소매에서 초연 반응이 나왔다는 점에서 피고인이 의심을 샀습니다만 본 변호인은 그것이 기망임을 증명하기 위해 지금부터 간단한 실증을 하고자 합니다."

미사키는 가져온 가방에서 양복과 와이셔츠를 꺼냈다.

"재판장님. 갑 12호증과 13호증으로 피고인의 양복과 와이셔츠가 제시됐습니다만, 제가 지참한 것은 증거물과 같은 브랜드, 같은 사이즈의 옷입니다. 이것을 지금부터 피고인에게 입히려고 하는데 괜찮겠습니까?"

"같은 옷을 입는 것에 어떤 의미가 있습니까?"

"검찰 측 주장이 틀렸다는 것을 입증하려 합니다."

"받아들입니다."

"감사합니다. 그럼 피고인, 협력해 주십시오."

모든 사람이 지켜보는 앞에서 아모는 입고 있던 셔츠를 벗었다. 상반신 알몸 상태에서 미사키가 내민 와이셔츠와 양복을 입는다.

"피고인. 착용감이 평소 입었던 것과 똑같나요?"

"다르지 않습니다."

"그럼 권총을 겨누는 것처럼 한 손을 앞으로 내밀어 주십시오."

아모는 미사키가 시키는 대로 오른손을 앞으로 내밀었다.

팔을 앞으로 뻗자 소매 길이가 약간 모자란 것을 알 수 있다. 재킷 소매에서 와이셔츠 소매가 5센티미터 정도 앞으로 튀어나왔다.

"피고인은 자신의 양복 사이즈를 알고 있습니까?"

"네. M입니다."

"그렇군요. 하지만 실제로 입으니 길이가 짧아 보입니다만 그 이유를 알고 있습니까?"

"전 원래 팔이 깁니다. 아버지도 그러셨으니 유전일지 모릅니다."

"네. 그렇습니다. 피고인은 두 팔이 다른 사람들보다 유독 깁니다. 그래서 기성품인 M 사이즈 양복을 착용하면 와이셔츠 소매가 이렇게 밖에 드러나게 되죠. 그런데 와이셔츠는 왜 몸에 꼭 맞는 걸까요?"

"와이셔츠는 주문 제작을 해도 저렴한 가게를 알고 있어서 맞춰 입으니까요. 양복은 주문 제작하기에 부담되지만 와이셔츠 정도면 제 월급으로도 맞춰 입을 수 있습니다."

"그럼 와이셔츠와 양복 사이즈가 서로 달라집니다만 그래도 상관없었습니까?"

"요즘 양복을 입는 건 피의자 소환 조사 또는 법정에 설 때 정도라 별로 신경 쓰이지 않았습니다."

"재판장님."

교헤이는 참지 못하고 손을 들었다.

"조금 전부터 변호인은 양복 사이즈에 대해 장황하게 이야기하고 있는데 거기에는 어떤 의미도 없습니다. 공연히 심리를 오래 끌고 갈 뿐입니다."

"아뇨. 아주 큰 의미가 있습니다."

미사키는 눈썹 하나 까딱하지 않았다.

"여러분도 보셨다시피 피고인이 팔을 뻗으면 반드시 와이셔츠 소매가 이렇게 밖에 드러나게 됩니다. 이런 상태에서 권총을 쏘면 초연 반응은 양복 소매는 물론 와이셔츠 소매에서도 나와야 합니다. 하지만 실제로 초연 반응이 나온 곳은 양복뿐이었습니다. 이건 모순되지 않을까요?"

교헤이는 말문이 막혔다. 판사들도 당혹스러워하는 기색이다.

"재판장님. 본 변호인은 이 모순을 해결할 방법으로 사전에 증인을 신청했습니다. 증인 신문을 진행해도 될까요?"

"허가합니다."

미사키가 신호를 보내자 긴 머리를 뒤로 묶은 남자가 법정 안에 들어왔다.

"증인은 증언대로."

후루야의 지시를 받고 증인은 증언대에서 서명 날인한 선서를 낭독하기 시작했다.

"증인. 성명과 직업을 말씀하세요."

"우지이에 교타로, 33세. 유시마에서 '우지이에 감정 센터'라는 민간 연구소를 운영하고 있습니다."

"이번 안건에서 무엇을 감정했습니까?"

"갑 12호증으로 불리는 양복과 13호증으로 불리는 와이셔츠에서 초연 반응을 감정했습니다."

"감정 결과를 알려 주세요."

"우선 와이셔츠부터. 이쪽에서는 초연 반응이 전혀 나오지 않았습니다."

"양복은 어떻습니까?"

"양복 소매에서는 분명 초연 반응이 나왔습니다만, GSR 이외의 물질도 검출됐습니다."

낯선 용어를 듣고 배심원 중 몇 명이 고개를 갸웃했다.

"증인. GSR에 대해 설명 부탁합니다."

분하지만 요스케는 주변 분위기를 읽는 능력이 뛰어나다. 무대에서 길러진 능력일 텐데 법정에서도 효과적일 것이다.

"총알을 발사하면 뇌관 성분이 열을 받아 비산합니다. 이 미립자 성분을 GSR, 즉 총기 발사 잔사라고 합니다. 미립자 성분은 용액에 녹여 유기 분석을 합니다만, 저희 감정 센터에서는 그 밖에도 적외 방사광을 이용한 현미경 분석을 더 합니다. 그러자 사이타마 현경 과학 수사 연구소에서 제시한 보고서에는 기재되지 않은 성분이 검출됐습니다."

"어떤 성분인지 알려 주세요."

"피고인의 타액입니다."

"옷을 입은 사람의 침이 옷에 튀는 건 일상적인 일 같습니다만."

"일상적인 건 맞습니다만 점착 상태가 의문스럽습니다. 타액은 GSR 위를 덮는 것처럼 묻어 있었습니다. 이는 간단히 말해 양복에 GSR이 비산 후 해당 양복을 입은 사람이 오랫동안, 그것도 보통 이상의 성량으로 계속 말했다는 것을 의미합니다."

"검찰이 제시한 자료에 따르면 피고인은 체포 직후 양복을 벗었습니다. 앞서 설명한 와이셔츠 건과 이런 사실을 종합해 증인은 양복에서 검출된 초연 반응을 어떻게 해석합니까?"

"양복에 GSR이 비산한 건 피고인이 말을 하기보다 훨씬 이전에 일어난 일이고, 이는 피고인이 총을 발사하지 않았을 가능성이 크다는 것을 암시합니다."

"이의 있습니다."

"검사. 말씀하세요."

"변호인은 지금 증인에게 자신만의 고찰을 말하게 하고 있습니다."

"고찰이라기보다 논리입니다. 전문가의 과학 분석을 통해 도출된 결론은 존중받아야 한다고 생각합니다."

"이의를 기각합니다. 변호인, 계속하세요."

일어서려던 교헤이는 다시 자리에 털썩 주저앉았다.

이는 과학 수사 연구소의 분석 부족과 사이타마 지검의 관리 체제가 초래한 실책이다. 조금 더 시간을 들여 면밀히 분석하고 지검이 보고 내용을 꼼꼼히 확인했다면 막을 수 있었다.

"다음으로 갑 20호증, 즉 흉기로 쓰인 권총에 묻은 지문에 대해 반증하겠습니다."

미사키는 집어 든 파일에서 갑 20호증을 꺼냈다. 재판관석에 설치된 모니터에도 같은 것이 표시되고 있을 것이다.

"증인. 이 사진을 보고 뭔가 느끼는 바가 있습니까?"

"있습니다만, 현물을 보여 드리는 편이 이해하기 더 쉬울 것 같습니다."

"권총 현물을 갖고 있습니까?"

"총알이 발사되지 않게 총구를 막은 게 있습니다."

"재판장님. 증거 신청이 아닌 실증을 위해 증인이 지참한 권총을 법정에 제출해도 되겠습니까?"

"이의 있습니다. 증명 예정 사실 기재 서면에 없는 것을 반증으로 사용하는 건 공판 전 정리 절차의 취지에 위반됩니다."

"증명이 아닌 반증입니다. 설명을 마친 후 기록에서 삭제하셔도 무방합니다."

"검사. 설명을 위해 필요하다면 받아들여도 되지 않을까요? 변호인과 증인, 허가합니다."

궤변이다. 교헤이는 속으로 신음했다. 기록에서 삭제해 봐야 판사들의 판단에 영향을 미치면 소용없지 않은가.

그때 문득 기시감이 들었다. 이 초조함과 절박감은 전에도 느낀 적이 있다.

떠올랐다. 미코시바와 대결할 때 느낀 공포와 판에 박은 듯이 닮았다.

─그 꼬맹이는 댁이 생각하는 것보다 훨씬 진솔하면서도 노련하더군.

증언대에 선 우지이에가 가방에서 토카레프를 꺼내 재판관석을 향해 들어 보였다.

"토카레프는 구소련 육군이 1933년에 정식으로 채택한 군용 자동총입니다. 양산 목적으로 부품 개수와 조립 공정을 최대한 줄이느라 안전장치를 배제한 것이 특징입니다. 또 슬라이드가 무겁고 그립은 쥐기 까다로운 직선 형태를 띄고 있습니다. 또한."

우지이에는 설명하는 게 즐거운지 기쁜 얼굴로 방아쇠를 가리켰다.

"체구가 큰 소련군이 사용하는 것을 고려해 방아쇠울을 상당히 크게 만들었고 안전장치가 없는 대신 방아쇠가 무겁습니다."

"설명 감사합니다. 그래서 증인이 깨달은 게 뭔가요?"

"권총에 묻은 지문을 보면 이 지문의 주인이 슬라이드와 방아쇠를 당겼다고는 도저히 생각할 수 없습니다."

우지이에가 그렇게 말하자 재판관석이 낮게 술렁거렸다.

"실증할 수 있습니까?"

"네. 지문 검출용 간이 키트를 가져왔습니다."

"피고인. 잠깐 와서 협력해 주시죠."

미사키는 아모를 불러 그의 손에 토카레프를 쥐여 줬다.

"슬라이드를 당긴 후에 방아쇠도 당겨 주세요."

아모가 미사키의 말에 따라 권총을 조작했다.

철컥.

공이치기 소리가 낮게 울려 퍼졌다.

"네, 됐습니다."

우지이에가 토카레프를 받아 총신에 분말을 뿌리고 후 불자 지문이 또렷이 보였다.

한눈에 봐도 확연했다. 드러난 지문은 하나같이 면적이 넓어서 갑호증에 있는 지문과는 전혀 달랐다.

"앞서 설명한 대로 토카레프는 그립을 쥐기 어렵고 슬라이드와 방아쇠 모두 무겁습니다. 총알을 제대로 발사하면 이렇게 지문이 또렷이 남게 되죠. 갑호증에 있는 것처럼 쥐었다가는 총신을 지탱하는 게 고작일 겁니다."

교헤이는 개인차가 있을 거라고 반박하려다가 그만두었다. 실증 실험에서 방아쇠를 당긴 건 피고인 본인이다. 개인차라는 이유로는 반론하기 어려운 것이다.

"그럼 증인. 갑호증에 남은 지문에서는 어떤 상황이 연상됩니까?"

"억지로 그립을 쥐었을 상황입니다. 예전에 권총 자살을 위장한 사건에서 비슷한 형태의 지문을 본 적이 있습니다."

"이의 있습니다. 지금 증인이 하는 말은 전부 본인이 받은 인상에 지나지 않습니다."

"이의를 받아들입니다. 지금 증언은 기록에서 삭제해 주세요."

어처구니없는 연기라고 생각했다. 요스케는 이쪽이 이의를 제기할 걸 알면서도 일부러 우지이에게 설명하게 했다.

"검사. 반대 신문 있습니까?"

교헤이는 잠시 머뭇거렸다. 증언에서 걸리는 부분은 이미 이의를 제기해서 덧붙일 내용이 없었다.

"특별히 없습니다."

우지이에와 아모가 증언대에서 내려오기를 기다렸다가 미

사키는 변론을 재개했다.

"이상 변론에 따라 양복에 GSR이 비산한 건 피고인이 대화를 나누기 훨씬 이전에 일어난 일이고, 따라서 피고인이 총을 발사하지 않았을 가능성이 큰 것을 반증합니다. 이 반증을 뒷받침하는 의미에서 사건 당시 피고인과 가장 가까이 있던 사람을 증인으로 신청합니다."

"그러시죠."

증언대에 우가가 모습을 드러냈다. 안경 안쪽으로 보이는 눈빛이 피곤에 찌든 사람처럼 흐려져 있다.

"우가 마사미. 사이타마 지검에 근무하는 2급 검찰 사무관입니다."

"언제 채용됐습니까?"

"2년 전입니다."

"피고인의 보좌관이었죠?"

"네."

"언제부터 피고인을 보좌했습니까?"

"채용 직후부터입니다. 연수 중에 아모 검사님의 평판을 들어서 제가 직접 희망했습니다."

"일할 때 피고인과 함께 있는 경우가 많았나요?"

"점심 휴식 시간이 달라서 그때는 따로 있습니다만 그 밖의 시간에는 거의 함께 있었습니다."

"사건 당시 피고인이 양복을 입고 있었던 시간대를 기억합니까?"

"그날은 더워서 거의 와이셔츠 차림이었던 것으로 기억합니다. 다만 피의자 소환 조사에서 센가이 후히토를 신문하고 있을 때는 양복을 입고 있었습니다."

"조사 때 피고인은 말이 많았나요?"

"신문 중이었으니 그랬던 것으로 기억합니다."

"질문은 이상입니다. 감사합니다."

"검사. 반대 신문 있습니까?"

"특별히 없습니다."

우가가 증언대에서 내려가자 미사키는 후루야를 돌아봤다.

"재판장님. 다음으로 본 변호인은 갑 24호증인 부검 보고서에 대해 반증하고 싶습니다만, 그에 앞서 변 1호증을 제출했습니다. 이 역시 센가이 후히토의 부검 보고서입니다만 내용 설명을 위해 증인을 부르고자 합니다."

"그러시죠."

다음으로 나타난 사람은 백발을 뒤로 말끔하게 빗어 넘긴 노인이었다. 걸음걸이는 느리지만 눈빛이 예사롭지 않다.

노인도 증언대에서 서명 날인한 선서를 낭독했다.

"증인. 성명과 직업을 말하세요."

"미쓰자키 도지로. 우라와 의대에서 근무하는 부검의올시다."

"변 1호증으로 제출한 부검 보고서를 교수님이 작성하셨습니까?"

"그러하네만."

"배심원은 일반 시민분들입니다. 앞서 제출된 갑 24호증과의 차이점에 대해 이해하기 쉽게 설명 부탁드립니다."

"차이점 따위 없네."

미쓰자키는 툭 내뱉었다.

"그저 집도한 그 마나베라는 작자가 돌팔이일 뿐. 그런 작자가 써 갈긴 보고서이니 삼류 잡지보다 신빙성이 떨어질 수밖에."

그야말로 험한 말씨에 배심원 중 한 사람이 웃음을 터뜨렸다.

"어떤 부분이 잘못됐는지 구체적으로 설명해 주시겠습니까?"

"그 보고서 소견에는 총알이 3미터 거리에서 발사된 것으로 돼 있는데 거기서부터 틀렸지. 토카레프는 흔히 관통력이 뛰어난 총으로 알려졌지만 그래도 사람 몸을 관통하려면 근접 거리에서 발포해야 해. 앞가슴에 난 총상을 보게."

모니터에 미쓰자키의 법의학 교실에서 촬영한 것으로 보이는 사진이 나란히 표시됐다. 각각에 제목이 붙어 있어서 미쓰자키의 지시에 곧바로 따를 수 있다.

"사입구가 거의 원형인 게 보이나?"

"네."

"윤곽 주변에는 그을음이 남아 있지. 이건 근사라고 해서, 주로 지근거리에서 총알이 발사됐을 때 이런 그을음이나 화약 가루가 남게 돼."

"지근거리라는 게 구체적으로 몇 미터 이내를 말하는 건가요?"

"구체적으로 몇 미터 이내라고 정해진 건 없어. 총에 따라 성능 차이가 있으니. 하지만 대강 위팔, 즉 어깨에서 손가락까지의 거리라면 근사라고 할 수 있지."

"대략 80센티미터 정도군요."

"토카레프처럼 관통력이 뛰어난 총이어도 3미터 거리에서는 이런 사입구가 생기지 않아. 또 앞가슴으로 들어간 총알은 갈비뼈를 으스러뜨리고 심장을 관통해 등에 도달하지. 등에 난 총상을 보게."

등에 남은 총상은 선형이라 언뜻 칼에 베인 상처처럼 보이기도 했다.

"분쇄된 뼛조각이 튀어 나가면서 사출구는 가끔 절창 형태가 되어 사입구보다 커지지. 그 정도 관통력이라면 역시 근사일 확률이 높아."

배심원들이 감탄한 것처럼 고개를 끄덕였다. 처음부터 이해하기 쉽게 설명해 달라고 했으니 이 역시 미사키의 계획대로 됐다고 할 수 있다.

"엉터리인 이유는 또 하나 있네."

"뭐죠?"

"사입각 문제. 마나베의 소견에는 서로 앉은 상태에서 총이 발사됐다고 돼 있지. 그럼 총알은 몸에 거의 90도 각도로 파고들어야 해. 하지만 총알이 사입구에서 사출구까지 도달한 궤적을 해석하면 총을 쏜 사람은 앉아 있는 대상자를 내려다보는 각도에서 총을 쏜 것을 나타내고 있지."

"폭 1미터의 집무 책상을 사이에 두고 거의 수평으로 마주 보는 구도에서 총을 쐈을 가능성이 있습니까?"

"그럴 가능성은 없다고 봐야겠지."

"변호인의 질문은 이상입니다. 감사합니다."

"검사. 반대 신문 있습니까?"

"있습니다."

"시작하세요."

교헤이는 몸을 일으켜 미쓰자키와 마주 보고 섰다.

"근사에 대해 구체적으로 몇 미터 이내라고 정해진 건 없다고 증언하셨죠?"

"그래, 했네."

"구체적인 규정이 없는데도 기준이 존재하는 건 모순 아닌가요?"

그러자 미쓰자키는 별안간 인상을 팍 썼다.

"내가 늙다리로 보이나?"

"……네?"

"내가 늙어 보이냐고 물었어."

"질문하는 건 접니다."

"괜찮으니 솔직한 감상을 말해 봐."

"머리카락이 백발이고 얼굴에 주름도 눈에 띄니 실례지만 노인 축에 속할 거라 생각합니다."

"흠. 그럼 검찰청 규정에서 노인은 몇 살 이상의 사람을 뜻하지? 물론 건강 상태나 외모 같은 건 일절 고려하지 않고 순수하게 만 나이와 생년월일만으로 구별하는 규정 말이야."

"그런 건 없습니다."

"마찬가지군. 그 역시 구체적인 규정이 없는데도 기준이 있는 것 아닌가? 자네는 검찰청에도 없는 걸 법의학계에 바라나?"

방청석에서 누군가가 웃음을 터뜨렸다.

교헤이는 얼굴이 달아오르는 것을 느꼈다.

"증인은 사입구 문제에서 총알이 사입구에서 사출구까지 이른 궤적을 해석했다고 증언했습니다. 사입한 총알이 갈비뼈에 부딪혀 탄도가 바뀌었을 가능성은 없습니까?"

그러자 미쓰자키는 잠시 말없이 교헤이를 바라봤다.

"증인?"

"증인에게 그저 트집을 잡기 위한 질문은 무의미하지. 잘 듣게. 갈비뼈는 한 대 한 대가 가늘고 충격에 약해. 인체에서 가장 부러지기 쉬운 부위 중 하나지. 그런 연약한 뼈와 부딪혀서 탄도가 바뀔 정도의 위력으로 사람 몸을 관통할 수 있다고 진심으로 생각하나?"

교헤이는 말문이 막혔다.

"……반대 신문을 마치겠습니다."

증언을 끝낸 미쓰자키는 위풍당당하게 원래 왔던 길을 되돌아갔다. 교헤이는 스스로 생각해도 꼴사납다고 느꼈지만 아들은 전혀 개의치 않는 모습이다.

"재판장님. 다음으로 본 변호인은 센가이 후히토의 유치원 습격 사건에 대한 증언을 듣고자 합니다."

그러자 후루야는 미심쩍어하는 표정을 지었다.

"이번 사안과 관련이 있습니까?"

"네. 관련성을 입증하는 것을 포함해 애초에 이번 사건에서 왜 피고인에게 혐의가 쏠렸는지를 증명하고자 합니다."

"알겠습니다. 시작하세요."

"사전에 신청한 증인을 부르겠습니다."

증인 신청 내용은 교헤이도 파악하고 있다. 마지막 증인은 남자다워 보이지만 어딘가 나태한 느낌도 드는 40대 남자였다.

"증인. 성명과 직업을 말하세요."

"이누카이 하야토. 경시청 형사부 수사1과 경찰입니다."

"경시청에는 언제 들어갔죠?"

"2007년입니다."

"처음부터 경시청에 들어가셨나요?"

"네. 하지만 수사1과에 배치된 건 그 이듬해였습니다."

"그럼 2010년 10월 4일에 발생한 오타구 크레인 충돌 사고를 기억하십니까?"

"처음에는 사고가 아닌 사건이었지만 기억합니다. 저도 담당자 중 한 명이었으니까요."

"실례지만 어떤 사건이었는지 간략하게 설명 부탁드립니다."

이누카이는 헛기침을 한 번 하고 천천히 설명을 시작했다.

6년 전이니 이미 오래전 사건이다. 그만큼 변화가 빠른 세상이지만 교헤이도 사건의 개요 정도는 기억한다. 노인이 운전하는 승용차가 공사 현장에 있던 크레인에 접촉했고 균형을 잃은 크레인이 차도로 뛰어들어 철골을 매단 상태에서 마주 오던 관광버스와 충돌. 버스와 크레인 기사를 포함해 열여섯 명이 목숨을 잃은 대형 참사였다. 그러나 사고의 발단인 승용차를 운전한 전직 관료 노인이 불기소 처분돼 사건을 맡은 도쿄 지검에 비난이 쏟아졌다.

"……이상이 사건의 개요입니다. 사망자 16명, 부상자 29명이 발생한 대형 참사였는데도 고령의 승용차 운전자인 가세사키 헤이조 씨가 과실 운전 치사 혐의로 검찰 송치 후 결국 불기소 처분됐죠. 참 씁쓸한 사건이었습니다."

"증인. 설명 감사합니다. 증인은 사고의 피해자들을 기억하시나요?"

"사건 발생 당시 증언을 수집했으니 거의 모든 분의 성함을 기억하고 있을 겁니다."

"사망한 열여섯 분 가운데 특별히 인상 깊었던 분이 있었습니까?"

"당시 관광버스는 하코네 온천 2박 3일 특가 투어 중이었습니다. 그래서 승객 중에는 부부 동반으로 오신 분들이 많았고 그중 부부가 둘 다 사망한 사례도 두 쌍이나 있었죠. 끔찍한 사고 내용 속에서도 눈에 띌 정도로 참담한 사례라 기억에 선명히 남아 있습니다."

"그 두 부부의 성함을 말씀해 주시겠습니까?"

"한 쌍은 센가이라는 성을 가진 부부였습니다."

이누카이의 말을 듣고 판사들이 눈에 띄게 당황했다.

당황한 건 교헤이도 마찬가지였다. 설마 그렇게 이어질 줄이야.

"재판장님. 여기서 본 변호인은 변 2호증을 제시하겠습니다. 앞에 있는 모니터를 확인해 주십시오."

교헤이도 서둘러 해당 부분을 검색했다. 변 2호증은 한 장의 사진이었다. 새 교복을 입은 여자아이 옆에 사람 좋아 보이는 노인이 흐뭇한 미소를 짓고 서 있다.

"사진은 올해 4월 다카사고 유치원 입학식 때 찍힌 사진입니다. 여자아이는 그 습격 사건에서 희생된 가세사키 미유

양. 옆에 있는 노인은 가세사키 헤이조 씨입니다. 크레인 충돌 사고의 발단이 된 승용차를 운전한 분이죠. 헤이조 씨는 인스타그램 계정이 있었고 이 사진은 거기 게시된 사진 중 한 장입니다만, 본 변호인은 센가이 후히토 씨가 소지하고 있던 스마트폰에서 사진을 입수했습니다. 삭제된 사진을 복원하는 방법으로요. 즉, 센가이 후히토 씨는 가세사키 헤이조 씨가 투고한 인스타그램 사진을 통해 그의 손녀가 다카사고 유치원에 입학한 사실을 알고 있었던 것입니다."

법정 안이 순식간에 찬물을 끼얹은 것처럼 조용해졌다.

침묵을 깬 사람은 후루야 재판장이었다.

"변호인. 센가이 후히토가 다카사고 유치원을 습격한 동기가 가세사키 헤이조 씨의 손녀딸을 살해하기 위해서였다고 주장하는 건가요?"

"센가이 후히토 씨가 사망한 지금 그의 범행 동기를 입증하는 건 거의 불가능할 것입니다. 그러나 사건 당시 현장에 있었던 아이들의 증언은 다음과 같았습니다. '선생님들을 찌른 아저씨가 저희를 향해 조금씩 다가왔어요. 오는 도중에 신이치와 히나타를 칼로 찌르고 미유도 찔렀어요. 그러고 나서 다른 반 선생님들이 뛰어오자 아저씨는 창문으로 도망쳤어요.' 즉, 센가이의 표적은 처음부터 가세사키 미유 양이었고 두 명의 교사와 두 아이들은 안타깝게 휘말렸다고 볼 수 있는 것입니다. 인스타그램 사진을 보면 가세사키 헤이조 씨가 평소 손녀딸을 끔찍이 아꼈다는 것은 쉽게 알 수 있습니다. 헤이조 씨는 크레인 충돌 사고의 원인을 제공했는데도 불구하고 불기소 처분으로 처벌을 면했습니다만 세상의 비난은 더 거세졌죠. 욕설과 매도에 시달리며 올해로 78세가 된 헤이조 씨에게 손녀 미유 양은 어떤 존재였는가. 또 그런 손녀를 부조리하게 빼앗긴다면 헤이조 씨는 어떻게 될 것인가. 그건 굳이 말할 필요도 없으리라 생각합니다. 인간은 어떤 나이대에 도달하면 자신에게 소중한 사람을 잃으니 차라리 자기가 죽는 게 낫다고 생각하기도 하니까요."

법정은 어느새 미사키 요스케의 독무대가 된 듯했다. 그래도 아버지 교헤이는 찬물을 끼얹을 타이밍을 잡지 못하고 있다.

"하지만 변호인. 센가이 후히토가 다카사고 유치원을 습격한 동기에 대해서는 짐작하겠습니다만 그게 이번 사건과 어떤 관련이 있죠?"

"관련성을 입증하려면 증언을 이어 가야 합니다. 증인. 부부가 둘 다 사망한 사례 말입니다만, 사건 발생 당시 증언을 수집했다면 유족과 대화를 나눌 기회도 있었습니까?"

"있었습니다. 앞서 말씀드린 부부가 아닌 다른 부부의 유족과도 만났습니다."

"그 유족이 지금 이 법정 안에 있습니까? 있다면 그분을 손가락으로 가리켜 주십시오."

이누카이의 손가락이 수평으로 이동해 거침없이 한 사람의 얼굴을 가리켰다.

그가 지목한 사람은 우가 마사미 사무관이었다.

"또 한 쌍은 도야마라는 성을 가진 부부였고, 전 당시 열여덟 살이었던 저분과 긴 이야기를 나눴습니다. 저에게도 외동딸이 있어서 도무지 남 일 같지 않았죠."

"증인에게 다시 한번 크레인 충돌 사고의 전말을 여쭙고자 합니다. 승용차를 운전한 가세사키 헤이조 씨는 결국 불기소 처분됐습니다만, 그 처분을 결정한 담당 검사는 누구였습니까?"

"아모 다카하루 검사님이었습니다."

아모 쪽을 보니 그는 얼어붙은 것처럼 우가를 바라보고 있다.

"우가 사무관의 호적에는 부모가 사망 직후 외가인 우가 집안의 양녀로 들어간 사실이 기록돼 있습니다. 대학 입학 직후이기도 해서 부모 사망 상태로는 장래에 지장이 생길 거라 우가 집안에서 판단한 것으로 보입니다. 이렇게 도야마 마사미 씨는 우가 마사미 씨가 됐으니 크레인 충돌 사고를 담당한 피고인이 그녀를 몰랐던 것도 당연합니다. 한편, 우가 사무관은 피고인을 알고 있었다고 추측할 수 있습니다. 조금 전 사무관의 증언을 떠올려 주십시오. '연수 중에 아모 검사님의 평판을 들어서 제가 직접 희망했습니다'. 우가 사무관의 부모는 부조리한 사고로 목숨을 잃었습니다만, 그 원인을 제공한 사람을 불기소 처분한 건 아모 다카하루라는 검사였습니다. 그런 사실을 고려하면 우가 사무관이 피고인에게 접근한 건 높은 평판 때문이 아닌 오히려 복수하기 위해서였다고 보는 게 자연스럽지 않을까 생각합니다."

우가의 표정이 굳었다. 상황을 관망하던 경찰들이 조금씩 그녀와 거리를 좁혔다.

"사건 당일 피고인은 점심 휴식 시간에 집무실에 양복을 두고 나갔습니다. 그동안 집무실이 빌 것을 알고 있었던 사람은 피고인을 제외하면 우가 사무관뿐입니다. 녹차에 수면 유도제를 넣을 기회가 있고, 잠든 피고인의 손에 토카레프를 쥐여 줄 수 있고, 그 토카레프를 증거물이 든 상자에서 꺼낼 수 있었던 사람도 우가 사무관이었습니다."

"이의 있습니다."

교헤이는 오랜만에 입을 연 기분이 들었다. 입안이 바짝 말라붙었다.

"변호인은 사건 당시 상황을 파악하고 있습니까? 우가 사무관이 컨디션 불량을 호소하며 집무실을 나간 직후에 집무실 안에서 총소리가 들렸습니다. 우가 사무관이 센가이 후히토를 살해할 기회는 없었습니다."

"실제로는 총소리가 들린 것보다 먼저 총이 발사됐다고 가정하면 어떨까요?"

"뭐라고요?"

"공판 전 우가 사무관에게 사건 발생 직후 대응에 대해 물어본 적이 있습니다. 그녀의 대답은 다음과 같았습니다. '기록이 지워지지 않게 문서 파일은 덮어쓰기 저장을 했고, 녹음기도 직전까지의 내용이 기록된 것을 확인하고 정지했습니다. 물론 경찰분들이 지켜보는 앞에서요'. 그렇다면 사건 당일 집무실에서는 이런 상황이 펼쳐지지 않았을까요? 우가 사무관은 피고인에게 접근해 복수의 기회를 노리고 있었다. 그때 마침 가와구치의 편의점 강도 사건의 증거물이 배송돼 왔다. 사전에 증거물 내용을 알 수 있었던 우가 사무관은 마침내 피고인을 무너뜨릴 기회가 찾아왔다고 생각했다. 집무실에 방치돼 있던 피고인의 양복을 입고, 미리 꺼내 둔 토카레프로 한 발을 쐈다. GSR이 비산해 피고인의 양복 소매에 초연 반응이 남았다. 물론 그때 토카레프가 발사되는 소리를 IC 녹음기에 녹음해 두었다. 최신 녹음기는 성능이 뛰어나 스피커에서도 실제와 가까운 소리가 재생됩니다."

미사키는 주머니에서 IC 녹음기를 꺼냈다.

"이건 우가 사무관이 사용한 것과 같은 제조사의 동일 기종 제품입니다."

다음 순간 IC 녹음기에서 피아노 소리가 울려 퍼졌다.

재판관석에서 탄식이 터져 나왔다. 미사키가 직접 건반을 친 듯한 그 녹음 소리는 법정 구석구석까지 도달했다.

"녹차에 넣은 수면 유도제의 효과 때문에 피고인이 잠든 것을 확인한 우가 사무관은 센가이 씨 앞에 가서 그를 살해했습니다. 피고인과 집무 책상 앞에 서면 표적까지 거리는 대략 2미터 이내. 앉은 자세의 센가이 씨를 내려다보는 위치에서 총을 쏘면 변 1호증의 부검 보고서 내용과도 일치하게 됩니다. 토카레프에 소음 장치는 없었지만 두꺼운 수건 등으로 총신을 감싸면 충분히 소리를 지울 수 있습니다. 또 수건을 손목까지 두르면 GSR 비산으로부터 옷을 보호할 수도 있지요. 조금 전 설명에도 언급됐습니다만 토카레프의 손잡이는 일본인의 손에 너무 크고 슬라이드와 방아쇠도 무겁습니다. 그러나 수건을 감은 상태라면 다루기 수월해지고 무엇보다 지문이 남지 않습니다. 센가이 씨를 살해한 우가 사무관은 수건을 회수한 후 의식을 잃은 피고인의 손에 토카레프를 쥐어 줬습니다. 이로써 토카레프의 손잡이와 방아쇠, 슬라이드에 피고인의 지문이 남아 있었던 사실을 설명할 수 있습니다."

시간이 갈수록 우가의 표정이 험악해졌다. 그러나 미사키는 그녀의 퇴로를 차단하듯 설명을 멈추지 않았다.

"사전에 녹음한 것이라 총소리를 재생하는 타이밍은 쉽게 잡을 수 있었습니다. 우가 사무관은 수면 유도제를 넣은 녹차를 스스로 마시고 녹음기 재생 버튼을 누른 후 집무실에서 나갔고, 그 직후 총소리가 울려 퍼지자 밖에 있던 경찰들과 함께 집무실에 뛰어들었습니다. 이렇게 밀실 안에서의 발포 사건이 완성됩니다. 우가 사무관은 IC 녹음기의 내용을 확인할 때는 이어폰을 사용했습니다. 그럼 기록한 내용을 확인하는 척하며 소리를 삭제해도 발각되기 어렵겠죠."

미사키가 일단 설명을 멈추자 후루야는 재촉하듯 물었다.

"변호인은 센가이와 우가 사무관이 범행을 공모했다고 보는 건가요?"

"센가이 후히토 씨의 수사 검사로 피고인이 임명된 건 우연이었습니다. 조사 도중 센가이 씨는 아모라는 이름을 듣고 예전 사건을 깨달았을 가능성이 있습니다. 한편 우가 사무관은 복수를 노리고 있었지만 범행을 결심한 건 가와구치 편의점 강도 사건의 증거물이 검찰에 송치된 시점이었겠죠. 또 두 사람이 범행을 공모했다면 사건의 양상도 한층 단순했을 겁니다. 재판장님. 이번 사안에서 단 하나의 우연은 유치원 습격 사건의 수사 검사로 피고인이 선택된 것뿐입니다. 센가이 후히토 씨와 우가 사무관 모두 같은 사고로 부모를 잃었습니다만, 센가이 씨는 가세사키 헤이조 씨를, 우가 사무관은 피고인을 표적으로 삼았죠. 두 사람이 노린 상대는 각자 달랐지만 피고인이 센가이 씨의 수사 검사로 임명되면서 그 전까지 떨어져 있던 두 사람의 계획이 한 지점에서 교차하고 말았습니다. 이번 사건은 바로 그런 사건입니다."

미사키가 설명을 마치자 우가가 기다렸다는 듯이 반격을

시작했다.

"장황한 의견 잘 들었습니다. 제가 크레인 충돌 사고의 유족인 건 사실이에요. 하지만 제가 센가이 후히토를 살해했다는 증거가 있나요?"

"우가 사무관님은 멋진 안경을 쓰고 계시네요."

분위기와 어울리지 않는 미사키의 엉뚱한 한마디를 듣고 우가 사무관은 허를 찔린 듯했다.

"평소에 쓰는 안경이 그것 하나뿐인가요?"

"네. 하나예요. 직장이든 집에서든 이 안경만 끼고 다니죠."

"조금 전 증인에게 초연 반응에 대한 설명을 들었습니다만, GSR이 비산하는 범위는 매우 넓습니다. 손과 소매는 수건으로 감싸면 보호할 수 있겠지만 안경까지 커버할 수는 없겠죠. 게다가 GSR은 물에 씻는 정도로는 지워지지 않고 시간이 흘러도 그대로 남는다고 합니다. 마침 이 법정 안에 감정 전문가가 계십니다. 그 안경을 분석해 보면 어떨까요?"

우가 사무관은 순간적으로 안경을 벗으려고 했지만 옆에 있던 경찰에게 제압당했다.

"안 돼! 이거 놔!"

우가 사무관이 발버둥 치는 모습을 바라보는 교헤이는 어깨에서 힘이 풀리는 것을 느꼈다.

완패다.

"변호인의 반증은 이상입니다."

"검사. 반대 신문 있습니까?"

더 이상 말을 얹어 봐야 의미가 없다.

"없습니다."

"다른 이의 있습니까?"

"없습니다."

후루야는 나직이 탄식하고 재차 법정 안을 둘러봤다.

"두 번째 공판입니다만 이것으로 심리는 충분해 보입니다. 다음 11월 7일에 최종 변론을 듣도록 하겠습니다. 폐정합니다."

후루야를 비롯한 판사들이 재판관석 뒤쪽 문으로 나갔고 방청인 대다수는 얼빠진 듯한 표정으로 방청석을 떠났다. 와타세는 여전히 못마땅한 얼굴이고 고테가와는 당장에라도 엄지를 치켜세울 것처럼 기분 좋아 보였다.

증인으로 불려 나온 우지이에와 미쓰자키 교수는 조금 지친 듯한 걸음걸이로 법정을 나갔다. 듬직한 체구의 이누카이는 두 사람 옆을 지나 서둘러 출구 쪽으로 향했다.

미사키는 고지식하게도 그들 한 사람 한 사람을 향해 고개를 숙였다. 그리고 교헤이와 눈이 마주치자 역시 가볍게 고개를 숙였다.

교헤이는 가슴속에서 수치심과 분노가 소용돌이쳤다. 이대로 아들에게 달려가 있는 힘껏 한 대 갈겨 줄까 생각했다.

그러나 이상하게 마음이 왠지 편하기도 했다.

아들에게 패배하는 건 기분 좋은 일일지도 모른다는 생각도 들었다.

예禮에는 예로 화답한다.

교헤이는 아들을 향해 고개를 한 번 숙이고 법정을 빠져나갔다.

에필로그

"고생하셨습니다."

아모가 도쿄 구치소 정문에서 나가자 미사키가 기다리고 있었다.

"고생이라 할 만큼 오래 있지도 않았어. 다 네 덕분이야."

"변론의 기초를 만들어 주신 분은 미코시바 선생님이었습니다. 감사 인사라면 그분께 해 주세요."

"그래. 기억하고 있을게."

도쿄 고검은 결국 아모의 기소를 취하하고 우가 마사미를 새로운 피의자로 조사하기 시작했다.

면회를 와 준 미사키 교헤이 차석 검사의 말에 따르면 우가는 범행 대부분을 인정했다고 한다. 아모를 인사불성으로 만든 수면 유도제는 과거 그녀가 불면증에 시달렸을 때 처방받은 것이라 했다.

과학 수사 연구소는 우가가 사용한 IC 녹음기에서 삭제된 데이터를 복구하는 데 성공했다. 미사키의 추측대로 삭제된 데이터에는 총소리가 녹음돼 있었다.

그러나 우가가 범행을 털어놓은 직접적인 계기는 역시 그녀의 안경에서 초연 반응이 나온 사실이었다.

우가의 진술에서 유독 인상적이었던 건 그녀가 총구를 겨눴을 때 센가이가 보였다는 반응이다.

—소환 조사 도중부터 센가이는 제가 그 사고의 유족인 걸 알아챈 것 같았습니다. 그가 제게 어떤 감정을 품었는지는 저도 모르겠습니다. 하지만 제가 총을 들이민 순간 센가이는 모든 걸 깨달았다는 듯이 미소 짓더군요. 그 순간만큼 저와 그는 공범이었습니다.

자신이 일으킨 접촉 사고가 원인으로 손녀딸을 잃은 것을 알게 된 가세사키 헤이조는 그 자리에서 미친 듯이 울부짖었다고 한다. 그 모습을 봤다면 센가이 후히토와 우가 마사미도 조금은 울분이 가셨을지 모른다.

"너한테는 정말 신세를 졌어."

아모는 미사키의 손을 붙잡아 강하게 움켜쥐려고 했다. 그러나 그 직전에 다시 손을 놓았다.

"미안. 피아니스트의 섬세한 손을 함부로 만지면 안 되는데."

"신경 써 주셔서 감사합니다."

"감사할 사람은 나야."

그러나 아모는 더 이상 말을 잇지 못했다. 자신을 구하려고 이 친구가 얼마나 많은 빚을 짊어졌는지 떠올랐기 때문이다.

올해 예정된 콘서트는 모두 취소되거나 연기됐다. 정확한 액수는 나오지 않았지만 위약금은 적게 잡아도 억대일 것이다. 일개 공무원인 자신이 갚을 만한 액수가 아니다. 만약 갚는다고 해도 미사키는 절대 돈을 받으려 하지 않을 것이다.

"적어도 내 사건에 든 변호사 비용 정도는 내고 싶어. 얼마나왔어?"

"필요 없다고 합니다."

아모는 무심코 귀를 의심했다.

"그렇게 돈만 아는 변호사가 변호사 비용이 필요 없다 했다고?"

"중간에 손을 뗀 안건은 비용을 받지 않는 방침이라 하더군요."

악덕 변호사의 뜻밖의 일면을 본 느낌이었다.

"아버지와는 화해했어?"

"전 변하지 않습니다. 아니, 변할 수 없겠죠. 그 점에서는 그분도 마찬가지일 테고요."

"둘 다 정말 고집이 세네."

"부전자전이죠."

아모는 미사키와 함께 쓴웃음을 지었다.

"곧장 해외로 떠날 거야?"

"매니저의 연락을 기다리고 있습니다. 아마 그전까지는 일본에 머무를 것 같네요."

"그러다 또 사건에 휘말리기라도 하면 어쩌려고."

"네. 말이 씨가 된다고 하지만, 저도 왠지 그럴듯한 느낌이 들어요."

'나카야마 시치리 월드'에 울려 퍼지는
구원과 화합의 하모니

연초부터 미지의 공포가 전 세계를 서서히 잠식해 가던 2020년은 모두가 잊을 수 없는 해겠지만 작가 나카야마 시치리와 그의 팬들에게는 더더욱 특별한 해였습니다. 2010년 『안녕, 드뷔시』로 제8회 '이 미스터리가 대단해!' 대상을 수상하며 48세의 나이로 늦깎이 데뷔한 작가가 어느덧 데뷔 10주년을 맞이하는 해였기 때문입니다. 그런 2020년을 코앞에 앞둔 2019년 연말 무렵, 마치 깜짝 선물처럼 인터넷에 작가의 첫 번째 SNS 계정이 열렸고 그 계정에서는 데뷔 10주년을 기념한다는 명목으로 눈이 휘둥그레질 만한 엄청난 기획이 발표됩니다. 바로 2020년 한 해 동안 무려 '매달 한 권씩' 작품을 세상에 내놓는다는 전대미문의 기획입니다. 그러지 않아도 집필 속도가 워낙 빨라 '나카야마 시치리는 한 사람이 아닐 것이다', '분신이 있는 게 분명하다'라는 괴담 아닌 괴담이 도는 상황에서 터져 나온 발표에 저를 비롯한 여러 독자들은 벌어진 입을 다물지 못했고, 얼마 후 공개된 '2020년 출간 예정 목록'을 보고서는 급기야 눈을 의심하게 됩니다. 화려하고 쟁쟁한 작품 목록 가운데 작가 나카야마 시치리가 10년간 56개 작품을 발표하면서 창조한 '나카야마 시치리 월드'에서 살아 숨 쉬는 인기 캐릭터들이 총출동하는 작품이 포함돼 있었던 것입니다. 나카야마 시치리의 작품을 즐기는 애독자 중에는 유독 작품 속 캐릭터를 아끼는 팬들이 많습니다. 다른 미스터리 작가의 작품군에서는 보기 드문 독특한 현상입니다. 그만큼 작가가 매력적인 캐릭터를 잘 조형해 낸다는 뜻이겠죠. '음악 탐정' 미사키 요스케, '악덕 변호사' 미코시바 레이지, '경시청 수사1과 에이스' 이누카이 하야토, '사이타마 현경 베테랑 콤비' 와타세&고테가와, '괴짜 부검의' 미쓰자키 교수 등등, 서로 다른 무대에서 뛰던 등장인물들이 한데 모여 꿈의 경연을 펼치는, 이른바 나카야마 시치리 판 〈어벤저스〉라 부를 만한 종합 선물 세트 같은 작품. 바로 본작 『합창 – 미사키 요스케의 귀환』(이하 『합창』)입니다.

『합창』에서는 시리즈 전작 『다시 한번 베토벤』에서 10년이 흐른 시점의 이야기가 펼쳐집니다. 사법 시험에 수석 합격하고도 연수원에서 중간 퇴소한 미사키 요스케. 그는 퇴소 전 연수원에서 마음을 나눈 친구 아모 다카하루와 한 가지 약속을 하는데 그것은 아모가 앞으로 어떤 일로든 곤경에 빠져 피의자가 될 경우 그를 구하기 위해 지구 반대편에라도 달려가겠다는 약속이었습니다. 이후 미사키는 시리즈 3권 『언제까지나 쇼팽』에서 묘사되는 것처럼 쇼팽 콩쿠르 결선에 진출하고 전 세계에 '기적의 5분' 연주를 선보이며 세계적인 피아니스트로 거듭나고, 그의 친구 아모 다카하루는 검사가 되어 법조인의 길을 뚜벅뚜벅 걸어갑니다. 그러다가 아모는 자신이 맡은 어느 사건의 피의자 소환 조사 도중에 갑자기 의식을 잃고 눈을 떴을 때 눈앞에서 피의자가 사망해 있는 기이한 사건을 겪으며 미래가 창창한 검사에서 하루아침에 범죄 피의자로 전락하게 되고, 소식을 접한 미사키 요스케는 그를 구하고 10년 전 약속을 지키기 위해 예정된 유럽 콘서트 투어를 전부 취소하고 일본으로 급히 달려옵니다. 이후 친구를 구하기 위해 동분서주하는 미사키 요스케를 비롯해 사건 관계자와 여러 개성 넘치는 전문가들이 한데 모여 하나의 목표를 향해 손에 손을 잡습니다. 모두가 조금씩 함께 입을 맞춰 부르는 합창. 미스터리의 외피를 걸친 탓에 그 노래는 언뜻 위태롭고 아슬아슬하게 들릴 때도 있지만, 종국에는 불협화음 없는 완벽한 하모니가 되어 이 작품의 주제곡 루트비히 판 베토벤의 불멸의 교향곡 제9번에서 베토벤이 직접 붙인 것으로 알려진 가사 '오 나의 벗이여. 이런 소리가 아니라네! 더 즐겁고 희망찬 노래를 부르자!(O Freunde, nicht diese Töne! Sondern lasst uns angenehmere anstimmen, und freudenvollere)'를 외치는 것처럼 기쁨과 환희의 송가가 되어 널리 울려 퍼집니다.

나카야마 시치리는 2018년 『안녕, 드뷔시』 한국어판 재출간 기념 서문에서 '우리는 예전보다 깊은 불관용의 시대를 살아가고 있고 사람과 사람 사이의 다툼도 더 치열해지고 있다'라며 아쉬워했습니다. 그리고 그런 시대에 자신을 비롯한 창작자의 사명은 '사람의 마음을 위로하고 의지를 북돋아주는 소설을 꾸준히 창작하는 것'이라고 공언한 바 있습니다. 그 서문으로부터 또다시 4년이 흐른 지금, 전 세계는 미지의 바이러스로 인한 전대미문의 공포와 강대국 사이에서 부는 전운, 그 밖의 여러 사회 구조적 갈등까지 겹치며 여전히 사정이 별로 나아진 것 같지 않습니다. 그런 와중에도 창작자 나카야마 시치리는 구원과 화합의 메시지를 다룬 본 작품 『합창』을 비롯해 새로운 작품을 계속해서 세상에 내놓으며 독자에게 위로와 용기를 선사하고 있습니다. 작품 속에서 10년 전 약속을 지킨 미사키 요스케처럼 그 역시 자신의 약속을 꾸준히 지켜 나가고 있는 셈입니다. 『합창』에 이은 시리즈의 다음 작품은 『이별은 모차르트』로 현지에서 2021년 12월에 출간됐습니다. 『언제까지나 쇼팽』에 나온 시각 장애인 피아니스트 사카키바 류헤이가 주인공으로 등장하며 시리즈의 가장 큰 특징인 풍부한 음악 묘사를 비롯해 이번에도 흥미로운 이야기가 펼쳐진다고 합니다. 그 안에서 우리의 '엄격한 철학자이자 요염한 타락 천사' 피아니스트 미사키 요스케는 또 어떤 활약을 보여 줄까요. 참, 작품 제목에 '이별'이 들어가서 혹시나 걱정하실 독자분들을 위해 미리 살짝 말씀드리자면 그리 걱정하지 않으셔도 될 것 같습니다. 여전히 재미있는 소설을 읽으며 위안과 치유가 필요한 이 세상에서 미사키 요스케는 쉽게 여러분 곁을 떠나지 않을 것이니까요. 앞으로도 그의 발자취를 기록할 작가와 출판사 관계자, 그리고 저를 비롯한 그를 사랑하고 아끼는 모든 독자가 힘을 모아 함께 부르는 활자의 합창이 오래오래 울려 퍼지기를 기원합니다.

2022년 초여름
이연승